Josie Charles stammt aus einer mittelgroßen deutschen Stadt. Früh entdeckte sie ihre Leidenschaft fürs Schreiben. Sie würde sich selbst als Romantikerin bezeichnen und hat eine Schwäche für schwierige Typen und mutige Frauen – trotzdem hat es eine ganze Weile gedauert, bis sie den Mut fand, ihren ersten romantischen Roman zu veröffentlichen. Mit fast dreißig hat sie beschlossen, dass die Zeit reif ist. Seitdem sind verschiedenste Storys aus dem Bereich Romance erschienen, von Sportler-Liebesromanen über College Love bis hin zu romantischen Kleinstadtgeschichten. Für Leser und alle anderen ist sie auf Facebook und Instagram jederzeit zu erreichen und freut sich über Rückmeldungen aller Art.

Josie Charles

BLACK BONES KINGDOM

BAD TO THE BONE

Überarbeitete Neuausgabe Juni 2023

Bad to the Bone

ISBN 978-3-98778-449-1
E-Book-ISBN 978-3-98778-448-4

Dies ist eine überarbeitete Neuausgabe des bereits 2018 bei Josie Charles 2018 erschienenen Titels Bad to the Bone – Zerissen (ISBN: 1980661367).

Covergestaltung: Anne Gebhardt
Umschlaggestaltung: ARTC.ore Design
Unter Verwendung von Abbildungen von
shuttestock.com: © Tartila, © Viorel Sima
stock.adobe.com: © VigoStudio
elements.envate.com: © FreezeronMedia, © PixelSquid360
Korrektorat: Stephanie Schilling
Satz: dp DIGITAL PUBLISHERS GmbH
Druck und Bindung: Books on Demand GmbH, Norderstedt

Triggerwarnung

In der gesamten Black Bones Kingdom-Reihe finden sich verschiedene Themen, die unter Umständen triggern können.
In diesem Buch sind es unter anderem Alkohol- und Drogenmissbrauch, Betrug, Tod und Gewalt (auch in Familien).
Diese Liste erhebt dabei keinen Anspruch auf Vollständigkeit. Bitte achtet auf euch und eure Gefühle.

Prolog

‚Here without you'

Hudson Mills, Michigan
Elf Monate zuvor

Jess

Ich beiße in den glänzend roten Apfel. Das Fruchtfleisch zerplatzt zwischen meinen Zähnen und ich sauge gierig den Saft ein.

Wer hätte gedacht, dass ein Apfel so gut schmecken kann?

Nervös sehe ich hinter mich, dann beiße ich nochmal zu. Es wäre klüger, das Obst mitzunehmen und es in Ruhe heimlich im Bett zu essen, aber ich kann mich nicht beherrschen.

Ich muss einfach nur schnell machen. Ein drittes Mal beiße ich ab, kaue hastig und der klebrige Saft läuft mir übers Kinn. Ich überlege, ob man das Kerngehäuse mitessen kann. Ein Apfelbaum im Bauch wird mir davon wohl kaum wachsen, wie Mom immer behauptet hat. Aber wenn ich morgen früh mit Magenschmerzen antrete, werden die Aufseher –

»Aldridge! Bist du hier?«

Ich reagiere sofort, lasse mich zu Boden fallen und krieche unter die Arbeitsfläche der großen Küche, in die Aussparung, wo sich die Mülleimer befinden.

Von dort aus lausche ich und höre schwere Schritte auf dem Fliesenboden. »Jessica Aldridge! Ich schwöre bei Gott, wenn ich dich erwische, Mädchen ...«

Verflucht. Das ist Aufseher Morton, ein ehemaliger Navy Seal mit drahtigen Muskeln und kurzgeschorenem rotem Haar. Er macht meistens die Nachtwache, immer allein, da das Camp nicht sehr groß und zudem mit Stacheldraht umzäunt ist. Sein Kontrollgang hätte allerdings erst um zwei stattfinden dürfen. Dann wäre ich längst zurück in der Baracke gewesen, wo meine Mitinsassinnen, erschöpft von dem harten Arbeitstag, tief und fest schlafen.

Warum musste er ausgerechnet heute früher dran sein?

»Aldridge!« Seine Schritte nähern sich, wenn auch langsam. Er scheint sich sicher zu sein, dass ich hier irgendwo bin, denn seine Stimme ist zu einem vorfreudigen Singsang geworden.

Scheiße. Das ist das Schlimmste an der Besserungsanstalt, in der ich mich befinde, dem sogenannten Bootcamp: Wir Insassinnen werden rund um die Uhr überwacht, aber niemand überwacht die Wärter.

Ich ziehe die Beine so weit an, wie es geht, rutsche zwischen den Mülleimern an die Wand und versuche, flach und lautlos zu atmen.

Den halb aufgegessenen Apfel halte ich mit beiden Händen fest und muss mich trotz allem beherrschen, um nicht nochmal hineinzubeißen. Weil ich vor dem Mittagessen versucht habe, das Handy eines Wärters zu stehlen, musste ich bis zum Abendappell die Baracken putzen und danach direkt ins Bett. Dadurch habe ich zwei Mahlzeiten verpasst und bin so hungrig, dass es mir beim Duft des Apfels fast egal ist, ob ich erwischt werde.

»Aldridge ...« Wieder dieser Singsang. Und dazu erkenne ich jetzt den Kegel einer Taschenlampe, der über die Edelstahlschränke tanzt. »Komm freiwillig raus und wir vergessen die Sache!«

Lügner.

Mit klopfendem Herzen beobachte ich, wie Mortons Stiefel dem Lichtkegel in mein Sichtfeld folgen. Ohne das geringste bisschen Eile schreitet er an den Küchenschränken entlang, kommt näher, noch näher, und bleibt dann genau vor dem Arbeitstisch stehen, unter dem ich hocke. So ein Mist.

Ich halte die Luft an und beobachte, wie das Licht über den Boden wandert, zuerst weiter weg, dann leuchtet Morton den Bereich direkt unter sich ab. Dort glänzen ein paar frische Tropfen Apfelsaft auf dem Boden.

Ich fluche lautlos.

Und dann taucht auch schon Mortons feistes Gesicht vor mir auf. Er macht ein triumphierendes Geräusch, umklammert meinen Fußknöchel und zerrt mich mit einem Ruck unter dem Tisch hervor. »Hab ich dich!«

Sofort erwacht mein Kampfgeist. Ich lasse den Apfel los und versuche, auf alle Viere zu kommen. Doch Morton hält immer noch meinen Fuß fest. Ich höre ihn etwas sagen, irgendwas mit »Ratten in meiner Küche«, dann ziept etwas an meinem Bein und im nächsten Moment krampfen sich all meine Muskeln schmerzhaft zusammen.

Meine Arme geben nach, ich schlage mit dem Gesicht auf dem Boden auf. Mein Körper zuckt und ich kann nicht atmen.

Dann ist es vorbei, Morton lässt mich los und ich schnappe nach Luft.

Der Aufseher geht um mich herum, hockt sich vor mich und sieht feixend auf mich herab. »Hast du gedacht, mir wäre nicht klar, dass du dich heute Nacht rausschleichst? Glaub mir, ich kenne Ratten wie dich. Ihr denkt, ihr könnt durch die Welt marschieren und euch einfach nehmen, was euch zusteht.« Mit spitzen Fingern klaubt er den Apfel vom Boden auf und hält ihn mir hin. »Aber du musst lernen, dass das nicht stimmt. Man muss für alles im Leben bezahlen, Aldridge!«

Damit wirft er mir das Obst ins Gesicht. Feucht klatscht es gegen meine Wange, ich kneife die Augen zu und beiße wütend die Zähne aufeinander.

Wie gerne würde ich diesem Sadisten meine Faust in die Weichteile rammen und ihm zeigen, wer hier am Ende bezahlen muss. Aber das wäre nicht klug. Denn er hat den Elektroschocker und zögert nicht, ihn zu benutzen, wie er gerade bewiesen hat.

»Weißt du was, Aldridge?« Morton steht auf und geht um mich herum. »Ich finde es wirklich schade ...« Etwas rumpelt. »... dass du bei deinem kleinen Ausflug so ein Chaos angerichtet hast. Jetzt wirst du hier leider saubermachen müssen.«

Einen kurzen Augenblick frage ich mich, wovon er redet, denn die Küche ist blitzsauber. Dann poltert es erneut und im nächsten Moment ergießt sich der Inhalt einer der Mülltonnen über meinen Rücken. Irgendetwas fällt in meinen Nacken, Schälabfälle und Essensreste regnen auf die Fliesen.

»Das nächste Mal«, fährt Morton fort und kickt den zweiten Mülleimer um, »bleibst du wohl besser in deinem Bett liegen und wartest bis zum Frühstück. Jetzt beeil dich und dann zurück in die Baracke. In einer Stunde kontrolliere ich, ob du schläfst.«

Damit lässt er mich allein. Ich richte mich auf und sehe mir das Chaos um mich herum an.

Keine Ahnung, ob ich vor Wut oder von dem Elektroschock zittere, aber als ich aufstehe, muss ich mich erstmal am Schrank abstützen.

Ich wische mir die klebrigen Apfelreste aus dem Gesicht, dann mache ich mich widerwillig an die Arbeit.

Keine Ahnung, wie ich hier weitere elf Monate überstehen soll.

East

Die schwarze Landschaft jenseits der Interstate fliegt an mir vorbei, die Musik ist voll aufgedreht und aus den Lautsprechern dröhnt Slipknot.

Ich grinse in mich hinein, während ich den Mustang über die Autobahn jage, weil ich es kaum erwarten kann, Jessica wiederzusehen.

Viel zu oft kam es mir während der letzten drei Monate vor, als wäre sie tot. Erinnerungen an die Nacht ihrer Verhaftung fluten mein Hirn. Der altbekannte Zorn flammt in mir auf, lässt mir das Grinsen im Gesicht gefrieren und mich das Lenkrad fester umklammern.

Am Abend war sie noch bei mir gewesen, ich fuhr sie nach Hause und wir küssten uns hier in meinem Wagen. Und am nächsten Morgen war sie fort, einfach verschwunden aus meinem Leben. Es fühlte sich an wie kalter Entzug. Wenn ich ehrlich bin, tut es das immer noch. Aber damit ist heute Nacht Schluss. Sie wird wieder bei mir sein und das ist das Einzige, was für mich zählt.

Ich muss mich zwingen, das Gaspedal nicht voll durchzutreten, während ich nach Hudson Mills fahre. Ärger mit den Cops kann ich jetzt nicht gebrauchen, denn ich habe keine Ahnung, was ich tue, wenn ein Bulle versucht, mich noch länger von Jess fernzuhalten.

Drei Monate. 91 Tage.

Es wird Zeit, diesen Dreck zu beenden.

Als das Ortseingangsschild von Hudson Mills am Fahrbahnrand auftaucht, regle ich die Musik herunter und werde langsamer. Das Camp befindet sich in den Wäldern hinter der Ortschaft, ich war in den vergangenen Wochen mehrfach dort, um alles auszukundschaften. Ich kenne jeden der Wärter, jede einzelne Personalakte. Ihre Gewohnheiten, ihre Rituale, sogar die

Ängste, über die sie sich in irgendwelchen Internetforen ausheulen, in die ich normalerweise keinen Fuß setzen würde.

Heute Nacht ist Wärter Morton am Drücker, ein Veteran, der mal drei Tage bei vollkommener Dunkelheit in einer Höhle in Afghanistan eingeschlossen war.

Mach dich auf was gefasst, Arschloch.

Ich durchquere den Ort und schalte nach gut zwei Meilen die Scheinwerfer ab.

Ein paar Meter noch, bis die Straße endet und das Tor zur *Hudson Mills Special Alternative Incarceration Facility* vor mir auftauchen wird. Ich trete auf die Bremse, fahre rechts ran und parke den Wagen, um das letzte Stück zu Fuß zu gehen.

Kein unnötiges Risiko, denn ich habe nur diese eine Chance. Sobald die da drinnen kapieren, dass jemand kommt, um Jess zu befreien, stecken sie sie wahrscheinlich in Isolationshaft oder verlegen sie in einen richtigen Knast.

So leise es geht, mache ich die Wagentür hinter mir zu und lausche. Absolute Stille. Noch nicht einmal Grillen oder das Rauschen vom Wind in den Bäumen. Das Einzige, was ich höre, ist mein sich langsam beschleunigender Puls.

Cool bleiben.

Ein paar Minuten noch, dann hat dieser Scheiß ein Ende.

Ich taste meine Taschen nach meinem Handy ab, ziehe mir die Kapuze über den Kopf und setze mich in Bewegung.

Zeit für den Blackout.

Tess

Ich verlasse den Küchentrakt und trete auf den Hof, der durch zwei große Flutscheinwerfer taghell erleuchtet ist. Am liebsten würde ich duschen. Der widerliche Müllgestank hängt mir in der Nase und mit Sicherheit auch in meinen Klamotten. Aber ich habe klare Anweisungen und will nicht, dass mich Morton mit seinem Elektroschocker unter der Dusche besucht, deshalb gehe ich lieber direkt ins Bett.

Ich verscheuche ein paar Mücken, die versuchen sich auf mir niederzulassen, während ich den leeren Platz überquere.

Und dann wird es plötzlich dunkel.

Abrupt bleibe ich stehen, während die Finsternis mich einhüllt. Nicht nur die Flutlichter sind erloschen. Langsam drehe ich mich um mich selbst und stelle fest, dass auch die Neonröhren über den Eingängen der Baracken aus sind, genau wie die schummrige Schreibtischlampe im Büro der Nachtwache.

Für einen Moment fühlt es sich an, als wäre ich blind. Dann beginnen sich meine Augen an die Dunkelheit zu gewöhnen und ich kann die schwarzen Umrisse der Gebäude ausmachen.

Was hat das zu bedeuten? Ist das ein Stromausfall?

Meine Gedanken beginnen sich selbstständig zu machen. Sagen wir, der Strom ist tatsächlich ausgefallen ... Dann funktioniert auch der Elektrozaun nicht mehr und ich könnte ihn mühelos überwinden. Ich könnte loslaufen, runter in den Ort, dort ein Auto knacken und noch heute Nacht wieder bei East sein.

Ich stelle mir vor, wie ich mich in seine Wohnung schleiche, wie ich diese bescheuerten Bootcamp-Mokassins abstreife, mich aus dem stinkenden Overall schäle und mich zu ihm unter die Decke kuschle. Mich ganz dicht an seine warme Haut schmiege.

Langsam wende ich mich dem Tor zu, das sich etwa 50 Meter von mir entfernt befindet.

Es könnte so einfach sein ...

Doch noch ehe ich eine Entscheidung treffen kann, geschieht erneut etwas Unerwartetes: Das Tor beginnt sich zu öffnen.

Fasziniert beobachte ich, wie die dicken Gitterstäbe zur Seite gleiten. In meinen Beinen kribbelt es und mein Herz zieht sich zusammen.

Das ist meine Chance.

Ohne mir darüber klar zu werden, was ich hier eigentlich tue, laufe ich los und bin mit einem Satz draußen, noch ehe das Tor komplett offen ist.

Dann höre ich jemanden lachen. Ich fahre herum, sehe mich hastig um – und entdecke eine Gestalt, die an einem Zaunpfeiler lehnt. Hochgewachsen, in einer Lederjacke, die sich über seine breiten Schultern spannt. Die lässig hochgeschobenen Ärmel enthüllen seine tätowierten Arme, eine Kapuze verbirgt sein Gesicht. Aber das macht nichts. Ich muss es nicht sehen, um ihn zu erkennen.

»East«, keuche ich.

»Was hast du vor?«, fragt er belustigt. »Willst du den ganzen Weg bis nach Detroit rennen?« Damit stößt er sich von dem Pfeiler ab und kommt auf mich zu.

Ich blicke ihm entgegen, völlig fassungslos, doch insgeheim habe ich gewusst, dass er kommen würde. Ich bin die Frau, die er liebt.

»Denn falls nicht«, sagt er und bleibt dicht vor mir stehen, »hätte ich eine Mitfahrgelegenheit für dich.«

Eine Sekunde lang starre ich seine vertrauten Züge an. Den stets leicht zornigen Schwung seiner Brauen, seine scharf geschnittenen Wangen, das siegessichere Lächeln auf seinen Lippen.

Dann schlinge ich die Arme um ihn, so heftig, dass meine Muskeln schmerzen, und flüstere: »Du bist hier.«

East hält mich fest, drückt mir seine warmen Lippen auf die Stirn. »Was hast du gedacht? Dass ich dich mir wegnehmen lasse?«

Ich sehe zu ihm auf und schüttle den Kopf. Ich weiß nicht, was ich dachte und es spielt auch keine Rolle. »Du bist vollkommen verrückt«, sage ich.

East gibt mir keine Antwort, zumindest nicht in Worten. Stattdessen zwinkert er mir zu, dann hebt er mein Kinn an und küsst mich.

Ich öffne den Mund und genieße, wie seine Zunge mich erobert. Zum zweiten Mal in dieser Nacht drohen meine Knie nachzugeben. Zum zweiten Mal jagen elektrische Stöße durch meinen Körper. Ich kralle die Finger in das Leder seiner Jacke und würde am liebsten dafür sorgen, dass dieser Kuss nie mehr endet.

East ist mein Freund seit zweieinhalb Jahren. Wir haben mehr zusammen durchgemacht als die meisten anderen in einem ganzen Leben. Er ist alles für mich. Aber uns läuft die Zeit davon. Fast gewaltsam löse ich meine Lippen von seinen, schließe die Augen und lehne meine Stirn an seine.

»Was hast du mit Morton gemacht?«, flüstere ich.

»Ihn in seine persönliche Hölle geschickt«, brummt East und mir jagt ein Schauer über den Rücken.

Ich liebe seine Kompromisslosigkeit.

»Wie hast du das Tor aufbekommen?«

»Hab letzte Woche ein Aggregat zwischengeschaltet.«

Ich lache ungläubig. »Du warst schon mal hier?«

»Dutzende Male. Ich war die ganze Zeit bei dir, Baby.«

Ich blicke auf, lege meine Hände auf seine kratzigen Wangen und küsse ihn ein weiteres Mal.

»Wir müssen los«, sagt er dann.

Ich sehe ihm in die Augen, er erwidert meinen Blick eindringlich.

»Ich hab meinen Wagen frisch hochgetunt auf 800 PS. Wir fahren abseits der Interstate und sind in einer halben Stunde zurück in Detroit. Dort holen wir Casper ab und dann verschwinden wir. Ich hab genug Geld auf ein Offshore-Konto eingezahlt, um ...«

Der Rest seiner Worte verschwimmt.

Ich glaube, es ist die Tatsache, dass er meinen Bruder erwähnt, die die erste Euphorie verklingen und mich wieder klar denken lässt.

»Warte«, höre ich mich murmeln.

»Ich weiß, was du sagen willst, aber deswegen musst du dir keine Gedanken machen. Milo hat uns falsche Papiere erstellt, mit denen wir es problemlos über die kanadische Grenze schaffen, und von da ...«

»East. Hör auf.« Ich packe seine Oberarme und bin drauf und dran ihn zu schütteln, damit er mir nicht länger von einer Zukunft erzählt, die es so nicht geben kann.

Fragend blickt East mich an.

Ich schüttle den Kopf und realisiere endlich, wie verrückt das hier ist. Wie verrückt ich mich gerade verhalte. Das plötzliche Öffnen des Tors hat mich einen Augenblick lang in Begeisterung versetzt. Aber ich darf ihr nicht nachgeben.

»Was ist?«, will East wissen und mustert mich mit zusammengezogenen Brauen.

»Ich kann nicht abhauen. Ich kann nicht …« Ich lasse ihn los und mache einen Schritt zurück. Als ich weiterspreche, klingt meine Stimme klarer und fester. »Wie stellst du dir das denn vor?«

»Hab ich dir doch gerade erklärt«, erwidert er, noch gelassen.

»Und wie soll das laufen? Cas ist 12. Er muss in die Schule. Er braucht einen geregelten Tagesablauf. Ich kann mit ihm doch kein Leben auf der Flucht führen!«

East schüttelt den Kopf. »Das tun wir auch nicht. Wir fangen neu an. Dein Bruder kann auf eine andere Schule gehen, unter neuem Namen und –«

»Und niemand wird nach uns suchen?«, frage ich heiser. »Das glaubst du doch selbst nicht.«

Ich spüre, wie Tränen in meinen Augen brennen und blinzle sie hastig weg. Ich sollte nicht enttäuscht sein. Ihn zu sehen, wenn es auch nur für ein paar Minuten war, war besser als alles, was ich mir von dieser Nacht erhofft hatte.

So können wir uns wenigstens vernünftig verabschieden – etwas, das bei meiner Festnahme nicht möglich war.

»Tut mir leid, aber ich muss das hier durchziehen«, sage ich leise und will East noch einen letzten Kuss geben.

Aber er packt mich ganz unvermittelt an den Schultern und schiebt mich ein Stück von sich, sodass er mich ansehen kann. »Was ist mir dir?«, fährt er mich an. »Haben sie dich schon so weit?«

»Ich weiß nicht, was du meinst«, gebe ich stumpf zurück.

»Du weißt so gut wie ich, was der Sinn von solchen Camps ist! Die brechen euren Willen und bauen euch so wieder zusammen, wie sie es gerne hätten! Willst du das, Jess? Ein verdammter Zombie werden?«

Ich muss mich zwingen, seinem stechenden Blick standzuhalten. »Es geht um Cas, glaub mir. Wenn es nur wir beide wären, würde ich ...«

»Seit wann«, unterbricht er mich zornig, »vertraust du mir nicht mehr?«

Wie kann er mir sowas unterstellen?

Ich schlucke hart. »Ich vertraue dir.«

»Nein, das tust du nicht, sonst würdest du dich jetzt nicht so verflucht dämlich anstellen!«

Schnell sehe ich mich um, als er die Stimme erhebt, doch im Camp ist immer noch alles ruhig. Ich wende mich East zu, lege ihm erneut die Hände ins Gesicht, diesmal sanfter. »Sei nicht so ein Idiot. Ich liebe dich und ich werde wieder bei dir sein. In elf Monaten.«

East starrt mich einen Moment lang nur an. Sein Blick ist so durchdringend, dass ich davon Kopfschmerzen bekomme. Dann lässt er mich los und löst beinahe angewidert meine Finger von sich. »Du liebst mich, ja?«

»Das habe ich doch eben gesagt.«

»Du hast auch mal gesagt, dass uns nichts auf der Welt trennen kann, Jess. Erinnerst du dich daran? Wo du hingehst, gehe auch ich hin. So wie ich das sehe, bin ich der Einzige, der sich an deine großen Worte hält!«

Ich halte Easts Blick stand, auch wenn es nicht leicht ist. Er schafft mühelos, was zwei Monate U-Haft, vier Wochen Bootcamp, Sklavenarbeit, Geschrei und Hunger nicht geschafft haben. Zum ersten Mal spüre ich pure, brennende Verzweiflung in mir aufsteigen.

»Lass uns jetzt bitte nicht streiten«, sage ich eindringlich. »Ich brauche dich, East. Ich brauche die Gewissheit, dass du da sein wirst, wenn ich rauskomme. Warte auf mich. Elf Monate. Das packen wir doch.«

East schüttelt den Kopf. Seine ganze Haltung hat sich verändert, ist feindselig geworden. »Nein, Jess. Spar dir das. Wenn du das mit uns so ernst meinst, wie du immer getan hast, wirst du jetzt in meinen Wagen steigen und mit mir kommen. Wenn nicht, kannst du zur Hölle fahren. Du verdammte Heuchlerin.«

Seine Worte treffen mich so hart wie eine Ohrfeige. Er ist eher verletzt als wütend, das höre ich an seiner Stimme, aber das ändert nichts an der Erkenntnis, die mich gleich darauf trifft wie ein weiterer Schlag. Er meint das ernst.

Ich sehe ihn an und sein zorniger Blick verschwimmt vor meinen Augen. Jetzt kann ich die Tränen nicht länger zurückhalten.

»Sei kein Arschloch«, presse ich hervor.

East starrt mich weiter an, fassungslos, als wäre ihm gerade klargeworden, dass er nicht Jess, sondern eine Fremde vor sich hat. »Letzte Chance«, sagt er und seine Stimme klingt kaum weniger brüchig als meine.

Dann wischt er über das Display seines Smartphones und ein Geräusch hinter mir verrät mir, was seine Worte bedeuten.

Das Tor hat sich zu schließen begonnen.

Nein. Ich kann das nicht tun. Auch nicht, wenn er versucht, mich zu zwingen.

Meine Beine setzen sich in Bewegung und fühlen sich im ersten Moment so schwer an, als würden Betonklötze daran hängen. Dann jedoch sprinte ich los und schaffe es gerade noch, mich zwischen den Torhälften hindurchzuschieben, ehe sie sich in der Mitte treffen. Ich komme stolpernd zum Stehen, drehe mich nochmal um, will East noch irgendetwas sagen, das ihn dazu bringt, seine Meinung zu ändern.

Doch er ist schon verschwunden.

Im nächsten Augenblick gehen die Lichter wieder an. Ich bleibe auf dem Hof stehen und starre raus auf den Vorplatz. In mir tobt ein Chaos aus Entsetzen, Trauer und Zorn.

Irgendwer ruft meinen Namen, doch ich rühre mich nicht. Stattdessen lausche ich auf den Motor, der irgendwo in der Dunkelheit der Wälder aufbrüllt, dann leiser wird und langsam verstummt.

Eines steht fest: Ab jetzt bin ich auf mich allein gestellt.

Kapitel 1

‚Hometown Glory'

Detroit, Michigan
Heute

Tess

14630 Riverside Boulevard. Der fünfte Wohnwagen in der zweiten Reihe vom Fluss aus gesehen gehört uns. Gestrichen in einem blassen Rot, durch das überall der Rost bricht. Ich bin in dieser Wohnwagensiedlung aufgewachsen und habe sie immer gehasst. Die Enge, den Schmutz, den modrigen Geruch. Doch als Kind kann man sich nicht aussuchen, wo man lebt und man sucht sich auch nicht aus, ob sein Vater ein Versager ist.

Die Tür ist zu, mein Dad und mein Bruder sind nirgends zu sehen. Auch sonst ist keiner hier, um mich in Empfang zu nehmen. Alles wirkt wie ausgestorben, nur der leichte Nieselregen sorgt dafür, dass sich in dieser leblosen Kulisse etwas bewegt.

Home Sweet Home, denke ich ironisch und neben mir seufzt Mrs Malcolm, meine Anwältin.

»Ich hatte letzte Woche angerufen und Bescheid gesagt, dass du heute kommst.«

»War es nach Mittag? Dann war er zu besoffen, um es sich zu merken.«

Mrs Malcolm sieht mich an und runzelt die Stirn, vermutlich über die Verachtung in meiner Stimme.

»Jess, ich weiß, das ist nicht ideal. Aber das Gericht hat deinen Vater nun mal als deinen gesetzlichen Vormund für die nächsten zwölf Monate eingesetzt und daran können wir nichts ändern.«

Ich nicke stumm, um ihr zu signalisieren, dass ich ihre Worte zur Kenntnis genommen habe. Aber das ändert nichts daran, wie scheiße ich die ganze Situation finde. Ich bin 21. Das ist das Alter, in dem man spätestens bei seinen Eltern auszieht und in die Welt hinaus geht. Zuerst wollte man mich in eine betreute WG schicken, aber dann hätte ich meinen kleinen Bruder erst in einem Jahr wiedergesehen. Deshalb habe ich schweren Herzens darum gebeten, hier wieder einziehen zu dürfen. So bin ich wenigstens in Caspers Nähe.

»Ich klopfe an und sehe nach, ob er da ist«, sagt sie resigniert, setzt sich in Bewegung und steigt die hölzernen Stufen zur Tür des Wohnwagens so vorsichtig hinauf, als würde sie befürchten, dass sie jeden Moment unter ihrem Gewicht zusammenbrechen.

Ich kann es ihr nicht verübeln. Seit ich weg war, hat sich offenbar niemand mehr darum geschert, den Trailer instand zu halten. Die Fenster sind blind vor

Schmutz, die Camping-Stühle neben dem Eingang verwittert. Der Sonnenschirm liegt mit abgeknickten Speichen auf dem Rasen.

»Sie müssen sich keine Mühe machen«, sage ich, als auf Mrs Malcolms Klopfen hin niemand reagiert. »Machen Sie das Ding einfach hier draußen scharf und ich warte, bis jemand nach Hause kommt. Das bisschen Regen stört mich nicht.«

Ehrlich gesagt wäre es mir sogar lieber, wenn meine Anwältin und mein Dad sich nicht nochmal begegnen, denn schon bei meiner Verhandlung hat er mich bis auf die Knochen blamiert, weil er zu spät und im Unterhemd aufgetaucht ist.

Doch das Schicksal scheint beschlossen zu haben, mir nochmal zusätzlich auf die Nerven zu gehen. Denn schließlich sind im Inneren des Wohnwagens doch noch Schritte zu hören, dann öffnet sich die Tür, und da steht er.

Mein Vater, der große Ted Aldridge.

Früher war er mal Boxer und genau wie jemand, der mal Boxer war, sieht er auch aus. Seine Nase ist ein plattes Dreieck in seinem aufgedunsenen Gesicht, seine Stirn ist wulstig von zu vielen Platzwunden, die nicht richtig versorgt wurden. Sein graues Haar hat er schmierig nach hinten gekämmt und sein untersetzter Körper steckt auch heute in einem gelblich verfärbten Unterhemd.

Einen Moment lang mustert er Mrs Malcolm, als wäre sie eine Zeugin Jehovas. Dann erblickt er mich und sein Gesicht hellt sich auf. »Meine Kleine!« Mit ein paar schnellen, watschelnden Schritten schiebt er sich an meiner Anwältin vorbei, kommt zu mir nach unten und drückt mich an seinen massigen Körper.

»Hey«, erwidere ich und klopfe ihm auf die Schulter.

Unser Verhältnis ist nicht so toll, wie er gerade tut.

Das weiß er, das weiß ich. Nur dass ich es nicht für nötig halte, irgendwem etwas vorzumachen.

»Lass dich ansehen!« Dad mustert mich von oben bis unten. »Ist das zu glauben? Hätte nicht gedacht, dass ich dich in einem Stück wiederbekomme!«

»Ich war im Bootcamp, nicht im Schlachthaus«, gebe ich zurück.

Dad lacht schallend und deutet auf mich, als hätte ich den Witz des Jahrtausends gerissen. Ich halte die Luft an, um seine Fahne nicht riechen zu müssen. Dann scheint auch er endlich den Regen zu bemerken.

»Komm rein, kommt beide rein! Ihr holt euch ja den Tod!« Er stampft zurück in den Trailer und Mrs Malcom sieht mich mitfühlend an, ehe sie ihm folgt.

Ich blicke mich nochmal um. Immer noch kein Mensch zu sehen, dabei hätte ich zumindest mit meiner besten Freundin Raquel gerechnet. Aber andererseits: Woher hätte sie wissen sollen, wann ich komme?

»Jess? Legen wir los, ich habe noch andere Termine.«

Ich seufze und löse mich vom Anblick des verwaisten Parks.

Dann betrete ich den Wohnwagen.

Jess

»Die Fußfessel ist wasserdicht und stoßfest. Sie lässt sich nicht ohne Gewalt öffnen. In dem Band befindet sich ein Draht, der sofort Alarm schlägt, wenn es beschädigt wird. Der Sender teilt uns 24 Stunden am Tag mit, wo du dich aufhältst. Entfernst du dich aus dem erlaubten Radius, der den Wohnwagen sowie einen Umkreis von zehn Metern umfasst, wird auf der Stelle ein Streifenwagen losgeschickt. Ein einziger Verstoß reicht, um dich ins Gefängnis zu bringen. Hast du verstanden, Jessica?«

»Ja, Mrs Malcolm.«

»Der Richter will sehen, dass du dich mittlerweile an Regeln halten kannst – mit der Verlockung der Freiheit direkt vor deiner Nase. Im Grunde genommen ist das hier also ein Test. Aber wenn ich du wäre, würde ich versuchen, es als Chance zu sehen. Beweis dem Gericht, dass du ein funktionierendes Mitglied der Gesellschaft sein kannst. Kriegst du das hin?«

Ich nicke, auch wenn ich mir die dämliche Fessel am liebsten gleich wieder vom Bein reißen würde. Dass ich jetzt für die nächsten 12 Monate hier sitzen und die Füße stillhalten soll, fühlt sich an wie ein schlechter Scherz. Doch die Alternative zu einem Jahr Fußfessel sind 2 Jahre Knast, also habe ich noch Glück gehabt. Für das, was ich getan habe – ein führendes Investment-Unternehmen um eine Millionensumme erleichtern – hätte ich auch eine deutlich härtere Strafe bekommen können.

Mrs Malcolm mustert mich noch einen Moment prüfend, dann steht sie auf. Ich ziehe das Bein an und betrachte die Fessel genauer. Der Sender ist dick und total auffällig. In meinen DocMartens könnte ich ihn vielleicht verstecken, wenn ich sie offenlasse, aber ...

Moment, Jess. Wozu willst du den Sender verstecken? Du wirst nur hier sein, wo ohnehin jeder weiß, dass du die Fessel trägst.

Ach ja.

»Wenn du noch Fragen hast: Morgen früh kommt dein Bewährungshelfer vorbei. Mit ihm kannst du alles Weitere besprechen.« Mrs Malcolm wendet sich meinem Dad zu und steckt schnell die Hände in ihre Jackentaschen, damit sie ihm zum Abschied nicht die Hand geben muss. »Mr Aldridge, passen Sie gut auf Ihre Tochter auf.«

»Ich passe immer auf meine Kleine auf!«

»Das will ich hoffen.« Meine Anwältin nickt ihm zu, dann nimmt sie die Tür ins Visier und verschwindet so schnell, als hätten wir Hunde auf sie gehetzt. Nur dass es hier keine Hunde gibt. Kakerlaken vielleicht.

Ich sehe mich um und mein Blick bleibt an dem schmutzigen Geschirr hängen, das sich in der Spüle stapelt.

»Was guckst du so?«, fragt Dad. »Ich hatte viel um die Ohren und dein Bruder macht keinen Finger krumm.«

»Geh aus dem Weg«, sage ich und stehe auf.

Es ist Mittag. Casper wird bald nach Hause kommen. Mal sehen, ob er sich doppelt freut, wenn nicht nur seine Schwester, sondern auch ein halbwegs sauberes Zuhause auf ihn wartet.

Während Dad mich noch ein bisschen darüber volljammert, wie hart das letzte Jahr für ihn gewesen ist, mache ich mich daran, die Teller und Töpfe zu spülen.

Irgendwann verschwindet Dad in sein Schlafzimmer, um den ersten Rausch des Tages auszuschlafen. Sein Handy, ein verbeultes Smartphone der ersten Generation, lässt er dabei auf dem Sideboard liegen, das die Küche vom Essbereich trennt.

Ich blicke ihm kurz nach, schnappe mir das Telefon und trage es zur Sitzecke, so vorsichtig, als wäre es der kostbarste Schatz aller Zeiten. Ich hatte seit Monaten kein elektronisches Gerät mehr in den Fingern. Im Camp war ich von allen Kursen ausgeschlossen, die mit Computern zu tun hatten. Und als ich eben einen Blick in mein Zimmer geworfen habe, musste ich feststellen, dass die Polizei meine PCs nicht wieder hergebracht hat. Das heißt, sie wurden nicht freigegeben und verrotten nun in irgendeiner Asservatenkammer. Scheint, als hätte ich mächtig Eindruck gemacht.

Klar, die Behörden müssen davon ausgehen, dass ich Investments of the North ganz allein ausgenommen habe. Obwohl sie mich fast 24 Stunden am Stück verhört haben, habe ich dichtgehalten, meine Gang nicht verraten. *East* nicht verraten.

Gern geschehen, Mistkerl.

Ich wische über das verschmierte Display, säubere es mit meinem Ärmel so weit, dass ich was darauf erkennen kann und tippe Raquels Nummer ein. Ich muss ihr unbedingt sagen, dass ich zu Hause bin.

Mit klopfendem Herzen lausche ich auf das Freizeichen, das ertönt, sobald ich auf Anrufen gedrückt habe. Es klingelt ein zweites Mal. Dann ein drittes Mal.

»Komm schon«, flüstere ich.

Nervös lausche ich auf das vierte, fünfte und sechste Klingeln. Aber niemand geht ran.

Na toll. Ich beende den Anruf und überlege, ob ich es bei einem der anderen *Black Bones* probieren könnte. Doch schnell fällt mir auf, dass ich die Nummern der anderen Gangmitglieder nicht auswendig kenne. Das heißt, alle bis auf eine.

Doch bevor ich East anrufe, friert eher die Hölle zu.

Sauer knalle ich das Telefon auf die Tischplatte. Noch immer kann ich nicht fassen, was er getan hat. Dass er mich hängengelassen hat, als ich ihn am meisten gebraucht hätte. Ich kneife die Augen zu und massiere meine Schläfen mit den Fingern, um die Kopfschmerzen loszuwerden, die mich immer überfallen, wenn ich an ihn denke.

Als ich Schritte auf der Treppe höre, befinde ich mich plötzlich wieder im Hier und Jetzt. Ich stehe auf, die Tür öffnet sich und ich sehe mich einem Teenager gegenüber.

Er überragt mich um einen halben Kopf und an seinen Armen wölben sich erste Muskeln.

»Cas?«, frage ich ungläubig. Als ich ihn das letzte Mal gesehen habe, war er noch so klein.

Der Jugendliche, zu dem mein Bruder geworden ist, starrt mich überrascht an. »Keiner hat mir gesagt, dass du heute kommst!«

Ich schüttle den Kopf. Das wundert mich gar nicht. Aber es spielt jetzt keine Rolle. Ohne ein weiteres Wort strecke ich die Arme aus und umarme meinen Bruder fest. Nach einem kurzen Zögern drückt er mich ebenfalls. Mit erstaunlich viel Kraft. Eine Wolke aus Männerdeo hüllt mich ein.

»Schön, dich zu sehen«, sage ich gerührter, als ich es von mir selbst erwartet hätte.

Dann ist aus dem Schlafzimmer Dads betrunkenes Schnarchen zu hören.

»Willkommen zu Hause, Schwesterherz«, erwidert mein kleiner Bruder.

Während meiner Abwesenheit hat er gelernt, sarkastisch zu sein.

Dane

»Tut mir leid, Süßer, aber hier ist Rauchen verboten«, schnurrt die Rothaarige von der anderen Seite der Theke.

Ich ziehe an meiner Zigarette und gebe ein höchstens halb interessiertes »Hm« von mir. Dabei starre ich weiter in ihr Dekolleté, das um einiges interessanter ist, als mich mit ihr zu unterhalten. Schwarze Spitze bedeckt ihre Brüste kaum zur Hälfte. Wenn sie sich noch ein bisschen weiter vorbeugt, kann ich ihre Nippel sehen, da bin ich mir ganz sicher.

»Ich meine es ernst. Wenn der Boss auftaucht und hier alles nach Qualm riecht, hast du ein Problem. Er meint, das schreckt die Kunden ab. Wenn sie hierher kommen, sollen sie an Sex und nicht an Lungenkrebs denken.«

Ich spüre selbst, wie ich zu schmunzeln anfange. Der Boss weiß wirklich, wo die Prioritäten der Besucher eines Tittenclubs liegen.

Das *Lunaland* befindet sich auf der East 8 Mile Road, wo sich Kentucky Fried Chicken mit Tankstellen und

Sexclubs abwechselt. Anders als andere Läden hier auf der Straße können wir nicht mit einer Säulenauffahrt, einer Lasershow oder mit einem versilberten Vordach und einem Park-Service dienen.

Wir befinden uns im Keller eines Einkaufszentrums. Und genau das ist unser Vorteil. Das *Lunaland* ist von außen kaum als Erotik-Bar erkennbar. Sollte Mommy Daddy mal hier rauskommen sehen, kann er erzählen, dass er nur schnell eine Tüte Milch und ein paar Socken kaufen war. Zu uns kommen Männer, die es sich nicht leisten können, dabei gesehen zu werden, wie sie fremden Frauen auf die Brüste glotzen.

Genau aus diesem Grund bin ich hier momentan Concierge.

Und da ich ebenso wenig wie der Boss will, dass die Kunden beim Reinkommen Qualm anstelle von Frauenparfum riechen und gleich rückwärts wieder rausgehen, drücke ich meine Kippe unter dem Tresen aus.

Ich lasse sie im Papierkorb verschwinden und fange mir dafür schon den zweiten vorwurfsvollen Blick von der Rothaarigen ein.

»Die musst du draußen wegwerfen, Süßer.«

»Ich wäre ein Idiot, jetzt rauszugehen«, erwidere ich und begutachte lieber nochmal ihre vollen Brüste.

Sie lacht ein perfekt einstudiertes Lachen. »Lad mich in die Private Lounge ein und du darfst sie mal anfassen.«

»Anfassen ist genauso verboten wie Rauchen.«

»Für dich würde ich eine Ausnahme machen.« Die Rothaarige drückt sich selbst einen Kuss auf den Zeigefinger und streicht mir damit über die Wange, dann steht sie auf. »Meine Pause ist vorbei. Überleg's dir.«

Sie wirft mir ein verführerisches Lächeln zu, wendet sich ab und verschwindet mit schwingenden Hüften durch den roten Samtvorhang, der vom Eingangsbereich in den Club führt.

Ich versuche, einen Blick ins Innere zu erhaschen. Nachdem sie mich so heiß gemacht hat, hätte ich Lust auf ein bisschen nackte Haut.

Doch außer dem dicken Teppichboden, ein paar Schemen und jeder Menge Nebel kann ich nichts erkennen. Anscheinend zieht eines der Mädchen im Augenblick eine Tanzshow ab.

Gerade will ich meinen Platz hinter der Theke verlassen, um mir die Sache genauer anzusehen, als sich die Glastür erneut öffnet und sich ein Typ um die fünfzig zu uns ins Foyer schiebt, den ich auf Anhieb erkenne.

Glatze, randlose Brille und ein schmallippiges Gesicht, das aussieht, als würde er permanent in eine Zitrone beißen. Mister Larry Goldman – genau der Kerl, auf den ich gewartet habe.

Ich straffe die Schultern und setze mein freundlichstes Gesicht auf, während Goldman auf die Rezeption zukommt, seinen Spazierstock schwingend, als ob er ihn mir am liebsten direkt in die Fresse schlagen wollte.

»Mistwetter heute«, begrüßt er mich unfreundlich.

»Da gebe ich Ihnen Recht, Sir«, erwidere ich mit perfekt gespielter Unterwürfigkeit in der Stimme. Dabei strecke ich die Hand aus. »Darf ich Ihnen den Mantel abnehmen?«

Goldman macht keine Anstalten, mir eine Antwort zu geben. Stattdessen mustert er mich von oben bis unten. »Neu hier?«

»Nein, Sir. Ich war nur die letzten vier Wochen krankgeschrieben«, erkläre ich, auch wenn das nicht der Wahrheit entspricht. Genaugenommen arbeite ich erst seit vier Tagen hier.

»Was Ansteckendes?«, will er wissen und betrachtet mich immer noch, jetzt allerdings, als wäre ich ein Exponat in einer Freakshow.

»Nein, Sir.«

Er nickt und lässt sich endlich dazu herab, seinen dämlichen Mantel auszuziehen. Ich nehme ihm den Trenchcoat ab, bedanke mich höflich und füge hinzu: »Sie wissen ja, dass ich Sie auch um Ihre Kreditkarte bitten muss.«

Weil sich ein paar frühere Kunden durch die Hintertür abgesetzt haben, ohne zu bezahlen, hat der Besitzer des *Lunaland* diese Praxis als Sicherheit eingeführt.

»Aber sicher.« Goldman greift in sein Portemonnaie und hält mir seine goldene AmEx hin. Ziemlich protzig für einen Mann mit seinem Job. »Schön vorsichtig damit sein.«

»Natürlich«, gebe ich gelassen zurück und würde ihm für seine Arroganz mit seiner American Express am liebsten ein schönes Glasgow Smile in die Visage ritzen, von einem bis zum anderen Ohr.

Stattdessen greife ich nach einem weichen Tuch und poliere die Karte, während ich mit einem Lächeln hinzufüge: »Ich wünsche Ihnen einen schönen Abend, Sir.«

»Natürlich tun Sie das. Schließlich hängt Ihr Gehalt davon ab.«

Mit einer süffisanten Grimasse steuert Goldman auf den Vorhang zu. Ich lasse ihm noch 5 Sekunden Vorfreude und zücke mein Handy.

4 Sekunden ...

Ich mache ein Foto seiner Karte.

3 Sekunden ...

Er greift nach dem Vorhang.

2 ...

Ich schalte die Kamerafunktion meines Handys ein.

1.

Goldman zieht den Vorhang auf.

»Oh, Mister Goldman?«

Verärgert blickt er über die Schulter zu mir zurück. Dann wird sein Gesichtsausdruck irritiert, als er das Smartphone in meiner Hand sieht.

»Was soll das?«

»Ich fürchte, ich muss das hier an Ihre Frau schicken.« Wie immer ist Recherche alles. Also füge ich an: »Rosalie wird sicher furchtbar enttäuscht sein, dass Sie schon wieder rückfällig geworden sind.«

Während ich rede, lasse ich die Kamera über den *Lunaland*-Schriftzug und die Malereien daneben schweifen. Sie zeigen ein paar unserer Mädchen in eindeutigen Posen.

Dann fange ich wieder Goldmans Gesicht ein.

»Und was würde Ihr Chef erst dazu sagen? Ein Bewährungshelfer, der sich in Rotlicht-Clubs auf der 8 Mile rumtreibt? Wenn ich mich nicht irre, arbeitet eine Ihrer Schützlinge hier. Ist es in Ordnung, dass Sie der Kleinen regelmäßig zwischen die Schenkel schauen? Gehört das zum Job dazu?«

Langsam lässt Goldman den schweren Vorhang wieder zufallen. Schlagartig dringt die Musik aus dem Club nur noch gedämpft in den Empfangsbereich.

»Was wollen Sie?«

»Ich möchte Ihnen ein bisschen Arbeit abnehmen, das ist alles.«

Goldmans Brauen ziehen sich zusammen und er presst die Lippen aufeinander. Seine Gesichtsfarbe, die während meiner Worte immer weißer geworden ist, wechselt nun in ein sattes Rot. »Was soll das heißen?«, schnaubt er.

Ich grinse ihn an und erkläre ihm, wie es laufen wird.

Tess

Der nächste Morgen beginnt neblig. Nach dem Regen gestern scheint es heute ein warmer Tag zu werden. Die Sonne lässt feinen Dunst aus den Wiesen und von dem schmalen Kanal aufsteigen, an dem unser Trailer Park liegt.

Ich sitze auf einer der Treppen, die vom Ufer aus steil ins Wasser führen. Obwohl unser Wohnwagen nicht in der ersten Reihe liegt, reicht der Radius meiner Fußfessel bis hier. Die Grundstücke sind winzig und direkt am Kanal stehen fast alle Trailer leer. Die Feuchtigkeit hat sie schimmeln lassen. Ein paar Boote liegen unten im Wasser, die meisten sehen unbrauchbar aus. In einem davon tummeln sich Frösche. Ich beobachte sie eine Weile, doch ablenken können sie mich auch nicht. Ich bin unruhig.

Es war komisch, plötzlich wieder allein in einem Zimmer zu schlafen. Es ist auch seltsam, nicht mehr von der Sirene geweckt zu werden, und den Morgen nicht mehr mit einem Zwei-Meilen-Lauf zu beginnen.

»Hey.« Ein neonfarbenes Paar Turnschuhe erscheint auf der Treppe und ich nehme schnell meine Kaffeetasse weg, damit Cas sie nicht umtritt.

Er setzt sich neben mich und hat anstelle von Kaffee einen Energydrink dabei, um wach zu werden.

»Das Zeug ist ungesund«, sage ich. »Es macht dein Herz kaputt. Und deine Nieren.«

»Ja, ja« erwidert mein Bruder und greift in seinen Rucksack. »Für dich habe ich deshalb auch deine Hackerbrause besorgt.« Damit hält er mir eine Flasche Mountain Dew Code Red hin.

Überrascht sehe ich auf. Das war mein Lieblingsgetränk, wenn ich früher ganze Nächte vor dem PC verbracht habe. Cas wusste immer, was ich tue. Dad nicht. Wofür ich verhaftet wurde, hat er glaube ich bis heute nicht wirklich kapiert.

»Danke«, sage ich, nehme ihm die Flasche ab, drehe sie auf und lasse mir Zeit. Ich schließe die Augen und rieche erstmal an dem süßen Soda.

Cas gibt ein schnaubendes Lachen von sich. »Trinken, nicht schnupfen.«

»Im Camp gab es sowas nicht.« Ich gönne mir einen ersten kleinen Schluck. Der Kirschgeschmack ist unglaublich. Kein teurer Rotwein auf der ganzen Welt könnte besser sein.

»Das Essen war wohl auch scheiße, so wie du gestern reingehauen hast.«

Weil Dad nicht mehr aus dem Schlafzimmer gekommen ist, ist mein Bruder irgendwann mit dem Fahrrad losgefahren und hat riesige Burger für uns besorgt. Mit

Chili con Carne und Extrakäse drauf, so wie ich es am liebsten mag. Vermutlich ist das seine Art, mir zu zeigen, dass er sich über meine Rückkehr freut. Geld aus der Haushaltskasse konnte er dafür nicht nehmen. Sie war leer.

»Arbeitet Dad im Moment?«, frage ich. Manchmal kommt er in einer Fabrik am Fließband unter, zumindest für ein paar Wochen. Immer so lange, bis seine Trinkerei auffällt und er rausfliegt.

»M-hm. Als Flachwichser.« Cas kramt in seinem Rucksack und ich sehe ihn fragend an.

»Habt ihr Probleme?«

»Nein, passt schon.« Er zieht eine zerknitterte Schachtel Zigaretten heraus und schiebt sich eine zwischen die Lippen.

Verärgert nehme ich sie ihm weg. »Seit wann rauchst du?«

Cas blickt verwundert zu mir herüber. »Was spielt das für 'ne Rolle?«

»Hast du vergessen, woran Mom gestorben ist? Willst du auch so enden wie sie?«

Im Blick meines Bruders erscheint Spott. Noch so ein Ausdruck, den ich früher nie an ihm gesehen habe. »Nicht jeder, der raucht, bekommt Krebs, Jess. Es stürzt ja auch nicht jeder ab, der in ein Flugzeug steigt.«

Damit will er mir die Zigarette abnehmen, aber ich werfe sie kurzerhand in den Kanal.

Ungläubig blickt Cas ihr hinterher.

»Ich will nicht, dass du rauchst.«

Wieder fixiert mein Bruder mich, urplötzlich wirkt er sauer. »Was soll das, spielst du jetzt neuerdings die Mutter?«

»Cas …«

»Ist ein bisschen komisch, wenn jemand, der frisch aus dem Bootcamp kommt und 'ne elektronische Fußfessel trägt, auf Moralapostel macht, findest du nicht?«

Ich versuche, ruhig zu bleiben. »Ich will doch nur nicht, dass du endest wie unsere Eltern. Wie keiner von ihnen. Und auch nicht …«

»Weißt du was, Jess?« Mein Bruder lässt mich nicht ausreden. »Fick dich selbst und kümmere dich um deinen eigenen Scheiß!« Ganz unvermittelt schlägt er mir die Flasche aus der Hand, sodass sie ebenfalls im Wasser landet. »Gern geschehen.« Damit schnappt er sich seinen Rucksack, steht auf und verschwindet zwischen den Wohnwagen.

Ich blicke ihm nach und atme tief durch. Am liebsten würde ich ihm hinterherlaufen und ihn fragen, was der Mist soll. Aber ich weiß, dass das nichts nützen würde.

Er ist enttäuscht von mir. Und ich kann es ihm eigentlich noch nicht mal übelnehmen.

Ich habe ihn im Stich gelassen, wenn auch nicht extra. Seit Moms Tod war ich immer seine wichtigste Bezugsperson. Das ganze letzte Jahr über hatte er niemanden. Kein Wunder, dass er wütend ist.

»Ich werde nochmal ein Auge zudrücken«, reißt mich eine Stimme aus meinen Gedanken.

Ich schrecke zusammen und sehe mich hastig um. Zuerst glaube ich, dass es Dad ist, dann jedoch tritt ein Typ aus den Nebelfetzen, der deutlich jünger ist als mein Vater. Und den ich im Leben noch nie gesehen habe – das ist mir gleich klar, denn jemanden wie ihn hätte ich mir gemerkt.

»Jessica Aldridge?«, fragt er mit einer dunklen, samtigen Stimme.

Ich mustere ihn misstrauisch. Er trägt eine schwarze Bomberjacke, darunter ein weißes, körperbetontes Shirt. Seine Jeans wirken teuer, sein Haar ist schwarz, kurz und ein wenig gegelt und sein gepflegter Bart ist eher fünf als drei Tage alt.

»Wer will das wissen?«, frage ich und stehe auf.

Der Fremde kommt näher, bleibt an der obersten Stufe stehen und hält mir die Hand hin. »Larry Goldman. Ihr Bewährungshelfer.«

Oh, Shit.

Der Streit mit meinem Bruder macht ja einen tollen ersten Eindruck. Er hätte das nicht mitkriegen dürfen. Wenn ich in Goldmans Augen etwas falsch mache, lande ich ganz schnell hinter Gittern.

Ich eile die Stufen hinauf und schüttle seine Hand. Ich bemühe mich um einen festen Händedruck, doch mein Anblick muss alles andere als souverän wirken: Ich trage nichts außer einem riesigen schwarzen Hoodie. So früh am Morgen hatte ich nun nicht mit meinem Bewährungshelfer gerechnet.

Goldman drückt meine Hand, seine Finger fühlen sich warm und angenehm an. Aber seine nächsten Worte sorgen dafür, dass ich mich trotzdem unwohl fühle. »Das ist Umweltverschmutzung«, sagt er und deutet runter auf den Kanal. »Da Sie vorbestraft sind, kann Ihnen das zwei Jahre einbringen.«

»Blödsinn«, höre ich mich selbst sagen. »Doch nicht wegen ...«

Mein neuer Bewährungshelfer sieht mich an und zieht eine Braue in die Höhe. »Ich glaube nicht, dass Sie in der Position sind, mir zu widersprechen, Miss Aldridge.«

Ich erwidere seinen Blick und schlucke den Rest meines Satzes herunter. Er hat Recht. Natürlich sollte ich mit ihm keine Diskussion anfangen.

»Tut mir leid«, sage ich.

»Das hoffe ich«, erwidert Goldman, wobei mir ein leicht amüsiertes Funkeln in seinen Augen nicht entgeht.

Anscheinend gefällt es ihm, mich zur Schnecke zu machen.

Erst jetzt lässt er meine Finger los und drückt mir eine Visitenkarte in die Hand, auf der ich seine Handynummer vorfinde.

»Hier, für Notfälle«, erklärt er und mustert mich dabei von oben bis unten. »Kaum ist man aus dem Camp zurück, war es das mit der Disziplin, was?«

Obwohl ich eigentlich gar nicht der Typ dafür bin, spüre ich, wie meine Wangen zu glühen beginnen, und das gleich aus mehreren Gründen. Zum einen, weil ich mir dank seines Kommentars wie eine faule Schlampe vorkomme. Der zweite Grund ist, dass ich immer noch halbnackt bin. Und der dritte: Meine Beine sind unrasiert und sehen pelzig aus. Im Camp waren Ladyshaves verboten.

Ich räuspere mich. »Ich bin seit sieben auf.«

»Jetzt ist es ...« Er sieht auf die massive schwarze Uhr an seinem Handgelenk. »Fast acht. Was haben Sie die ganze Stunde über getrieben?«

»Hier gesessen und Kaffee getrunken.« Oh Mann. Ist es so schlimm, an seinem ersten Tag in Freiheit einfach mal die Ruhe zu genießen?

Goldman mustert mich und zieht die dunklen Brauen zusammen. Mir fällt auf, dass er einen guten Kopf größer ist als ich. Doch es ist nicht seine Körpergröße, die mich einschüchtert – eher seine Art. Jeder Blick von ihm scheint zu sagen: *Ein Fehler und ich loche dich ein.*

»Haben Sie ein Handy?«, fragt er.

»Nein«, erwidere ich schnell. Er soll bloß nicht glauben, dass ich direkt wieder mit dem Hacken anfange. »Ich habe nur dagesessen.«

Goldman mustert mich noch einen Moment kritisch, dann scheint er einen Entschluss zu fassen und nickt. »Okay, also müssen wir Ihnen schnellstens eines besorgen.«

Misstrauisch blicke ich ihn an. Wenn überhaupt, hätte ich erwartet, dass ich das nächste Jahr über ein komplettes Medienverbot bekomme. Oder dass ich in eine Selbsthilfegruppe für Hacker geschickt werde, in der ich Schritt für Schritt lerne, mich im normalen Netz zu bewegen, ohne dabei ins Deep Web oder Darknet abzurutschen.

»Ich bekomme ein Handy?«, frage ich.

»Sicher. Ich muss Sie schließlich erreichen können.« Goldman lächelt dünn und ich stelle fest, dass er für einen Bewährungshelfer ziemlich attraktiv ist.

Irgendwie hätte ich mit einem langhaarigen Hippie im Strickpullover gerechnet. Stattdessen steht ein Armani-Model vor mir.

»Was ist?«, fragt Goldman und verschränkt die Arme, was seinen Bizeps unter der dünnen Jacke deutlich hervortreten lässt. »Wollen Sie mich nicht mit Fragen löchern, Miss Aldridge? Ich bin Ihr Bewährungshelfer. Ich bin für Sie da.«

»Nein, keine Fragen«, erwidere ich.

»Gut. Wollen Sie mir Ihren Vormund vorstellen?«

Ich verziehe das Gesicht. »Meinen Vater? Ich fürchte, er ist noch nicht wach.«

Missbilligend blickt Goldman hinüber zu unserem rostigen Trailer und mir fällt auf, wie wenig er hierher passt. Als hätte man einen Panther auf einer Müllkippe ausgesetzt. »Ich frage mich, wer sich diesen Unsinn ausgedacht hat«, sagt er schließlich. »Ihr Vater hat offenbar nicht mal sein eigenes Leben im Griff, wie soll er sich um Ihres kümmern? Wenn so ein Mann Ihr Vormund ist, sitzen Sie in einem Jahr mit Lockenwicklern und Tränensäcken im Trailer gegenüber und haben einen Kerl geheiratet, der Sie verprügelt, wenn ihm die Farbe seines Frühstückseis nicht gefällt.

»Keine Sorge«, gebe ich zurück. »Ich kann ganz gut auf mich aufpassen.«

»Ach, können Sie das?« Goldman wendet sich wieder mir zu und sieht mir tief in die Augen. »Ich sage Ihnen was, Jessica. Sie sind erwischt worden. Also sollten Sie eines verdammt nochmal nicht tun: sich überschätzen. Vertrauen Sie mir, nicht sich. Dann haben Sie kein Problem. Geht das in Ihren hübschen Kopf?«

So langsam geht mir seine herablassende Art echt auf die Nerven. »Mein hübscher Kopf«, sage ich und funkle ihn an, »hat das Sicherheitssystem eines Investment-Unternehmens lahmgelegt und unbeschadet zwölf Monate Bootcamp überstanden.«

»Pschscht«, macht Goldman, kommt näher und schüttelt langsam den Kopf. »Nicht aufregen, Jessica. Sie sollten wissen, dass Sie mir gegenüber niemals ausfällig werden dürfen. Ich bin hier, um Ihnen zu helfen, raus

aus diesem Elend zu kommen. Das wollen Sie doch, oder?« Er tritt noch einen Schritt dichter an mich heran.

So dicht, dass ich den männlich-herben Duft seines Aftershaves riechen kann und für einen Moment Probleme habe, mich zu konzentrieren. Ein Jahr Camp bedeutet eben auch ein Jahr, ohne einem Mann auch nur nahe zu kommen. Außer den Wachen natürlich, aber diese Sadisten fand ich nicht mal ansatzweise anziehend. Dass mich jetzt ausgerechnet mein Bewährungshelfer aus dem Konzept bringt, ist allerdings mehr als falsch.

»Natürlich will ich das«, sage ich schließlich und zwinge mich, ihn anzusehen.

Er nickt. »Das haben Sie damals auch bei der Polizei ausgesagt. Mit Ihrem Honorar für den Betrug wollten Sie Ihrem Bruder und sich ein besseres Leben ermöglichen.«

»Das war die Wahrheit«, gebe ich zu. »Ich wollte eine Wohnung und das Sorgerecht für ihn, sobald ich volljährig bin. Und ich wollte was fürs College sparen.«

»Für ihn, nicht für sich.«

Ich nicke. Was soll ich am College? Ich war schon auf der Schule hoffnungslos unterfordert.

»Sie haben immer noch die Chance dazu«, sagt Goldman. »Aber nicht, wenn Sie hier herumsitzen und Kaffee trinken. Gehen Sie rein. Schreiben Sie ein paar Bewerbungen.«

Ich lache humorlos. »Per Hand? Auf Klopapier? Oder wie stellen Sie sich das vor? Ich habe nichts hier, womit ich Bewerbungen schreiben könnte, und ich kann auch nichts kaufen.«

»Widersprechen Sie mir nicht schon wieder, Miss Aldridge. Gehen Sie rein und schreiben Sie Bewerbungen. Sie werden schon sehen.« Noch einen Moment lang betrachtet er mich, als wäre er sich nicht sicher, was er von mir halten soll. Dann sagt er: »Ich komme in ein paar Tagen wieder und kontrolliere Ihre Fortschritte.«

Damit macht er auf dem Absatz kehrt und lässt mich stehen.

Ich blicke ihm nach, bis er hinter dem nächsten Wohnwagen verschwunden ist. Dann löse ich mich von meinem Platz auf dem Rasen und gehe rein, ganz wie er es von mir wollte.

Sicher ist das ein Test. Vermutlich bleibt er in Sichtweite zum Trailer stehen, um zu kontrollieren, ob das Camp mich brav und gefällig gemacht hat.

Noch immer leicht verwirrt von diesem Treffen, gehe ich zu meinem Zimmer. Ich trete ein – und entdecke etwas, das auf der Stelle meinen ganzen Körper vor Freude kribbeln lässt.

Auf meinem leergeräumten Schreibtisch stehen ein noch verpackter Laptop und ein kleiner Karton mit einem Internetstick. Das sollte also dieses seltsame Verhalten, als Goldman mich zum Bewerbungen schreiben schickte!

Ich eile zum Schreibtisch und spüre selber, dass ich strahle wie ein Idiot, als ich die Verpackung des Notebooks aufreiße. Etwas in mir erwacht, das besser unter Verschluss bleiben sollte.

Trotzdem kann ich die leise Stimme nicht ignorieren, die ich in meinem Kopf flüstern höre, als ich auf den Startknopf drücke: *A.J. ist wieder da.*

Kapitel 2

›I don't care‹

East

»Komm schon. Wir sind gleich fertig.«

Ich höre die Stimme kaum, sie klingt wie aus weiter Ferne, wie aus einem anderen Zimmer. Das mag daran liegen, dass ich mich gerade komplett auf etwas anderes konzentriere: den Videostream auf meinem Tablet.

Die Bilder werden live und in Echtzeit an mich gesendet, aufgenommen von der Webcam in Jess' neuem Laptop. Woher sie so schnell wieder einen Computer hat, ist mir ein Rätsel. Soll mir aber auch egal sein. Als ich heute Mittag zu ihr gefahren bin und einen Blick durch ihr Fenster geworfen habe, saß sie jedenfalls auf dem Bett und war völlig in irgendetwas auf dem Monitor vertieft.

Ich habe sie minutenlang beobachtet, habe versucht zu erkennen, was das Camp aus ihr gemacht hat. Die alte Jess kann sie nicht mehr sein, so viel steht fest.

Wäre sie noch *meine* Jess, hätte sie sich auf der Stelle das Handy ihres Alten oder ihres Bruders geschnappt und mich angerufen.

Aber wer ist sie dann?

Ich zoome ihr Gesicht näher heran.

»East! Halt still!«

Entnervt sehe ich runter zu Leroy, meinem Tätowierer. »Was willst du eigentlich von mir?«

Leroy, der auf einem Drehhocker neben mir sitzt, deutet ziemlich sauer auf meine Leiste. »Was ich von dir will? Dass du aufhörst, herumzuzappeln! Ich mache gerade die Schattierungen, falls du's noch nicht gemerkt hast. Wenn du nicht willst, dass das Motiv am Ende aussieht wie 'ne überfahrene Kröte, musst du schon mitarbeiten!«

»Wenn das Motiv am Ende aussieht wie 'ne überfahrene Kröte, zünd ich deinen Laden an und zahl dir keinen Cent, also gib dir gefälligst Mühe.«

Leroy macht ein Geräusch, als hätte ich mich soeben für die Sklaverei ausgesprochen. »Im Ernst, East, du warst auch schon mal besser drauf.« Er schüttelt den Kopf und sticht weiter.

Eigentlich soll er mir ein menschliches Herz stechen und keine Kröte, wobei das Motiv eigentlich zweitrangig ist. Viel wichtiger ist, was es überdeckt.

Außerdem kann ich den Schmerz gerade gut gebrauchen. Er macht mich wach. Katapultiert mich für ein paar Stunden in die echte Welt. Lässt mich klar denken. Solange ich meine Ausflüge in die Realität selbst steuern kann, geht es halbwegs. Aber der Rest der Zeit ist das reinste Chaos, bestehend aus Alkohol, Sex und viel zu vielen Stunden, in denen ich einfach nur dasitze und darüber nachdenke, wie zur Hölle mein Leben dermaßen außer Kontrolle geraten konnte.

Ich hatte immer alles im Griff. Das ist das Geheimnis, wenn du so lebst wie ich: Verliere nicht die Kontrolle. Doch genau das habe ich getan und niemand Geringeres als Jess ist daran schuld.

Jess. Warum lässt mich diese Frau nicht los? Sie und das, was aus ihr geworden ist. Oder was sie vielleicht insgeheim schon immer war.

Ich zoome sie noch näher heran, sehe in ihre Augen und versuche, irgendetwas darin zu erkennen. Aber ihr Blick ist vollkommen undurchdringlich.

Sie hat mich immer noch nicht bemerkt. Wie auch? Ein Trojaner sorgt dafür, dass die LED-Lampe der Webcam nicht leuchtet.

Ihr Anblick erinnert mich an früher. Diesen konzentrierten Blick hatte sie immer drauf, wenn sie dabei war, sich ganz tief in ein eigentlich unzugängliches System zu hacken. Ein Funke Hoffnung keimt in mir auf und ich wechsle in ein anderes Tab, eines, das mithilfe des Trojaners zeigt, was sie treibt.

Vorhin hat sie sich die News der vergangenen Monate angesehen. Mittlerweile ist sie dazu übergegangen, Raquel über Instagramzu stalken. Es ist fast schon lustig. Die berühmte A.J. surft im Netz herum wie ein gewöhnliches Mädchen.

Scheiße. Und dabei war sie so gut.

Der Name A.J. taucht zum ersten Mal in der Detroiter Hackerszene auf, als ich schon längst die *Black Bones* gegründet hatte. Während drüben in Kanada die Eishockey-Meisterschaften liefen, sorgte A.J. dafür, dass einen halben Tag lang im gesamten Süden des Landes nur Schnee über die Fernsehbildschirme flimmerte. Tatsächlicher Schnee. Aufnahmen von idyllischen kanadischen Landschaften. Die Leute dort drüben wurden irre. Mir gefiel die Aktion und ich heftete mich an A.J.s Fersen.

Nie im Leben hätte ich erwartet, dass eine Frau dahintersteckt. Dass ich mich in sie verlieben würde. Und dass aus dieser Liebe einmal Hass werden würde.

Ich sehe mich auf ihrer Festplatte um und stelle fest, dass sie leer ist.

Unbeschrieben. Bedeutungslos.

Als wäre Jessica einfach ausgelöscht worden.

Für immer.

Ich lege das Tablet zur Seite, lehne mich auf dem Tätowierstuhl zurück und schließe die Augen.

Eine beschissene Idee, denn wie jedes Mal überfallen mich auch jetzt die alten Bilder aus der Zeit, als Jess noch eine von uns war.

Ich holte sie in die Gang, kurz nachdem ich sie kennengelernt hatte. Alles, was sie übers Hacken noch nicht wusste, brachte ich ihr bei. Terra und Cyph, meine beiden anderen Hacker, waren schon Mitglieder der *Bones*, aber keiner von ihnen war so gut wie sie. Gemeinsam kamen wir überall rein und überall ungesehen wieder raus. Wir hackten uns in Schließfächer und Firmenkonten, niemand konnte uns aufhalten. Und egal, wen wir ausraubten, Jess hatte nie irgendwelche Skrupel.

Sie sah die ganze Sache wie ich: Wenn dir etwas wirklich wichtig ist, versteck es unter deinem Kopfkissen. Tust du’s nicht, stehlen wir es.

Sie kam aus der Gosse, ich aus einer anderen Art von Ghetto. Von einem Ort, an dem zwar keine finanzielle Armut herrschte, an dem aber trotzdem das Wesentliche fehlte.

Wir nahmen uns, was uns zustand. Wir machten uns einen Namen, bezogen über das Darknet immer größere Aufträge und bekamen am Ende genug Geld raus, um tun und lassen zu können, was wir wollten. Wir waren absolut frei und doch hatte jeder von uns jemanden, zu dem er gehörte. Die Gang, klar. Aber vor allem hatte Jess mich und ich sie.

Das mit uns war mehr als Liebe. Ich wusste damals kein Wort, um es zu beschreiben und jetzt, wo es vorbei ist, fällt mir erst recht keines mehr ein.

»So. Nulllinie«, reißt mich Leroy aus meinen Erinnerungen.

Ich öffne die Augen und sehe zu ihm herunter. »Was?«

Er grinst schief. »Herzstillstand, mein Freund. Flatline. Ich bin fertig.«

Damit richtet er einen Spiegel auf das frische Tattoo, das sich mitten auf meinem V-Muskel befindet. Ich sehe es mir an, betrachte die feinen schwarzen Linien, die noch nicht mit Folie überklebt sind. Doch meine Aufmerksamkeit gilt in diesem Moment etwas anderem. Dem, was Leroy gerade gesagt hat.

Flatline.

Das ist ein Begriff aus der Hackerszene, den man benutzt, wenn eine Maschine kaputt ist. Zerstört. Nicht mehr funktionsfähig.

Vielleicht beschreibt dieses Wort perfekt, was mit Jess und mir passiert ist.

Ich nicke, setze mich auf und klopfe Leroy auf die Schulter. »Na, siehst du? Kein Grund für ein verspätetes Osterfeuer.«

Leroy zeigt mir den erhobenen Daumen, dann sieht er mir zu, wie ich das Tablet ausschalte.

»Die Kleine ist draußen?«, fragt er.

»Nein«, sage ich. »Das, was von ihr übrig ist.«

Damit stehe ich auf, bezahle Leroy für seine Arbeit und verlasse das Studio, ohne aufzuhören, an Jess zu denken.

Was immer sie jetzt ist, was immer sie mit ihrem Leben noch vorhat, eines steht fest: Sie sollte besser einen verdammt großen Bogen um mich machen.

Jess

Ich werfe der Falttür, die mein Zimmer vom Rest des Wohnwagens trennt, einen finsteren Blick zu. Das Ding schafft es einfach nicht, die Stimmen von Dad und seinen Kumpels draußen zu halten. Lautstark debattieren sie über irgendeinen Unsinn. Stammtischparolen. Oder noch eine Stufe darunter.

Seit ich aus dem Camp zurück bin, fällt mir immer mehr auf, wie ungeregelt der Alltag hier abläuft, wie jeder nur so vor sich hinlebt.

Casper ist seit heute Morgen weg. Sein Zimmer, das gegenüber von meinem liegt, ist leer, aber niemand scheint sich darüber zu wundern. Mittlerweile ist es sechs Uhr abends. Dad hat seit heute Mittag versprochen, sich um das Essen zu kümmern. Aber bisher ist es bei dem Versprechen geblieben. Mein Magen knurrt und wenn das so weiter geht, werde ich gegen meine Auflagen verstoßen müssen, um hier nicht zu verhungern. Mein Körper hat sich an die festen Essenszeiten gewöhnt, deshalb ist mir schwindelig.

Wohl oder übel löse ich mich von meinem Platz vor dem Laptop.

Meinem Geschenk des Himmels.

Zuerst hatte ich keine Ahnung, wo ich anfangen sollte. Mit den News? Den sozialen Netzwerken? Mit einem Mal hatte ich Zugang zu so vielen Informationen, die mir ein Jahr verwehrt geblieben waren, dass ich gar nicht wusste, wo mir der Kopf stand.

Dann habe ich Raquel gegoogelt.

Wie alle *Bones* ist sie im Netz nicht unter ihrem richtigen Namen unterwegs, doch im Gegensatz zu uns liebt sie es, sich online in Szene zu setzen. Unter dem Namen *RacyRaq* betreibt sie einen Instagram-Account, den sie regelmäßig mit Fotos füttert. Ich rufe ihn über den Laptop auf und sehe mir ein paar der Bilder an. Auf den meisten trägt sie knappe, grelle Outfits und hat ihre langen schwarzen Rastazöpfe zu kunstvollen Frisuren hochgesteckt. Ihr Geschmack war schon immer speziell. Als wir uns auf der Highschool kennengelernt haben, hielt ich sie für eine Raverin. Doch schnell stellte sich heraus, dass wir denselben Musikgeschmack und auch sonst einiges gemeinsam hatten. Wir waren die Trailer-Park-Prinzessinnen der Klasse.

Die einzigen beiden, deren Eltern sich kein vernünftiges Haus leisten konnten. Das hat uns zusammengeschweißt.

Da mein Account damals lahmgelegt wurde, lege ich mir kurzerhand einen neuen zu und schicke Raquel eine kurze Nachricht:

Hey, ich bin's. Lass dich mal bei mir blicken, ich bin frei :)

Eine Weile stöbere ich noch auf ihrem Profil, kann aber nichts Spannendes finden – bis ich in ihrer Bio auf ihren Beziehungsstatus stoße.

Seit dem 5. August im letzten Jahr ist sie vergeben. Da war ich seit zwei Monaten im Camp. Hier steht allerdings nicht, an wen. Ich durchstöbere erneut ihre Galerie, kann aber auf keinem Foto einen Mann entdecken. Ich bin gespannt, wer ihr geheimnisvoller Verehrer ist.

Ich habe einfach so viel verpasst.

Seufzend klappe ich den Laptop zu und ziehe die Falttür auf.

»… nicht mehr sicher auf den Straßen!«, dringt mir Dads Stimme entgegen. Weiter höre ich nicht zu, denn ich möchte gar nicht wissen, welche Minderheit seiner Meinung nach nun wieder den Frieden des Landes bedroht. Zuletzt hatte er es auf Transgender abgesehen. Davor, als ein Kirchenskandal die Medien überflutet hatte, war er dafür, alle Priester und Pfarrer des Landes zu verweisen.

Ich blende sein haltloses Gezeter aus und werfe einen Blick in den Kühlschrank. Wir haben Eier, Coke, Bier …

noch eine Packung Eier, Joghurt und eine angebrochene Salami. Ich öffne die Schränke, kann aber keine Nudeln finden. Dafür ein Toastbrot.

Immerhin.

Ich schmeiße den Herd an und beginne die Eier aufzuschlagen. Cas liebt Rührei, also werde ich eine Portion für ihn mit machen. Während ich hin und wieder das Ei umrühre, schneide ich dicke Scheiben Salami ab und lege sie auf das Toastbrot.

Dafür, dass wir nicht viel im Haus haben, ist es ein ganz passables Mahl.

Ich schaufle mir die Hälfte des Eis auf den Teller und decke die andere für Casper ab.

»Wann kommt Cas nach Hause?«, frage ich auf dem Weg zurück in mein Zimmer.

Dad sieht mich so irritiert an, als hätte ich nach dem Messias gefragt.

»Cas. Casper, dein Sohn. Mein Bruder. Wo ist er?«

»Ich weiß, wer Casper ist«, gibt Dad lediglich zurück. Seine Augen sind glasig.

Und auch seine Kumpels sehen nicht viel frischer aus.

»Und? Wo steckt er?«

»Schule?« Dad zuckt mit den Schultern.

»Wohl kaum. Es ist schon Abend.« Ich versuche, ruhig zu bleiben. Ich will mich weder aufregen noch streiten. Das hat noch nie etwas gebracht, denn mein Dad ist so ziemlich der uneinsichtigste Mensch, den ich kenne. »Er sollte nach der Schule nach Hause kommen. Sollte hier was zu essen kriegen und Hausaufgaben machen«, höre ich mich dennoch sagen.

»Bist du jetzt neuerdings seine Mom?«

Oh Gott, er ist schon der zweite heute, der mir diese dämliche Frage stellt.

»Nein, aber du bist sein Vater. Und du solltest langsam anfangen, dich auch so zu verhalten!«

»Jetzt reicht es aber!« Mein Vater richtet sich auf und funkelt mich wütend an. »Du kannst froh sein, dass ich dich nach allem, was du getan hast, bei mir aufnehme! Dass ich dich hier durchfüttere! Jetzt komm mir nicht auch noch mit irgendwelchen Vorwürfen! Wenn du eine so tolle Mutter bist, dann kümmere du dich doch ab sofort um deinen Bruder. Genug Zeit hast du ja!«

»Liebend gern!« Ich gehe in mein Zimmer zurück und würde am liebsten die Tür knallen, auch wenn das kindisch ist. Stattdessen muss ich jedoch zwei Mal an der Falttür zerren, bis sie richtig zu ist.

Was für ein grandioser Abgang.

Ich setze mich auf mein Bett und schaufle das Rührei in mich hinein, als könnte es etwas für das Verhalten meines Dads.

Cas kann ihm doch nicht so egal sein. Ich muss an den Plan denken, den ich damals mit East geschmiedet habe. Gemeinsam hätten wir Casper hier rausgebracht. Damals war mein Bruder noch zwölf und leicht zu lenken. Doch das letzte Jahr hat ihn rebellisch werden lassen.

Bei dem Gedanken an East fühlt es sich an, als würden in meinem Kopf dunkle Gewitterwolken aufziehen. Auch wenn ich ihn auf keinen Fall wiedersehen will, vermisse ich dennoch den Rest der *Black Bones*. Sie sind meine Freunde.

Nein, eigentlich viel mehr als das – auch wenn sie sich gerade überhaupt nicht so verhalten. Wieso meldet sich keiner von ihnen bei mir?

Wahrscheinlich wissen sie nicht, dass ich draußen bin. Und ich kann es ihnen schlecht mitteilen, wenn sich Raquel tot stellt.

Ohne mir bewusst darüber zu werden, was ich tue, manifestiert sich in meinem Kopf ein Gedanke: Ich muss zu ihnen.

Aber was ist, wenn ich erwischt werde?

Das ist eigentlich unmöglich. Ich bin einer der besten Hacker Detroits. Wenn nicht sogar der gesamten Staaten.

Wäre da nicht dieser eine blöde Vorfall gewesen ...

Ich weiß immer noch nicht, wo damals der Fehler lag. Ich war zu 100 Prozent anonym bei der IOTN eingeklinkt. Ich habe mich noch nicht einmal auf Proxys verlassen, sondern über VPN die gesamte Datenübertragung verschlüsselt.

Eigentlich war es unmöglich, mich zu enttarnen. Es war fast so, als wäre ich in der echten Welt mit fünf verschiedenen Latexmasken, einer Perücke und einem Fettanzug unterwegs gewesen. Und trotzdem haben die Bullen mich erkannt. Ich kapiere das nicht.

Ich zermartere mir jetzt seit einem Jahr das Hirn, was ich falsch gemacht haben könnte. Und komme immer wieder zu dem gleichen Schluss: gar nichts.

Dennoch hat die Sache ganz schön an meinem Ego gekratzt.

Doch was ich vorhabe, ist idiotensicher. Ich habe nicht vor, mich in irgendwelche Regierungscomputer einzuhacken oder Börsenunternehmen zu erpressen. Ich will lediglich meine Freunde wiedersehen.

Dafür muss ich die Fußfessel bearbeiten und sie kurzerhand umprogrammieren. Es klingt heikel, ist es aber nicht. Nicht für jemanden wie mich.

Ich klappe den Laptop auf und lasse meine Finger über den Tasten schweben.

Es reicht nicht, mich nur ins System zu hacken und meine Fessel vom Netz zu nehmen, denn dann würde sie sofort Alarm schlagen. Stattdessen muss ich ihr Signal manipulieren und es aussehen lassen, als würde ich mich die nächsten Stunden über nur im erlaubten Radius bewegen. Hierfür muss ich ein kleines Programm schreiben, das meine Bewegungen in einem zufälligen Muster simuliert. Dann zwinge ich die Software der Fessel, mit dem Programm anstelle des GPS-Senders zusammenzuarbeiten.

Bevor ich mir richtig klar darüber werde, fange ich auch schon an zu tippen. Genau wie heute Morgen, als ich den Laptop in Betrieb genommen habe, durchfluten auch jetzt Glückshormone meinen Körper.

Dieses Gefühl von Grenzenlosigkeit hat mir schrecklich gefehlt.

A.J. zu sein hat mir gefehlt.

Alles in allem brauche ich gute drei Stunden. Zufrieden betrachte ich danach das Ergebnis auf dem Monitor meines Laptops. In Wahrheit sitze ich auf dem Bett, doch vorgeblich laufe ich gerade durch den Wohnwagen. Mit anderen Worten: Ich bin abgekoppelt und kann tun und lassen, was ich will.

Erleichtert atme ich auf. Es fühlt sich gut an, zu wissen, dass ich es noch drauf habe. Und noch besser fühlt es sich an, endlich wieder frei zu sein.

In Gedanken schließe ich einen faulen Kompromiss. Ich werde nur einmal nach den *Bones* sehen und das Programm dann direkt zerstören. Doch in Wahrheit weiß ich, dass es nicht bei diesem einen Mal bleiben wird.

Ich bin ein Mensch, der seine Freiheit braucht.

Und dieses kleine Tool ist dazu da, sie mir zu beschaffen.

Tess

In einem Trailer Park wie unserem ist es selbst nachts nie ganz still. Irgendwo wird immer gefeiert, gestritten oder gevögelt. Und da sich die Trailerbewohner als große Familie ansehen, gibt sich auch niemand Mühe, diese drei Dinge leise zu tun.

Doch hier unten am Kanal sind die Stimmen zumindest nur noch gedämpft zu hören.

Die morschen Holzstufen knarren unter meinen Schuhen, als ich zum Wasser hinuntersteige. Sanft bewegen sich die Boote, die hier ankern, in den Wellen. Eine Weile stehe ich nur da, lausche auf das Plätschern des Flusswassers, das gegen die Holzbohlen schwappt, auf das entfernte Rauschen der Highways und den Wind im Schilf um mich herum.

Der Mond steht hoch am Himmel und taucht den Detroit River in weißes Licht. Dahinter kann ich die Lichter von East Riverside sehen. Ein kleines Lichtermeer, das sich auf der Wasseroberfläche spiegelt.

Es ist ein Gefühl von unendlicher Freiheit, hier zu stehen und zu wissen, dass ich einfach überall hin kann.

Zu meinen Füßen befindet sich ein rotes Ruderboot, das einigermaßen intakt aussieht. Schon früher habe ich mir regelmäßig eines der Boote geliehen, also sollte es heute auch kein Problem sein, unbemerkt eins zu nehmen.

Ich sehe mich um, denn das Boot alleine reicht nicht. Doch es dauert nicht lange, bis ich im Schilfgras ein paar Paddel finde. Ich werfe sie ins Boot und klettere die rostige Leiter hinab. Mit dem Fuß ziehe ich den ganzen Kahn ein Stückchen näher zu mir. Ich habe wenig Lust ins Wasser zu fallen, also bin ich beim Einsteigen ganz besonders vorsichtig. Es ist eine wackelige Angelegenheit und ich balanciere eine Weile mit ausgestreckten Armen, aber schließlich sitze ich. Auch wenn es kühl ist, schiebe ich meine Ärmel hoch, dann löse ich die Leine und schnappe mir die Ruder. Ich liebe das Geräusch, mit dem sie ins Wasser eintauchen und die feinen Spritzer, die beim Auftauchen meine Arme überziehen.

Je weiter ich mich vom Trailer Park entferne, desto besser fühle ich mich. Ich kann es kaum erwarten, die anderen zu sehen. Wahrscheinlich werden sie ziemlich überrascht sein, dass ich plötzlich bei ihnen auftauche.

Was East wohl sagen wird? Was ich ihm wohl sagen werde? In dem einen Jahr hat sich verdammt viel Wut auf ihn angestaut.

Vermutlich wird er mich eiskalt ignorieren und mir so signalisieren, dass ich für ihn gestorben bin. Konsequent war er schon immer, in allem, was er tat. Und das ist vielleicht auch besser so.

Der aufkeimende Zorn lässt mich schneller rudern und schon bald taucht die kleine Insel vor mir aus den Schatten auf. Sie ist dicht bewachsen und bis auf eine alte Jagdhütte, unser *Clubhaus*, das mitten im Wald liegt, gänzlich unbebaut.

Jemand hat mal behauptet, die Insel würde East gehören, aber er hat es immer abgestritten. Ich werde langsamer und spüre schon bald kiesigen Grund unter den Rudern. Ein kleines Stückchen noch ...

Als ich nah genug am Ufer bin, stehe ich auf und springe mit einem Satz an Land. Das Boot binde ich an einem nahen Baum fest und die Paddel lasse ich einfach auf dem Trockenen liegen. Außer uns kommt niemand hierher, also muss ich auch keine Angst haben, dass sie jemand klauen könnte.

Vor mir liegen ein paar Meter Ufer, dahinter ist es komplett schwarz. Zahllose Bäume stehen dicht an dicht und bilden eine dunkle, undurchdringliche Front.

Zumindest sieht es so aus.

Doch ich kenne die Insel in- und auswendig und weiß von dem Pfad, der sich zwischen den Ahornbäumen hindurch schlängelt.

Worauf warte ich noch?

Wenn ich ehrlich bin, habe ich ein bisschen Angst vor der Reaktion der anderen. Werden sie froh sein, mich zu sehen? Oder werden sie mir das Jahr Bootcamp genauso übelnehmen wie East?

Ich werde es nicht herausfinden, wenn ich weiter hier herumstehe.

Sand knirscht unter meinen Sohlen, als ich entschlossen losgehe. Der Vollmond erhellt die Uferböschung, doch kaum trete ich zwischen die Ahornstämme, umgibt mich Dunkelheit. Unter meinen Schuhen höre ich Zweige brechen und ich komme das eine oder andere Mal ins Stolpern.

Wieso ist der Weg so zugewuchert?

Ich gehe langsamer, um nicht zu fallen, taste mich von Stamm zu Stamm vorwärts.

Irgendetwas ist anders als noch vor einem Jahr. Immer wieder peitschen mir Äste ins Gesicht und meine Füße stoßen gegen Steine, die nicht hier herumliegen sollten.

Außerdem ist es immer noch stockfinster.

Vor mir sollte längst das grünlich blaue Leuchten aus der Hütte zu sehen sein.

Vielleicht gab es einen Stromausfall, überlege ich. Doch das wäre ein ziemlich blöder Zufall. Außerdem hat der Strom im Rest der Stadt einwandfrei funktioniert, schließlich habe ich vor einer halben Stunde noch die Lichter der East Side bewundert. Sollte es also in den letzten 30 Minuten zu einem Blackout gekommen sein, müssten mir die anderen begegnet sein. Auf dem Wasser, unten am Ufer oder spätestens hier im Wald. Denn ohne Elektrizität ist die Hütte nutzlos.

Doch es ist totenstill.

Mit einem Mal überzieht eine Gänsehaut meine Arme und ich erschauere.

Plötzlich habe ich es sehr eilig, aus dem Unterholz herauszukommen und mich zu vergewissern, dass bei den *Black Bones* alles okay ist. Ich laufe los.

Zweige und Ranken scheinen nach mir zu greifen, doch ich schaffe es, ohne zu stolpern auf die kleine Lichtung, auf der unsere Hütte steht.

Es brennt kein Licht.

Es ist keine Musik zu hören. Keine Stimmen.

Es ist einfach nur vollkommen still.

Das Clubhaus wirkt ausgestorben.

Langsam trete ich näher. Mein Herz pocht mir bis zum Hals, ich höre das Blut in meinen Ohren rauschen und meine Beine fühlen sich so wackelig an, als wären sie aus Pudding.

Ein mieses Gefühl macht sich in mir breit und ich muss mich zwingen, an eines der Fenster zu treten. Ich spähe hindurch und sehe ... gar nichts.

Drinnen herrscht absolute Dunkelheit.

Das kann nicht sein. Es ist mitten in der Nacht. Irgendjemand sitzt immer an einem der Rechner.

Schnell laufe ich zur Eingangstür.

Ich will jetzt auf der Stelle wissen, was hier los ist! Ich drücke die Klinke und bin erleichtert, als die Tür aufschwingt. Also muss doch jemand hier sein.

»Hallo?«

Ich trete ein, taste nach dem Lichtschalter und hoffe, dass es keinen Strom gibt. Vielleicht wurden die Unterseekabel beschädigt und die Hütte ist dadurch für die *Bones* nutzlos geworden. Doch eine nackte Glühbirne glimmt auf und ich wünschte, ich hätte kein Licht gemacht.

Die Hütte ist verlassen. Nirgends stehen Schreibtische, Rechner oder Bildschirme herum. Die Sofas, die früher in der Ecke standen, sind verschwunden. Rostige Reißzwecken in den Holzwänden sind die einzige Erinnerung an die Poster und Pläne, die hier einst hingen.

Alles ist von Staub überzogen und von der Decke hängen Spinnweben.

Ansonsten ist hier drinnen nichts. Nicht einmal Müll. Keine herumfliegenden Chipstüten, keine leeren Flaschen, einfach nichts.

Ich kann es nicht fassen.

East hat nicht gelogen, als er sagte, er würde nicht auf mich warten.

Aber er hat dabei vergessen zu sagen, dass dies auch für den Rest der *Bones* gelten würde.

Tess

Ich liege im hohen Ufergras und blicke in den Himmel über der Insel, auf der unser Clubhaus liegt. Heute sind kaum Sterne zu sehen, von den vielen Feuerwerken liegt dünner Nebel in der Luft. Es ist so warm, als würde die Sonne noch scheinen und ich könnte nicht glücklicher sein.

Das war definitiv der beste 4. Juli meines Lebens.

Ich höre Schritte im Gras und fange an zu lächeln. East sagt kein Wort. Er geht neben mir in die Hocke, beugt sich über mich und ich spüre seine warmen Lippen auf meiner

Haut. Er küsst meinen Bauch, arbeitet sich hinauf zu meinem Bikinitop, und mein ganzer Körper beginnt zu kribbeln. Ich strecke die Hände aus, streiche mit den Fingern über seinen Rücken.

»Lass es mich nochmal sehen«, flüstere ich.

East lacht, ich spüre seinen Atem auf meiner Haut. »Im Ernst?«

Ich grinse. »Ich kriege nicht genug davon.«

Er richtet sich auf, lächelt auf mich herab. Ich liebe sein Lächeln. Es liegt etwas darin, das ich noch bei keinem anderen Mann gesehen habe – zumindest, wenn es mir gilt. Wahrscheinlich liegt das an seiner Ehrlichkeit. Er mag noch so ein harter Kerl sein. Wenn er mich anlächelt, sehe ich nichts als Liebe in seinem Blick.

»Bereit?«, fragt er.

»Fast.« Ich verschränke die Arme unter dem Kopf, bringe mich in eine bequemere Position. »Jetzt. Bitte.«

East lacht, wobei sich winzige Fältchen um seine Augen bilden. Dann wird sein Lächeln zu einem Schmunzeln und er öffnet verführerisch langsam seine Hose für mich. »Ich seh gar keine Dollarnoten.«

»Ich überweis dir was.«

»Lass mal stecken. Geht auf's Haus.« Damit zieht er seine Jeans ein Stück herunter und lässt mich das frische Tattoo auf seiner Leiste bewundern.

Ich lächle, beiße mir auf die Lippe und setze mich auf, um mit den Fingern darüber zu streichen. »Ich hätte nicht gedacht, dass wir das wirklich machen«, gebe ich zu.

»Und wieso nicht?«

»Ich weiß auch nicht. Das hat sowas Endgültiges. Fast als hätten wir geheiratet.«

»Es bedeutet viel mehr als eine Heirat«, erwidert East. »Was ist schon ein Ring? Den kann man abnehmen. Aber du ...« Er legt mir eine Hand auf die Wange und hebt mein Gesicht an, sodass unsere Blicke sich treffen. »Du bist jetzt unter meiner Haut, Jessy.«

Das Kribbeln in meinem Inneren wird stärker. Bevor ich East kannte, hätte ich nicht gedacht, dass sich Liebe so anfühlt. So elektrisierend. »Und du unter meiner«, sage ich leise.

East streicht mir über die Wange, sein Lächeln nimmt eine nachdenkliche Note an. »Baby. Du weißt, dass das Leben an meiner Seite nie normal sein wird, oder?«

Wie könnte ich das nicht wissen? Vergangene Nacht haben wir für einen reichen Russen eine Kunstsammlung ausgeraubt. Letzte Woche einen Banker im Auftrag seiner Exfrau. Und heute? Heute haben wir den Unabhängigkeitstag gefeiert, indem wir das offizielle Feuerwerk über dem Detroit River gehackt und zu unserem eigenen gemacht haben. »Und du weißt hoffentlich ...« Ich drücke ihm einen Kuss auf die Brust. »... dass ich nie ein normales Leben gewollt habe.«

Damit lehne ich mich an ihn, schließe die Augen und lausche seinem gleichmäßigen, festen Herzschlag.

»Ich auch nicht«, sagt er nach einem Moment – ernster, als ich es von ihm gewohnt bin. »Ich habe es nicht gewusst, bevor ich dich kannte. Aber ich glaube, ich habe immer nur dich gewollt.«

Ich spüre, wie mich bei seinen Worten Glückshormone durchfluten. Ich weiß genau, was er meint.

Bevor ich ihn kennenlernte, kam mir mein Leben nicht einsam vor. Aber genau das war es. Als wäre ich blind geboren worden und hätte plötzlich zu sehen gelernt.

Ich öffne die Augen und schaue zu East auf. Sein Blick ist auf den Fluss gerichtet, der sich wenige Meter von uns erstreckt.

»Versprich mir etwas«, flüstere ich.

East sieht zu mir runter. Er weiß, was ich von ihm hören will, ohne dass ich es sagen muss.

»Das habe ich doch schon«, erwidert er, und dann senkt er seine Lippen auf meine, gibt mir einen langen, tiefen Kuss.

»Für immer, Baby«, sagt er, als sich unsere Lippen irgendwann voneinander lösen.

Und während meine Augen noch geschlossen sind und seine Worte wie ein Echo durch meinen Kopf hallen, hebt er mich hoch und trägt mich runter zum Wasser.

Mit mir auf dem Arm watet er in den Fluss. Dort lässt er mich runter, ich schlinge die Arme um ihn und wir küssen uns erneut. Das Wasser zerrt an uns, die Nacht wird dunkler, die letzten Feuerwerke verklingen.

Ich halte mich an East fest und während unsere Körper verschmelzen, weiß ich, dass ich nie etwas anderes als das hier brauchen werde.

Nie etwas anderes als ihn.

Ich stoße mit dem Fuß gegen eine leere Coladose, die auf dem Rasen des Lakeside Park liegt. Sie kullert davon und das blecherne Geräusch reißt mich aus meinem Tagtraum. Ich sehe mich um. Der Morgen graut schon fast und ich fühle mich vollkommen leer.

Wie kann es sein, dass ein einziges Jahr alles geändert hat? Ich dachte, das mit mir und East wäre für immer. Ich dachte auch, die *Black Bones* würden immer meine zweite Familie sein.

Wo sind sie hin? Als ich verhaftet wurde, hatten die *Bones* acht Mitglieder. Im Haus war immer etwas los. Und jetzt?

Ob die anderen es mir echt übelnehmen, dass ich erwischt worden bin?

Nein, das kann ich mir nicht vorstellen. East muss dahinterstecken. Es ist typisch für ihn.

Alles oder nichts, ganz oder gar nicht.

Für ihn gibt es nichts dazwischen.

Kennengelernt habe ich ihn mit 17. Ein Hackerkollektiv aus Michigan hatte einen Wettbewerb ausgerufen: Wer es als Erstes schaffte, sich in das Lautsprechersystem von Walmart zu hacken und dort einen Song seiner Wahl einzuspeisen, natürlich landesweit, sollte ein Jahr lang freien Zugriff auf einen anonymen Server bekommen. East und ich nahmen beide teil.

Außer uns noch eine Reihe anderer, aber die haben wir schnell ausgebootet.

Ich erinnere mich genau an diese Nacht. Mit brennenden Augen saß ich vor meinem Computer, meine Finger flogen nur so über die Tasten. Doch immer wieder wurde ich ausgebremst, rausgeworfen, abgeblockt. Schnell stellte ich fest, dass nicht etwa das Sicherheitssystem der Supermarktkette, sondern ein anderer Hacker dafür verantwortlich sein musste. Ich schlug zurück, griff ihn an, wo ich nur konnte. Zwischen uns entwickelte sich das reinste Wettrennen. Doch schließlich war es mein Song, der morgens bei Ladenöffnung durch sämtliche Walmarts der Vereinigten Staaten schallte: ‚I don't care' von Fall Out Boy.

Ich triumphierte innerlich, machte den PC aus, legte mich schlafen – und wachte davon auf, dass jemand an meinem Bett stand, mit einem Smartphone in der Hand, aus dem mein Song ertönte.

East. Er hatte unseren kleinen Wettkampf als Vorwand genommen, um mich aufzuspüren. Mit seinen stechend blauen Augen und einem selbstzufriedenen Lächeln auf den Lippen blickte er auf mich herab. Ein tätowierter Outlaw, der selbst dann noch wie ein Gewinner wirkte, als er verloren hatte.

Ich erschreckte mich zu Tode und verliebte mich noch am selben Tag unsterblich in ihn.

Tja, das ist alles Vergangenheit.

Frustriert lasse ich die erste Trailerreihe hinter mir und will gerade die Stufen zu unserem Wohnwagen hinaufsteigen, als ich hinter mir eine Stimme vernehme: »Erwischt, würde ich sagen.«

Wie vom Donner gerührt bleibe ich stehen. Oh, nein. Das habe ich nicht wirklich gehört. Es muss Einbildung gewesen sein.

Ich kneife die Augen fest zu, steige wie in Zeitlupe die erste Stufe hinauf und hoffe, dass alles still bleibt. Aber das tut es nicht.

»Ich kann dich sehen, Jessica. Auch wenn dir das nicht passt.«

Shit. Diese Stimme bilde ich mir definitiv nicht ein. Sie gehört ohne Zweifel zu Goldman.

Ich höre das Rascheln seiner Schritte im feuchten Gras und verharre reglos auf der Treppe, bis er hinter mir stehenbleibt.

»Ich dachte, ich hätte dir ziemlich klar gesagt, was passiert, wenn du dich nicht an die Regeln hältst.«

»Ich war nur unten am –«

»Lüg mich nicht auch noch an«, unterbricht er mich harsch. »Du gehst jetzt von der Treppe runter und stellst dich mit dem Gesicht zur Wand, die Hände über den Kopf. Na, los.«

Verdammt. Das darf doch alles nicht wahr sein.

Obwohl ich am liebsten wegrennen würde, tue ich, was Goldman will, und stelle mich vor die Wohnwagenwand. Ich lege die Hände an die rostige Verkleidung und höre mich selbst durchatmen. In den Knast will ich unter gar keinen Umständen, also muss ich mir etwas einfallen lassen.

Ich spüre, wie Goldman dicht hinter mich tritt, dann legen sich seine Hände auf meine Arme, fahren mit leichtem Druck daran hinauf.

»Ich habe nichts«, sage ich, auch wenn ich gar nicht genau weiß, was er sucht. Drogen? Diebesgut?

»Und abgehauen bist du vermutlich auch nicht.«

Wieder bin ich versucht ihm zu sagen, dass ich nur unten am Kanal war, doch er scheint zu wissen, dass das nicht stimmt. Wie kann das sein? Meine Methode war sicher, das Programm, das ich geschrieben habe, absolut unauffindbar.

Aber das dachte ich damals bei der IOTN Corporation auch, oder nicht?

Wer weiß, vielleicht bin ich einfach nicht so gut, wie ich denke.

Aber andererseits war ich das vorher ja auch. Da kann es doch nicht sein, dass ich plötzlich jeden Hack versaue.

Goldmans Hände gleiten an meinen Armen wieder hinab und fahren dann meine Seiten herunter zu meinen Hüften. Keine Ahnung, ob er das überhaupt darf, aber ich weise ihn lieber nicht darauf hin.

Seine Hände fahren meinen Hosenbund entlang, schieben sich in meine Taschen. Ich spüre den Druck seiner Finger auf meiner Leiste und ignoriere die leichte Gänsehaut, die sich dabei auf meinem Körper ausbreitet.

Komm schon, Jess. Nicht die richtige Situation, nicht der richtige Zeitpunkt, nicht der richtige Kerl.

Trotzdem verschwindet die Gänsehaut nicht, sondern wird nur noch stärker, als Goldman hinter mir in die Hocke geht und meine Beine abtastet, erst das linke, dann das rechte, innen und außen. Erst als er sich meinen Schuhen zuwendet, spüre ich, wie ich mich entspanne.

»Okay, umdrehen.«

Ich tue, was er sagt, und nehme die Hände runter.

Goldman verschränkt die Arme und mustert mich unzufrieden. Noch immer steht er ganz nah vor mir. Er hat dieselbe Jacke an wie gestern, jetzt allerdings mit einem dunklen Shirt, unter dem sich selbst im Zwielicht des aufziehenden Morgens seine Muskeln abmalen.

»Wo warst du?«, will er von mir wissen.

»Nirgends«, erwidere ich automatisch.

»Jess.« Der Blick seiner dunklen Augen bohrt sich in die meinen. »Wo warst du?«, wiederholt er.

Schnell, Jessica. Denk dir was aus. »Ich bin schlafgewandelt.« Ich rette mich in ein breites Lächeln, von dem ich hoffe, dass es charmant wirkt, aber Goldman mustert mich, als wäre ich einfach nur dämlich.

»Du willst es mir also nicht sagen«, stellt er fest. »Gut. Dann haben wir jetzt zwei Möglichkeiten.«

Zwei? Das überrascht mich. Ich war fest davon ausgegangen, dass mir jetzt der Knast blüht und sonst nichts. Egal, was die zweite Möglichkeit ist – ich wähle sie. Und wenn es bedeutet, dass ich zurück nach Hudson Mills muss.

»Welche wären das?«, frage ich, um Festigkeit in meiner Stimme bemüht.

Ich gebe es nicht gern zu, aber dieser Mann schüchtert mich ein. Weil er mich in der Hand hat und ich ihn nicht einschätzen kann. Etwas, das bisher noch nicht oft vorkam.

Er wirkt extrem kontrolliert. Ruhig und lauernd. Und dabei irgendwie beeindruckend.

»Entweder«, sagt er, wobei er mich immer noch mit seinem undurchdringlichen Blick fixiert, »dein Bewährungsverfahren wird aufgehoben und du gehst ins Frauengefängnis von Huron Valley.«

»Oder?«, frage ich, denn Huron Valley ist für mich mit Sicherheit keine Option.

»Oder …« Goldman mustert mich von oben bis unten und ein gefährliches Funkeln erscheint in seinem Blick. »Du tust mir einen Gefallen.«

Mir ist sofort klar, was er meint. Ein Mann, der offenbar bis obenhin voll mit Testosteron und noch dazu in einer Machtposition ist – was könnte so jemand von einer 21-Jährigen wollen? Klar. Sex.

Mein letztes Mal hatte ich mit East. Der Sex mit ihm war, als würde man versuchen, ein wildes Tier zu bändigen. So lange, bis man einsieht, dass man machtlos ist und sich einfach hingibt. Mit ihm zu schlafen war perfekt. Er war in der Lage, meinen Körper voll und ganz zu vereinnahmen und mich alles andere vergessen zu lassen.

»Okay«, sage ich und blicke auf seine Brust. »Ich wähle B.«

Damit stelle ich mich auf die Zehenspitzen, packe meinen Bewährungshelfer am Kragen und küsse ihn. Angriff ist die beste Verteidigung – das sagt man doch so.

Für den Bruchteil einer Sekunde wirkt er überrascht. Dann jedoch packt er mich im Nacken, erwidert meinen Kuss, und es fühlt sich ganz anders an, als ich gedacht hätte.

Nicht erzwungen, sondern vielmehr, als wären wir auf Augenhöhe. Als wäre er mir gar nicht so unähnlich, sondern als schlügen unsere Herzen im selben Takt.

Seine Zunge teilt meine Lippen mühelos. Ich lasse zu, dass er meinen Mund erobert und mit meiner Zunge zu spielen beginnt. Wieder ist da dieses Kribbeln, das mich schon bei der Leibesvisitation überkam.

Meine Atmung beschleunigt sich und ich wehre mich nicht, als Goldmans Hände auf Wanderschaft gehen. Er streichelt meinen Rücken hinab, schiebt seine Finger unter meinen Hoodie und umschließt meine Pobacken, drückt sie kräftig.

Gott. Warum macht mich das an?

Ich kann mich nicht dagegen wehren und keuche leise, als Goldman meinen Hintern umfasst. Ich trete einen Schritt näher an ihn heran. Sein Kuss gewinnt an Leidenschaft, ein leichter Schwindel erfasst mich ...

Und dann hört er plötzlich auf und lässt von mir ab. Nicht nur seine Lippen lösen sich von meinen, sondern seine Hände lassen auch meinen Po los. Er sieht zu mir runter, mit einem Grinsen im Gesicht, das mich irritiert.

»Nicht schlecht«, sagt er anerkennend. »Aber ich meinte eine andere Art von Gefallen.«

Was? Irritiert sehe ich ihn an.

Goldman lacht und es wirkt echt. Nicht, dass er sonst nicht echt wirken würde, aber dieses Lachen kommt mir irgendwie ehrlicher vor als sein restliches Verhalten. »Du überraschst mich, Jess«, sagt er und mir fällt jetzt erst auf, dass er mich, anders als gestern, duzt.

»Was sollten Sie sonst wollen?« Ratlos zucke ich mit den Schultern.

Goldman gibt mir keine Antwort, sondern lässt mich eine Weile zappeln, wobei er mich eingehend mustert. Dann endlich öffnet er den Mund. »Ist dieser Schlabberlook alles, was du hast?«

Jetzt bin ich vollkommen verwirrt. »Mein Pullover?«, stammle ich wenig geistreich.

Goldman wirkt ein wenig ungeduldig. »Hast du nur solche Klamotten? Oder auch etwas Anständiges?«

Wenn er mit etwas Anständigem Röcke und Blusen meint, muss ich ihn enttäuschen. »Ich verstehe nicht ganz.«

»Kleider, Shorts, Oberteile, die deinen Körper nicht aussehen lassen wie den eines Jungen.«

Will er jetzt, dass ich mich in ein sexy Outfit schmeiße, bevor wir es treiben? Oder ist das Sex-Ding vom Tisch? Dieser Typ verunsichert mich langsam, aber ich bin immer noch bereit dazu, mit ihm ins Bett zu gehen, um meinen Hintern zu retten. Mehr denn je, wie ich mir eingestehen muss, denn seine Art gefällt mir. Und nicht nur die. Auch sein Äußeres spricht mich extrem an. Ich weiß, dass es unangebracht ist, trotzdem schaffe ich es nicht, ihn nur als Autoritätsperson anzusehen. Sicher, er wirkt respekteinflößend, aber nicht auf die Art, wie es ein Bewährungshelfer tun sollte.

In Gedanken gehe ich die Sachen durch, die sich unter meinem Bett befinden. Da ist so einiges bei, was nach seinem Geschmack sein könnte.

Ich nicke. »Sowas habe ich.«

»Schön. Dann zieh dir was davon an. Ich hole dich heute Abend ab.«

»Sie holen mich ab? Etwa für den Knast?«

Sein strenger Blick nimmt erneut eine amüsierte Note an. »Für eine Party.«

Träume ich das gerade? Oder verlangt mein Bewährungshelfer tatsächlich von mir, mit ihm auf eine Party zu gehen, dafür, dass er mich nicht in den Knast steckt? Ist er so einsam oder steckt da mehr hinter?

»Was für eine?«

»Was denkst du denn?«

Die Worte platzen aus mir heraus, ohne, dass ich vorher darüber nachdenken kann. »Eine Swingerparty.«

Goldmans Augen verengen sich zu Schlitzen, dann lacht er. »Eine Swingerparty? Sehe ich aus, als hätte ich so etwas nötig?«

Nein. Er sieht aber auch nicht aus, als hätte er es nötig, seine Klienten mit Sex zu erpressen, und trotzdem habe ich es für möglich gehalten.

Wortlos schüttle ich den Kopf.

»Es ist eine normale Party, Jess. Und wenn du nicht willst, dass sie dich in Handschellen abführen, willigst du besser ein.«

»Okay«, sage ich schnell. »Ich bin dabei.«

»Na, bravo.« Goldman greift in seine schwarze Umhängetasche und hält mir eine Flasche Eagle Rare hin. Ich bin zwar kein Whisky-Experte, aber eines weiß ich sicher: Das hier ist kein billiger Fusel.

Warum um alles in der Welt läuft Goldman mit Hochprozentigem in der Tasche herum?

»Gib die gegen acht deinem Vater. Das ist starkes Zeug. Wenn er davon eingeschlafen ist, kommst du runter zur Straße. Ich warte da auf dich.«

Ich hole Luft, aber Goldman legt mir einen Finger auf die Lippen.

»Ssh. Tu einfach, was ich sage.«

Damit wendet er sich ab und lässt mich stehen.

Ich sehe ihm verwirrt nach. Was will Goldman von mir? Ich glaube nicht, dass er nach dieser Party einfach Ruhe geben wird.

Er will mehr.

Die Frage ist nur, was genau. Auf Sex ist er nicht aus, aber worauf dann?

Erst als Goldman außer Sichtweite ist, wende ich mich ab und gehe die Stufen wieder nach oben. Ich betrete den Wohnwagen, schleiche mich zu meinem Zimmer – und sehe, dass die Falttür gegenüber von meiner offen ist.

Cas lehnt im Rahmen, bekleidet mit nichts als Boxershorts. Irgendwie ist es komisch, meinen Bruder so zu sehen, nachdem er sich derart verändert hat.

»Hey«, flüstere ich und will an ihm vorbei.

»Wo warst du?«, fragt er und gibt sich keine Mühe, leise zu sein.

»Draußen«, erwidere ich vage, denn anlügen will ich ihn nicht.

»Mit wem hast du geredet?«

Nun sehe ich ihn doch noch an und entdecke Misstrauen in seinem Blick.

»Mit meinem Bewährungshelfer«, antworte ich.

Cas mustert mich zweifelnd. »Bau keine Scheiße, Jess«, sagt er dann. »Wenn sie dich einlochen ...«

Seine Wut von gestern Morgen scheint verflogen. Er spricht nicht weiter, doch ich weiß genau, was er sagen will. Wenn sie mich verhaften, ist er wieder allein hier.

Ich strecke die Hand aus und drücke seine Schulter. »Keine Sorge. Und jetzt schlaf noch ein bisschen. Du musst bald zur Schule.«

Damit gehe ich in mein Zimmer. Ich kann nur hoffen, dass ich Goldman trauen kann. Wenn ich eines nicht will, dann ist das, meinen Bruder nochmal zu enttäuschen.

Kapitel 3
‚Big Chomper, Big Chomper'

Dane

Sexy Klamotten, in denen sie nicht aussieht wie ein Junge. Ich bin gespannt, ob meine kleine Hackerfreundin das hinkriegt.

Auf den zweiten Blick, wenn man die leblos herunterhängenden Haare und den Kartoffelsack mal außer Acht lässt, ist sie ganz hübsch. Ihr Gesicht ist nicht zu verachten. Große Augen, volle Lippen, eine niedliche kleine Nase. Aber ich glaube, wenn sie will, kann sie noch deutlich schärfer sein. Ihr Kuss hat mir gezeigt, dass sie Feuer hat. Wäre schön, wenn man davon auch was sehen würde.

Ich blicke auf die Uhr am Armaturenbrett meines BMW. Gleich halb zehn. Wann sie wohl auftaucht? Ich hoffe bald, denn die Party dürfte bereits in vollem Gange sein und ich freue mich schon auf das Gesicht des Gastgebers, wenn er sie an meiner Seite sieht.

Schritte auf dem Schotterparkplatz der Trailersiedlung lassen mich aufblicken. Leicht geduckt kommt eine Frau zwischen den Wohnwagen hergelaufen, richtet sich auf und eilt auf meinen Wagen zu.

Ich blinzle. Trotz allem, was ich mir ausgemalt habe, kann das unmöglich Jessica sein.

Kurzerhand stelle ich die Scheinwerfer des Wagens an. Sie hebt geblendet die Hand. Ich kann sie jetzt besser erkennen. Ihr langes Haar ist nach wie vor offen, doch jetzt scheint sie sich endlich gekämmt zu haben. Sie trägt eine eng anliegende Lederjacke sowie eine ebenfalls enge Lederhose. Ihr schwarzes Top betont ihre Kurven und um ihren schlanken Hals liegt ein Halsband, das sie ziemlich sexy wirken lässt.

Ich beobachte, wie sie die Hand herunternimmt und verwirrt zu mir ins Wageninnere blickt. Dann geht sie zur Beifahrerseite und steigt ein.

»Hi«, sagt sie ein wenig atemlos. »Ich meine, hallo, Mister Goldman.«

»Das hat ganz schön lange gedauert«, sage ich.

»Mein Dad hat sich mit Cas übers Fernsehprogramm gestritten, bevor er den Whisky angerührt hat. Aber dann ist er erstaunlich schnell eingeschlafen.«

Das leichte Misstrauen in ihrer Stimme entgeht mir nicht, aber ich beschließe, nicht weiter darauf einzusteigen.

»Gut«, sage ich stattdessen und starte den Motor.

Jessica sieht zu mir herüber und mustert mich fragend. Ihr dunkles Make-up entgeht mir genauso wenig wie das Nasenpiercing, das sie nun trägt.

»Was ist?«, frage ich.

»Ist das hier ein Test, Mister Goldman?«

Ich betrachte sie amüsiert. »Was sollte ich denn testen wollen? Ob du in der Lage bist, dich zu schminken?«

Sie presst für eine Sekunde die Lippen aufeinander und scheint sich beherrschen zu müssen, mir keine unverschämte Antwort zu geben.

Klar. Seinen Bewährungshelfer macht man nicht blöd an.

»Ob ich mich an die Regeln halte«, erwidert sie schließlich.

Ich starte den Motor und betrachte sie noch einen Moment lang. »Glaub mir eins«, sage ich dann,»hätte ich dich festnehmen lassen wollen, hätte ich es heute Morgen getan. Zum einen, weil du ausgebrochen bist und zum anderen, weil du versucht hast, deinen Bewährungshelfer zu verführen.«

Damit fahre ich los und kann mir das Lachen kaum verkneifen, als ich ihren empörten Blick auf mir spüre.

»Ich habe nicht versucht, Sie zu verführen!«, wehrt sie sich.

»Du hast mich geküsst.«

»Und Sie haben mir an den Hintern gefasst, das ist sicher auch nicht erlaubt!«

Gleichmütig zucke ich mit den Schultern. Ihre Zickerei gefällt mir. Ich schätze, da scheint ein Stück weit die wahre Jess durch.

»Du weißt ja: Wir Männer sind hilflose Sklaven unserer Hormone, wir können nichts dafür. Frauen hingegen sind berechnende Miststücke. Das weiß der Richter genauso gut wie wir.«

»Haben Sie mich gerade Miststück genannt?«

Während ich den BMW auf die Straße lenke, sehe ich Jess an. »Gott, nein. Ich habe über Frauen gesprochen, nicht über kleine Jungs ...« Gespielt irritiert lasse ich meinen Blick in ihr Dekollet wandern. »Ach, warte. Wie es aussieht, bist du ja doch keiner.«

Jess blickt mich an und in ihren Augen spiegeln sich die verschiedensten Emotionen und Gedanken wider. Sie fragt sich, ob sie das hier gerade träumt. Ob ich es ernst meine. Ob ich mich ihr gegenüber so verhalten darf. Und ich glaube, so langsam, aber sicher beginnt sie daran zu zweifeln, dass ich Larry Goldman bin.

Okay. Dann beeilen wir uns wohl besser.

»Schnall dich an«, sage ich. »Oder willst du deiner Strafakte gleich noch einen Punkt hinzufügen?«

Ohne auf eine Antwort zu warten, gebe ich Gas.

Jess

Etwas stimmt hier nicht.

Wir verlassen die 7 Mile in Richtung Palmers Wood und biegen auf den Lincolnshire Drive ein. Ich spähe nach draußen, wo nun prächtige Villen an uns vorbeiziehen, und bin mir sicher, dass das kein Zufall mehr sein kann. Und als wir schließlich auf den Lucerne

Drive wechseln, spüre ich endgültig, wie sich mein Puls beschleunigt und in mir die Alarmglocken zu schrillen beginnen.

Am Lucerne Drive steht die Villa von Gerard Payne.

Wir fahren an einem weißen Südstaatenhaus vorbei, in dessen Fenstern goldenes Licht brennt und passieren einige weitere Villen, in denen bereits alle zu schlafen scheinen. Und schließlich parkt mein angeblicher Bewährungshelfer genau dort, wo ich es befürchtet hatte.

Ich starre den dreistöckigen Backsteinbau im neuenglischen Stil an. Er liegt halb versteckt hinter ein paar Eichen und Kastanien, die den Vorgarten bevölkern. Eine Zufahrt gibt es nicht, stattdessen einen Fußweg, der sich hinter einem schmiedeeisernen Tor Richtung Eingang schlängelt. Aus den Fenstern der Villa glimmt es violett, was im abendlichen Dunst beinahe gespenstisch wirkt. Ich höre das Wummern von Bässen. Und Stimmengewirr.

Was hat das zu bedeuten? So sehr ich mich auch bemühe, ich kann es mir nicht erklären und beschließe, Goldman direkt zu fragen.

»Was haben wir bei Gerard Payne zu suchen?«

»Kennst du ihn?«, will Goldman wissen.

Ich schüttle den Kopf. Nein, ich bin Payne nie begegnet. Aber seinen Sohn kenne ich dafür ziemlich gut.

Was will sein Vater von mir?

Ich blicke hinüber zu Goldman. »Wer sind Sie wirklich?«

»Jemand, der deinen süßen Hintern noch heute Abend zu den Bullen befördert, wenn du nicht mit mir da reinkommst.«

»Wieso?« Ich sehe ihm fest in die Augen. Dieser Kerl braucht gar nicht zu denken, dass er mich irgendwie einschüchtern kann. Ich versuche, zu ergründen, was seine wahren Absichten sind. Aber Menschen sind leider keine Computer – manche sind leicht zu durchschauen, andere unmöglich. Und *Mister Goldman* hat ein perfektes Pokerface.

»Hast du Angst?« Goldman erwidert meinen Blick gelassen.

Ich denke einen Moment nach, bevor ich antworte. Habe ich Angst? Nein, eigentlich nicht. Ich verspüre zwar ein ungutes Gefühl in der Magengegend, aber Angst habe ich keine. Ich kann mir denken, warum Payne mich von Goldman hat herbringen lassen. Jetzt, wo ich aus dem Bootcamp zurück bin, wird er von mir verlangen, dass ich mich von seinem Sohn East fernhalte.

Wenn er wüsste, dass es gar nicht nötig ist, mich zu irgendetwas zu überreden oder mir zu drohen. East hat sich bereits vor knapp einem Jahr von mir abgewendet und mir damit gezeigt, wie ernst es ihm wirklich mit uns war. Payne hat also gar keinen Grund zur Sorge. Ich will seinen Sohn nie wiedersehen.

»Nein. Bringen wir es hinter uns.«

»Glaub mir«, sagt er und lächelt so charmant, dass manch andere Frau sicher vergessen würde, dass er offenbar ein manipulatives Arschloch ist. »Du wirst es nicht bereuen.«

Damit steigt er aus, geht um den Wagen und öffnet mir die Tür.

Ich steige aus, trete auf das Tor der Villa zu und sehe mir das Grundstück genau an. Meine ich das nur, oder steht das Gras ziemlich hoch? Auch die Bäume machen einen weniger akkurat gestutzten Eindruck, als ich es in Erinnerung habe.

Goldman tritt neben mich und tippt eine Zahlenkombination in das Feld neben dem Tor ein.

Überrascht runzle ich die Stirn. Anscheinend geht er hier ein und aus. Also scheint er eine Art Handlanger von Payne zu sein. Ich frage mich, wie viel Geld sie dem echten Goldman dafür bezahlt haben, dass er dieses Spielchen mitspielt.

Das Tor öffnet sich. Es quietscht in den Scharnieren. Noch ein Indiz dafür, dass sich niemand um das Grundstück kümmert.

Wir nähern uns der Tür und das Stimmengewirr wird lauter. Auch die Musik ist nun deutlicher zu erkennen. Dr Manhattan mit ‚Big Chomper, Big Chomper'.

Eine plötzliche Erinnerung überfällt mich. Nächtelang habe ich früher zu diesem Song vor den Computern im Clubhaus der *Bones* gesessen und mir die Finger wundgetippt, mir gegenüber East, der dasselbe tat. Immer wieder begegneten sich unsere fiebrigen Blicke, während wir uns in private Sicherheitssysteme oder die Datennetzwerke großer Unternehmen gruben. Irgendwie waren wir eins in diesen Momenten. Wir waren von derselben Sache besessen, wenn auch aus verschiedenen Gründen.

Ich liebte die Weite und Freiheit des Webs. East liebte den Reiz des Verbotenen.

Und wir beide einander.

»Nicht stehenbleiben.«

Ohne es zu merken, bin ich langsamer geworden. Das Herz schlägt mir bis zum Hals.

Ich reiße mich zusammen und verdränge die Gedanken an früher.

»Los geht's«, sagt der falsche Goldman und lässt die Tür aufschwingen.

Ich wappne mich innerlich dagegen, mit Easts steinreichem Vater konfrontiert zu werden. Doch das Innere der Villa offenbart etwas ganz anderes, als ich erwartet hätte.

Wie erstarrt bleibe ich stehen und lasse die Szene erstmal auf mich wirken. Im violetten Licht erkenne ich schemenhaft die Umrisse von mindestens dreißig Personen. Die meisten von ihnen tanzen engumschlungen zum harten Rhythmus der Musik. Stroboskoplicht zuckt über die barocken Wände und die Luft ist erfüllt von Zigarettenrauch und Nebel.

»Was ist das hier?«, frage ich, auch wenn ich es längst ahne.

»Geh rein, dann siehst du es.« Goldman schiebt mich in die Villa und mit einem Mal erfüllt mich ein Gefühl, als würde ich heimkehren. Ich mache einen Schritt nach vorn und spüre, wie mir fast die Luft wegbleibt, als ich sie alle erkenne. Die *Bones*. Meine wahre Familie.

Hinter mir wird die Tür geschlossen. Goldman tritt dicht an mich heran. Er beugt sich zu mir herunter und flüstert mir ins Ohr: »Willkommen zu Hause, A.J.«

Ich blinzle. Wieso nennt er mich A.J.?

Niemand außerhalb der *Black Bones* kennt mein Hackerpseudonym. Das muss bedeuten, dass er zur Gang gehört. Aber wieso kenne ich ihn dann nicht?

Ich drehe mich zu ihm herum. Mir ist schwindelig. »Wer bist du?«

Sein wissendes Lächeln verrät, dass er genau erkennt, was in mir vorgeht. »Ich bin einer von euch. Ich stieß vor einem guten Dreivierteljahr zu den *Bones.* Wie du dir sicher denken kannst, ist mein richtiger Name nicht Larry Goldman und ich bin auch nicht dein Bewährungshelfer.« Er macht eine wirkungsvolle Pause, ehe er hinzufügt: »Ich heiße Dane Cooper.«

Ehe ich dazu komme, diese neue Information zu verarbeiten, haben mich auch schon die anderen entdeckt und stürmen auf mich ein. Der Reihe nach werde ich von meinen alten Freunden begrüßt und umarmt. Lielle, Kyan, Milo, alle sind da. Ich werde mit Fragen bombardiert und kann es gar nicht richtig fassen, wieder hier zu sein.

Ich bin unglaublich froh, dass Dane mich hergebracht hat. Auch wenn ich ihm die Art und Weise etwas übelnehme. Er hätte mir doch sagen können, dass er mich zu den *Bones* fährt. Ich wollte sie sowieso sehen.

Als Letztes tritt Cyph an mich heran, einer der drei Hacker, die außer mir zu den *Bones* gehören. Mit ernstem Gesicht umarmt er mich so fest, als wollte er eine Giftschlange erwürgen. Er ist Easts bester Freund und ich wundere mich, dass er sich von seinem besten Freund nicht aufhetzen lassen hat.

Apropos beste Freunde.

»Wo ist Raquel?«, frage ich Cyph.

Cyph blickt mich an und in seinen Augen liegt ein seltsamer Ausdruck. Als hätte er gehofft, dass ich diese Frage nicht stelle.

Mir wird kalt. Meine Eingeweide ziehen sich zusammen. Was hat dieser Blick zu bedeuten? Hoffentlich nicht, dass Raquel irgendetwas zugestoßen ist. Fieberhaft überlege ich, ob ich unter einem ihrer Instagram-Beiträge ein Datum gesehen habe.

Es ist Dane, der mir an Cyphs Stelle antwortet. Er legt mir einen Arm um die Schultern und geht ein paar Schritte mit mir weg. »Sie ist noch oben. Aber ich gehe davon aus, dass sie sich bald blicken lässt.«

Ich atme innerlich auf. Das heißt, dass es ihr gut geht. Bei dem Gedanken daran, sie bald wiederzusehen, macht mein Herz einen freudigen Sprung. Ich kann es kaum erwarten, mit ihr zu reden und zu erfahren, was sie das letzte Jahr über getrieben hat.

»Gibt es hier was zu trinken?«, frage ich Dane.

»Ich besorge uns was. Warte hier.« Damit lässt er mich inmitten der Feiernden stehen.

Ich sehe mich noch einmal gründlich um. Die Eingangshalle geht direkt über in ein großes Wohnzimmer, in dem edle Holzmöbel stehen. Überall dazwischen leuchten Computermonitore und ich kann mir vorstellen, was meine Hackerfreunde da gerade treiben. Es ist eine Art Tradition, dass wir bei jeder unserer Partys den lokalen Radiosender hacken und ihm unsere Musik aufzwingen. Es ist leicht zu bewerkstelligen und gehört zu einer Party der *Bones* irgendwie dazu. Ich lasse meinen Blick weiter schweifen über die wogenden Körper auf der Tanzfläche, herüber zur Bar, an der sich gerade Dane bedient, und dann die Treppe hinauf.

Raquel ist noch oben, hat Dane gesagt. Ob das bedeutet, dass sie mittlerweile hier wohnt?

Was ist mit Gerard Payne?

Ich kann mir kaum vorstellen, dass er die *Bones* freiwillig in sein Haus gelassen hat.

Wieder einmal muss ich feststellen, dass sich in einem Jahr ganz schön viel verändern kann.

Mein Hirn wird ein Update brauchen, so viel steht fest. Aber alles zu seiner Zeit. Zuerst mal genieße ich es einfach, wieder zu Hause zu sein.

East

Die Tür wird geöffnet und schließt sich wieder. Jemand tritt hinter mich. Dann schiebt sich eine Hand vorn in den Ausschnitt meines Shirts.

»Du solltest runterkommen, East.«

Ich blicke ins flackernde Kaminfeuer und ignoriere Raquel, aber sie macht keine Anstalten, mich loszulassen. Stattdessen krallen sich ihre Nägel in meine Brust und ich keuche.

»Es ist deine Party«, schnurrt sie.

»Ist sie das«, erwidere ich tonlos. »Soweit ich weiß, hast du die ganzen Leute eingeladen, nicht ich.«

»Es ist dein Haus. Du bist der Gastgeber.«

»Wenn jemand was von mir will, soll er hochkommen.«

Ich habe keine Lust auf diese Party. Es war Raquels dämliche Idee, also soll sie jetzt auch zusehen, wie sie die Leute beschäftigt.

Ich greife nach der Tequilaflasche auf der Armlehne und nehme einen großen Schluck. Ich weiß, dass ich es im Moment übertreibe, aber der Alkohol vernebelt mein Gehirn, und das ist verdammt gut so. Denn jedes

Mal, wenn ich nüchtern bin, wird mir klar, was ich getan habe. Was ich *für sie* getan habe.

Ich habe nie etwas bereut, mein ganzes Leben lang nicht. Nicht, dass ich die Schule abgebrochen habe, weil ich schon als Junge einen besseren Job hatte, als die meisten meiner damaligen Mitschüler je haben würden. Nicht, dass ich mit *Blackbone,* meinem allerersten Virus, sowohl die Webseite des FBI als auch die der CIA für jeweils einen ganzen Tag lahmgelegt habe, um mir einen Namen zu machen. Nicht, dass ich es so weit getrieben habe, dass ich von meiner Familie verstoßen worden bin.

Mir tat nie etwas leid.

Mit jeder meiner Entscheidungen kam ich bestens klar. Aber diese eine Sache hat alles verändert. *Mich* verändert.

Und sie hat mir nicht das Geringste gebracht – nur dieses Haus hier, diese verfluchte Villa, die mich Tag und Nacht daran erinnert, was ich alles geopfert habe.

Für die falsche Frau.

Und ich wüsste nicht, wieso ich das feiern sollte.

»East!« Die Hand verschwindet aus meinem Shirt, die Flasche wird mir aus den Fingern genommen. »Ich habe sie alle wegen dir eingeladen, okay? Damit du mal wieder auf andere Gedanken kommst.«

Ich lache kurz und hart. Als wüsste sie, was in meinem Kopf vorgeht. Sie weiß ziemlich genau, was in meiner Hose abgeht, aber das ist auch schon alles.

Ein gutes Stichwort, eigentlich.

»Du willst mich auf andere Gedanken bringen?«, frage ich. »Dann zieh dich aus, wie wäre das?«

»Du bist betrunken.«

»Nicht zu betrunken, um dir das ...« Ich greife hinter mich, packe ihren Arm und ziehe sie vor mich, sodass ich sie sehen kann. »... Hirn aus dem Kopf zu vögeln. Verlass dich drauf.«

Wütend sieht sie mich an. Nein, nicht wütend, das würde sie sich gar nicht trauen. Sie kennt ihre Position ganz genau. Sie weiß, was sie sich erlauben kann und was nicht. Wenn sie mir zu sehr auf die Nerven geht, schieße ich sie ab und das wird sie nicht riskieren. Dafür genießt sie es zu sehr, meine Freundin zu sein.

»Kannst du nicht einfach für ein paar Minuten mit runterkommen?« Ihre Stimme nimmt einen flehentlichen Ton an. »Die *Bones* brauchen dich!«

Langsam geht sie mir auf die Nerven mit ihrem Gejammer. »Was soll ich tun? Ihnen das Bier aufmachen? Den DJ spielen? Pizza bestellen? Nichts davon, schätze ich, also kann ich mir nicht vorstellen, dass ich so dringend gebraucht werde. Und jetzt verzieh dich.«

Sie macht keine Anstalten, aus meinem Blickfeld zu verschwinden. Stattdessen knallt sie die fast leere Flasche zurück auf die Lehne und stemmt die Arme in die Hüften.

»Weißt du was? Ich habe keine Ahnung, auf was für einem Trip du in der letzten Zeit bist, aber was immer es ist: Es gibt keinen Grund, mich dafür zu bestrafen! Ich war immer an deiner Seite! Ich habe dich immer unterstützt! Ich würde alles für dich tun und du –«

»Alles?«, unterbreche ich sie und sehe ihr in die Augen.

Ich weiß genau, welche Wirkung das auf sie hat. Sie denkt in Momenten wie diesem, dass sie mir wirklich etwas bedeutet. Wenn sie wüsste, dass das in meinem ganzen Leben bisher nur ein einziger Mensch getan hat.

»Natürlich«, sagt sie eine Spur leiser.

»Ich meine, restlos alles? Was immer ich verlange?« Ich lehne mich in dem alten Sessel zurück und lasse sie dabei nicht aus den Augen.

»Das weißt du doch«, erwidert sie fast schon flüsternd. Ihr kurzer Anflug von Zorn ist Unterwürfigkeit gewichen.

»Gut« sage ich gleichmütig. »Dann zisch endlich ab.«

Ihre Augen werden schmal. Ein paar Sekunden lang starrt sie mich nur an. Und dann tut sie etwas Unerwartetes. Sie greift nach der Tequilaflasche, wirbelt herum und wirft sie ins Feuer.

Das Glas zerschellt, das Feuer wallt auf, eine kurze Explosion treibt es aus dem Kamin heraus, sodass ich für einen Moment fürchte, meine ungebetene Besucherin wird gleich in Flammen stehen. Aber sie springt zur Seite und hastet zur Tür, während sich feiner scharfer Rauch im ganzen Zimmer ausbreitet.

»Hey!« Mit einem Satz bin ich aufgesprungen und setze ihr nach. »Bleib sofort stehen!«

Sie reißt die Tür auf, ich folge ihr in den Flur und packe sie an der Schulter. Mühelos drehe ich sie herum und drücke sie gegen die Wand.

Sie starrt mich an und ich sie ebenfalls.

Ein zufriedener Ausdruck stiehlt sich auf ihre Züge. »Na bitte«, haucht sie. »Geht doch.«

»Du bist ein verrücktes Miststück, Raquel«, presse ich zwischen zusammengebissenen Zähnen hervor.

»Ich bin genau das, was du brauchst«, erwidert sie und lässt ihre Hand meinen Oberkörper heruntergleiten. »Ich kann dich alles vergessen lassen. Alles und jeden ...«

Nein, das kann sie nicht.

Aber zumindest kann sie mich für ein paar Minuten davon ablenken.

Tess

Ich spüre zuerst Danes Körper dicht hinter mir, dann hält er mir über meine Schulter hinweg ein Glas hin.

»Was für ein Service«, grinse ich, nehme das Glas und nippe an dem trüben braunen Getränk. Ein lakritzartiger Geschmack macht sich in meinem Mund breit und ich muss noch breiter grinsen. Es fühlt sich einfach alles so richtig an.

»Pernod«, sage ich.

»Ich habe mir sagen lassen, du stehst auf dieses Zeug.« Dane tritt neben mich und lässt sein Glas gegen meins klirren. Dann nimmt er einen Schluck von seinem Getränk, das im Licht der Schwarzlichtlampen, die hier überall hängen, grünlich leuchtet. Vielleicht Gin.

»Nach einem Jahr Tee und Wasser liebe ich fast alles, was ein bisschen Geschmack hat.«

»Ich habe eine Menge Geschmack«, sagt Dane und ich muss lachen.Ich mustere ihn in seiner perfekt sitzenden Kleidung und nicke. »Ja, das sehe ich.«

Dane zwinkert mir zu, dann wendet er sich wieder nach vorne und sieht sich mit mir die feiernden *Bones* an.

»Ich habe ihnen gesagt, dass sie dich erstmal in Ruhe ankommen lassen sollen.«

»Das ist cool.« Auch wenn ich froh bin, wieder hier zu sein, ist es doch alles etwas viel. Ich muss erstmal die ganzen neuen Eindrücke verarbeiten. Es sind so viele Fragen in meinem Kopf, dass ich gar nicht weiß, welche ich zuerst klären soll.

Ich nehme noch einen Schluck von meinem Cola-Gemisch, dann wende ich mich Dane zu. »Eigentlich sollte ich dir böse sein.«

Er verzieht das Gesicht zu einer Grimasse. »Wärst du mitgekommen, wenn ich dich einfach drum gebeten hätte?«

Ich schüttle den Kopf. »Auf keinen Fall.«

»Also war dieses Theater nötig.«

Da muss ich ihm Recht geben. Dass ich zu unserer Insel hinüber gerudert bin, war ein Risiko. Aber kein allzu großes, schließlich befindet sie sich nur wenige Meilen vom Trailer entfernt und ist absolut unbewohnt. Palmers Wood allerdings liegt zentral und ist mir nicht einsam genug.

»Friede?« Dane hält mir etwas hin und ich erkenne beim nächsten Aufblitzen der Stroboskoplampe, dass es ein Handy ist.

»Ist das für mich?« Beinahe ehrfürchtig nehme ich es an mich. Jetzt bin ich wieder komplett.

Dane sieht mir zufrieden zu und lächelt.

Gerade will ich ihn umarmen, um ihm zu danken, als eine Bewegung oben am Treppenabsatz meinen Blick auf sich zieht.

Ich kann zwar im wenigen Licht nur Schemen erkennen, trotzdem weiß ich ganz genau, wer dort oben steht. Sein Körperbau, die Art, wie er sich bewegt ... Ich würde East unter Tausenden erkennen.

Und auch die Person, die bei ihm ist.

Raquel. Meine beste Freundin. Ich habe sie damals bei den *Bones* eingeschleust, kurz nachdem East mich in die Gang geholt hatte. Sie ist keine Hackerin, aber unglaublich geschickt. Perfekt geeignet für komplizierte Einbrüche.

East drückt sie gegen die Wand, die beiden scheinen zu streiten. Oder etwa nicht ...?

Ich trete einen Schritt näher an die Treppe heran und traue meinen Augen kaum, als East sich vorbeugt und mit einer Hand ihr Kinn packt, wie er es früher bei mir getan hat. Einen Moment lang glaube ich, dass ich mich täuschen muss. Dann küsst er sie. Ihre Arme schlingen sich um ihn, fahren unter sein Shirt, und mir wird schlecht.

Was sich gerade noch absolut gut angefühlt hat, hat sich schlagartig zu meinem persönlichen Albtraum entwickelt.

Ich habe geahnt, dass wir uns zwangsläufig wiedersehen würden, schließlich haben wir den gleichen Freundeskreis. Ich habe auch gefürchtet, dass es zwischen uns knallen würde, denn es gibt einiges, was noch ungesagt ist.

Ich habe mit vielem gerechnet, aber nicht damit.

Niemals.

Raquel war neben East immer meine engste Vertraute. Sie sollte ihn mit mir für sein Verhalten hassen und sich ihm nicht an den Hals werfen.

Mein Körper macht sich selbstständig. Wie ferngesteuert drücke ich Dane mein Glas in die Hand, stecke das Handy ein und laufe auf die Treppe zu. Auf den unteren Stufen sitzt Cyph und ich höre ihn etwas sagen, verstehe ihn aber nicht. Es ist mir auch egal. Ich will nur eins: Diese beiden Verräter zur Rede stellen!

In meinen Ohren dröhnt es und ich kann nicht fassen, was ich da gerade gesehen habe. Ich stürme die Treppe hoch, wobei ich einige Gäste mit der Schulter beiseite stoße. Dann bin ich endlich oben und muss feststellen, dass ich mich nicht geirrt habe. Es sind mein Exfreund und meine beste Freundin, die sich da vor den Augen der anderen küssen.
Ich überlege nicht lange, zerre East am Arm zur Seite und schiebe mich zwischen ihn und Raquel. Sie lehnt noch immer an der Wand und ist offensichtlich ganz hin und weg von Easts Kuss. Ihre Augen glänzen und sie lächelt verzückt.

»Sag mal, spinnst du?!« Ich kann nicht glauben, was ich da gerade gesehen habe.

Raquel wirkt, als würde ich sie aus ihrer Trance reißen. Sie blinzelt, dann setzt sie ein überraschtes Gesicht auf. »Süße! Du bist ja wieder da!« Mit diesen Worten will sie mich umarmen.

So eine falsche Schlange!

Ich stoße sie hart von mir und sie prallt zurück gegen die Wand. »Ich habe dich etwas gefragt! Was soll das? Kaum bin ich weg, machst du dich an meinen Freund ran, oder was?!«

Raquel öffnet den Mund, um etwas zu erwidern. Wahrscheinlich will sie mich darauf hinweisen, dass East und ich getrennt sind.

Aber East kommt ihr zuvor.

»Dein Freund, so«, sagt er spöttisch. »Ich wüsste nicht, dass du hier noch irgendwelche Freunde hast, Jess.«

Ich fahre zu East herum. Sein Anblick trifft mich mit voller Wucht. Seine männlichen Züge. Die harten und trotzdem sinnlichen Lippen. Sein trainierter Oberkörper, der in einem ärmellosen schwarzen Shirt steckt. Seine tätowierten Arme. Es sind mehr Tattoos hinzugekommen, während ich weg war. Das sehe ich gleich.

Er sieht mich an und für einen Moment flammt etwas in seinem Blick auf, das sich unglaublich vertraut anfühlt. Doch dann mischt sich Zorn in diesen Ausdruck.

Seine Worte verletzen mich und machen mich zugleich unsagbar wütend. Er hat kein Recht dazu, so mit mir zu reden. Raquel und er sollen zur Hölle fahren! Ich hätte nie erwartet, dass ausgerechnet die beiden wichtigsten Menschen in meinem Leben hinter meinem Rücken etwas miteinander anfangen.

Ungläubig und unfähig, etwas zu sagen, schüttle ich den Kopf.

East erwidert meinen Blick kalt. »Letzte Chance. Ich habe es dir gesagt und du weißt, ich stehe zu meinem Wort.«

Damit wendet er sich Cyph zu, der mir die Treppe hoch gefolgt sein muss, und nimmt ihm sein Bier ab. Er trinkt einen großen Schluck, wobei er leicht schwankt. Ganz nüchtern ist er also nicht, doch das ändert nichts daran, dass er seine Worte absolut ernst zu meinen scheint. Er setzt den Becher ab und taxiert mich erneut. »Jetzt verschwinde. Geh mir aus den Augen.«

Er wirft mich raus? Erst demütigt er mich damit, dass er mit meiner besten Freundin herumknutscht und dann wirft er mich raus?

Ich reiße ihm den Becher aus der Hand und kippe ihm den Inhalt kurzerhand über den Kopf. »Nichts lieber als das!«

Mit so einem Arschloch will ich nicht länger in einem Raum sein. Ich fahre herum und pralle ausgerechnet gegen Dane, der gerade ebenfalls die Treppe hochkommt.

Er sieht mich an, dann schnellt sein Blick hinter mich und keine Sekunde später spüre ich, wie mich jemand am Arm packt und zurückreißt. Ich werde gegen die Wand gedrückt, an der gerade noch Raquel gelehnt hat und sehe mich jetzt East gegenüber. Doch anders, als es bei Raquel vermutlich der Fall war, liegt kein Funke Wärme oder Leidenschaft in seinem Blick. Seine Augen sind eiskalt und er sieht mich an, als stünde ihm sein Erzfeind und nicht seine ehemalige große Liebe gegenüber.

»Ich warne dich, Jess«, zischt er. »An deiner Stelle wäre ich verdammt vorsichtig.«

»Du warnst mich?« Ich erwidere Easts Blick ebenso kühl, wie er mich ansieht. Von dem Mann, den ich einst geliebt habe, ist offenbar nicht mehr viel übrig. Ich lache kurz und hart, weil die ganze Situation so unglaublich absurd, so verdammt scheiße ist. »Was willst du schon ma-?« Weiter komme ich nicht.

Dane zieht East von mir weg und schubst ihn in die Arme von Cyph und einem Kerl, den ich nicht kenne.

Sofort packen ihn die beiden und hindern ihn so daran, auf Dane loszugehen.

»Fass sie nie wieder so an.« Dane verschränkt die Arme vor der Brust und tritt einen Schritt auf East zu.

»Sonst?«, gibt East sofort zurück. Dieses eine Wort reicht, um zu erkennen, was er von Dane hält. Nämlich gar nichts.

Ich bin überrascht, dass ich nicht die Einzige bin, die er hier abgrundtief zu hassen scheint.

East sieht von Dane zu mir und wieder zurück. Dann lacht er und reißt sich mit einem Ruck von seinen Bewachern los. »Du hast sie mitgebracht, Cooper? Ihr seid zusammen hier, ja? Hätte ich mir denken können!«

Ich kapiere jetzt gar nicht mehr, was hier vor sich geht.

Dane tritt einen Schritt vor mich, als wolle er mich vor Easts nächster Attacke schützen. Er wirkt vollkommen gelassen. Wahrscheinlich tickt East mittlerweile regelmäßig so aus.

»Ja, hättest du«, sagt er und seine Stimme ist absolut ruhig dabei. »Aber wie es aussieht, bist du viel zu sehr mit deinem verletzten Ego beschäftigt, um dich auch nur einen Deut um deine Umwelt zu scheren.«

An Dane vorbei erkenne ich, wie East ihn mustert. Er gibt ein kurzes, spöttisches Lachen von sich. Dann wischt er sich den Alkohol aus dem Gesicht, sieht kurz auf seine Hände und sagt: »Meine *Umwelt*. Ich weiß ganz genau, was in meiner Umwelt los ist, Cooper. Meine verräterische Schlampe von Ex ist kaum drei Tage wieder in Freiheit und wirft sich schon dem Nächsten an den Hals. Wenn ich ehrlich bin, wundert es mich nicht, dass das ausgerechnet du bist. Verräter und Verräter. Abschaum und Abschaum. Ein nettes Paar.« Er sieht erst Dane, dann mich abfällig an, dann wendet er sich ab, um zu gehen. »Aus dem Weg, na los!«, fährt er die anderen an, die sich um uns versammelt haben.

Sprachlos starre ich ihm hinterher. Abschaum. Das bin ich also für ihn. Dabei ist er es doch, der sich wie der letzte Dreck verhalten hat.

Ich wende mich Raquel zu, die East bedauernd hinterher sieht. Sie wirft mir einen kurzen Blick zu, dann folgt sie ihrem neuen Freund. »Liebling, warte ...«

In Danes Blick lodert Wut auf, aber diesmal bin ich es, die ihn zurückhält.

»Die beiden sind es nicht wert«, sage ich und greife nach seiner Hand.

Seite an Seite sehen wir East und Raquel nach. Ich fühle, dass Dane genauso sauer ist wie ich, nur aus anderen Gründen.

East verharrt einen Augenblick vor einer Tür und wirft mir einen langen, fassungslosen Blick zu. Dann zieht er Raquel mit sich ins Innere und schließt die Tür.

»Ich fahre dich nach Hause.« Dane legt einen Arm um mich und zieht mich mit in Richtung Treppe.

Als wir in die kühle Frühsommerluft treten, bin ich erleichtert, auch wenn ich insgeheim weiß, dass es nicht mein letzter Besuch in der Payne-Villa sein wird.

Ich lasse mich von niemandem irgendwo rauswerfen.

Auch nicht von East Payne.

Kapitel 4
‚Numb'

Tess

Ich winke Dane zum Abschied zu, wende mich dann um und betrete den Wohnwagen. Ich bin immer noch stocksauer, doch erst als die Tür gegen die Wand kracht, fällt mir auf, dass ich eigentlich leise sein sollte. Schließlich habe ich draußen nichts zu suchen. Doch das Donnerwetter bleibt aus. Anscheinend schläft Dad schon. Beziehungsweise noch.

Bevor ich ins Wohnzimmer trete, lausche ich trotzdem vorsichtshalber auf Geräusche. Der Fernseher läuft, wie er es fast 24/7 tut. Sonst ist nichts zu hören.

Leise schließe ich die Tür hinter mir, ziehe meine Schuhe aus und schleiche ins Wohnzimmer. Dad liegt noch genauso auf dem Sofa, wie ich ihn zurückgelassen habe. Er schnarcht und ist offensichtlich schachmatt. Der teure Whisky scheint deutlich stärker zu sein als der billige Schnaps aus dem Discounter. Kein Wunder, dass er sich darauf gestürzt hat wie ausgehungerte Straßenhunde auf einen Knochen.

Allerdings ist von Cas nichts mehr zu sehen. Wahrscheinlich hat er den Kampf um den Fernseher verloren und liegt schon im Bett.

Doch als ich an seiner Tür vorbeihuschen will, stelle ich fest, dass sie offensteht.

»Cas?«, frage ich.

Als ich keine Antwort kriege, betrete ich sein Zimmer.

Es ist klein, fast noch kleiner als meins. An den Wänden hängen Poster von Frauen in Bikinis, die sich auf teuren Autos räkeln und aufgepumpten Bodybuildern in albernen knappen Höschen. Auf dem Boden liegen Hanteln herum, bergeweise Klamotten und ... die leere Flasche Eagle Rare.

Aber kein Cas.

Das darf doch nicht wahr sein! Hat mein minderjähriger Bruder tatsächlich den restlichen Alkohol getrunken? Und vor allem: Wo ist er jetzt?

Ich kann nur hoffen, dass er sich den Whisky mit Freunden geteilt hat. Einer großen Gruppe, sodass jeder von ihnen nur ein Pinnchen Schnaps abgekriegt hat. Einen Fingerhut voll.

Aber wie ich Cas kenne, war das nicht der Fall.

»Cas?« Ich drehe mich einmal um die eigene Achse, dann verlasse ich das Zimmer wieder, um den Trailer abzusuchen. »Casper?« Ich werfe einen Blick in mein Zimmer, doch auch dort ist er nicht.

Bleiben nur noch das Bad und das Schlafzimmer. Wenn er hier nicht ist, muss ich draußen suchen.

Mit einem Mal bauen sich hundert verschiedene Horrorszenarien in meinem Kopf auf. Cas, wie er betrunken in den Kanal fällt. Oder wie er, waghalsig vom Alkohol, irgendeine dämliche Mutprobe macht. Wie er von einem Auto überfahren wird. Oder eines kurzschließt und damit gegen den nächsten Baum rast.

»Bitte, bitte, lass ihn ihm Badezimmer sein«, hoffe ich leise. Dann klopfe ich an die Tür. »Cas? Bist du da drin?«

Ich warte einen Moment und lausche. Aus dem Bad ist nichts zu hören.

Verdammt nochmal.

Ich schiebe die Tür auf und erstarre.

»Cas!«

Mein Bruder liegt auf dem Boden in einer Lache aus Erbrochenem. Er hat die Augen geschlossen und atmet so flach, dass ich kaum erkennen kann, wie sich sein Brustkorb hebt und senkt. Schweiß steht auf seiner Stirn, sein Haar ist feucht.

»Mein Gott!« Ich stürze zu ihm und rüttle an seiner Schulter. »Casper, wach auf!«

Cas gibt ein gequältes Stöhnen von sich, doch er öffnet nicht die Augen.

Ich hebe seinen Kopf an und ohrfeige ihn leicht. »Cas, komm schon!«

Seine Haut fühlt sich ungewohnt kühl an. Kein Wunder. Er liegt oben ohne auf den kalten Fliesen und das Fenster ist geöffnet. Er muss total durchgefroren sein.

Ich versuche nochmal, ihn wachzukriegen, aber es ist vergeblich.

Schnell springe ich auf und laufe ins Wohnzimmer.

»Dad!« Ich rüttle an ihm, aber außer mit einem Grunzen reagiert mein Vater nicht.

Was war das nur für ein Teufelszeug?!

Ich will zurück zu Cas laufen, dann wird mir klar, dass das nichts bringt.

Ein Krankenwagen muss her.

Schnell hole ich mein Handy aus der Tasche und wähle den Notruf. Die Frau am anderen Ende der Leitung ist freundlich, wirkt aber nicht überrascht, als ich ihr unsere Adresse nenne. Anscheinend sind stark alkoholisierte Teenager in einem Trailer Park alltäglich.

Ich kann nur hoffen, dass sich der Notarzt trotzdem beeilt.

Ich gehe wieder zurück zu Cas. Er liegt noch immer reglos da. Ich bringe ihn in die stabile Seitenlage, wie es die Frau von der Notrufzentrale von mir verlangt hat, lege eine Decke über ihn und schließe das Fenster.

Dann betrachtete ich Cas eingehend und spüre, wie heiße Tränen in meinen Augen brennen.

Wenn er wieder aufwacht, kann er erstmal was erleben!

Wenn er wieder aufwacht ...

Er wird aufwachen!

Andererseits hört man oft genug von Teenagern, die sich ins Koma saufen.

Ja, Jess. Ins Koma. Nicht in den Tod. Hör auf, dir so viele Gedanken zu machen.

Aber er ist so unnatürlich blass.

Wo bleibt der Krankenwagen?

Ich laufe nach draußen, sehe mich nach Blaulicht um, horche auf Sirenen.

Nichts.

Warum dauert das so lange?

Scheiße, wenn ich doch nur ein Auto hätte ... Dann wäre da immer noch das Problem, dass ich offiziell gar nicht raus darf.

Ob es als Ausnahme zählen würde, wenn ich meinen Bruder in die Notaufnahme bringe? Ganz bestimmt. Oder nicht?

Am liebsten würde ich mir Cas trotzdem schnappen und ihn eigenhändig zum Arzt bringen. Aber wie? Mit einem Ruderboot?

Plötzlich kommt mir eine Idee. Mit steifen Fingern hole ich ein weiteres Mal mein Handy aus der Tasche und wähle die Nummer von Dane. Er dürfte noch nicht allzu weit weg sein.

»Jess«, meldet er sich und wirkt weniger überrascht, als ich gedacht hätte.

Im Hintergrund ist es still, also ist er entweder schon zu Hause oder noch unterwegs. Aber zurück in der Payne-Villa ist er definitiv nicht.

»Du musst auf der Stelle herkommen! Mein Bruder hat den verdammten Whisky getrunken und jetzt liegt er bewusstlos in unserem Badezimmer!«

Während ich rede, trete ich wieder nach draußen und halte nach dem Krankenwagen Ausschau.

Wie lange ist es jetzt her, dass ich ihn gerufen habe?

Wahrscheinlich waren es nicht einmal fünf Minuten, trotzdem kommt es mir wie eine Ewigkeit vor.

»Ich bin sofort da.« Dane legt auf und ich starre mein Handydisplay perplex an.

Er scheint eben ein echtes Mitglied der *Black Bones* zu sein.

Wir *Bones* sind füreinander da. Ohne Fragen, ohne zu zögern.

Ich eile zu Cas zurück, um ihn im Auge zu behalten, während ich auf Dane oder den Notarzt warte.

Ich halte seine Hand fest in meinen Fingern und bin unendlich froh, dass er lebt.

Nach allem, was heute geschehen ist, könnte ich es nicht ertragen, ihn auch noch zu verlieren.

East

Aus dem Nebenraum müssten eigentlich Musik und das Stimmengewirr von der Party zu uns hereindringen, doch hier drinnen ist es totenstill. Die riesigen Bücherwände, die bis an die Decke reichen, schlucken sämtliche Geräusche. Sie bestehen aus dunklem Holz, edel und teuer wie alles hier in der Villa. Sie sind ohne erkennbares System angeordnet, wie ein Labyrinth aus Büchern. Die meisten davon sind alt, sorgsam gebundene Erstausgaben. Ein Vermögen aus Leim und Papier, ledernen Einbänden und glänzendem Goldschnitt.

In der Mitte des Irrgartens steht ein schlichter Schreibtisch mit einem einzelnen unbequemen Stuhl. Mein Vater hielt nicht viel von Komfort. Er war mehr der effiziente Typ.

Schätze, das habe ich von ihm geerbt.

Ich sehe Milo, unseren Fälscher an, einen Halbitaliener mit ernsten Zügen. Er sitzt auf dem Stuhl und stiert an mir vorbei, als würde ich weggehen, wenn er mich nur lange genug ignoriert. Auf der Tischplatte gleich vor ihm sitzt Lielle, eine der vier Frauen bei den *Bones*. Sie wickelt eine platinblonde Strähne um ihren Finger und macht ein Gesicht, als wollte sie überall sein, nur nicht hier. Beim Rest der Gang sieht es ähnlich aus. Sie lehnen an den Regalen, manche mit Gläsern in der Hand.

Der Lippenstift von Terra, einer unserer Hackerinnen, ist dermaßen verschmiert, dass mir klar ist, wobei ich sie gestört habe.

»Die *Black Bones* sind mein Baby«, sage ich. »Ich habe euch ausgewählt, jeden Einzelnen von euch. Ich habe dafür gesorgt, dass wir uns in Detroit einen Namen machen. Dank mir könnt ihr alle von dem leben, was wir tun. Und was macht ihr, um mir eure Dankbarkeit zu zeigen? Feiert eine Party mit Jess Aldridge.«

»Sie hast du auch ausgewählt, East«, erwidert Lielle. »Weißt du nicht mehr?«

Was für eine dämliche Frage. Natürlich weiß ich das noch. Jess war die Vorletzte, die zu uns stieß. Die Jüngste. Wir waren vorher schon einigermaßen erfolgreich, aber erst als Jess und ich anfingen, zusammenzuarbeiten, wurden wir, was wir heute sind. Das berühmteste Hackerkollektiv im mittleren Westen.

Anonymous ist ein Scheiß gegen uns, denn Anonymous verdient kein Geld. Uns hingegen kann jeder engagieren, der entweder reich werden oder einen Konkurrenten in den Boden stampfen will. Und von den Honoraren, die wir erhalten, können wir alle ganz gut leben. Kyan, unser Fluchtwagenfahrer, fährt einen hochgetunten Porsche. Lielle hat sich vor ein paar Monaten die Brüste machen lassen. Wäre alles nicht möglich ohne die *Bones*.

Ohne mich.

»Ja, richtig, das war ich«, gebe ich zurück. »Und darum sollte ich auch das Recht haben, sie wieder auszuschließen.«

Terra lacht kurz.

Ich sehe schnell zu ihr herüber. »Was?!«

»Wie du gerade selbst gesagt hast, East: Die *Bones* sind dein Baby. Du hast sie gegründet. Du hast auch die Regeln gemacht. Alle Entscheidungen werden gemeinsam getroffen. Über jede einzelne wird demokratisch abgestimmt.«

Ich blicke sie an. Wütend, obwohl sie Recht hat. Es gibt nur diese eine Regel bei den *Bones*. Damit wollte ich verhindern, dass die Gang den Bach runtergeht, falls mir etwas zustößt. Und jetzt wenden sich meine eigenen verdammten Regeln gegen mich. Als hätte ich ein Virus in die Welt geschickt, das umgedreht wurde und nun mein eigenes System befällt.

»Wenn du mich fragst«, mischt sich Kyan ein, »bist du nur beleidigt, dass es Cooper war, der sie zu uns zurückgebracht hat.«

»Halt deine Schnauze, Kyan«, fährt Cyph, mein bester Freund, dazwischen. Wir lernten uns als Jungen kennen, weil wir Videospiele im selben Geschäft klauten. Er, weil er arm war und ich, weil ich Langeweile hatte. Er kennt mich wie kein zweiter hier.

»Cooper«, knurre ich, »sollte genauso wenig Mitglied dieser Gang sein wie Jess. Und das wisst ihr.«

Dane Cooper ist der Einzige von uns, den ich nicht ausgewählt habe. Ich kenne ihn von früher, als ich noch ein allein operierender junger Gangster in der Unterwelt Michigans war. Damals gehörte er einer anderen Gang an – den *F.O.G.S.*

Vor einem knappen Jahr tauchte er bei uns auf, verkleidet als Kurierfahrer, mit einem Transporter voll hochmodernem Computerzubehör, das er gestohlen hatte, um uns zu imponieren. Er bat darum, aufgenommen zu werden. Und die anderen waren sofort Feuer und Flamme. Seine Aufnahmeprüfung war ein Kreditkartenbetrug in einem Edelhotel. Er hat sie problemlos bestanden. Ich habe versucht, das Ruder herumzureißen. Habe ihnen erzählt, was Cooper getan hat, früher, als ich ihn kennenlernte.

Die Antwort war eindeutig.

Die Bones sind nicht dein Egoprojekt, East.

Früher hätte niemand so mit mir gesprochen. Doch als Cooper auftauchte, war längst alles außer Kontrolle geraten. Wir brauchten dringend Jobs. Und er legte sich ins Zeug, um welche zu beschaffen.

Seitdem feiern ihn die anderen, als wäre er Jesus Christus.

Dabei ist er Judas.

»Ich verstehe nicht, was du jetzt von uns willst, East«, mischt sich Milo ein. »Jess war immer ein loyales Mitglied unserer Gang. Sie wurde verhaftet und hat dichtgehalten. Die Staatsanwaltschaft hat ihr mit Sicherheit einen Deal dafür angeboten, dass sie unsere Namen verrät. Aber das hat sie nicht. Und Dane? Ohne ihn wären wir pleite, auch wenn East das anders sieht.« Er schüttelt den Kopf und mustert mich noch einen Moment, dann steht er auf und tritt auf mich zu. »Ich sage dir was, East, und ich sage es nicht gerne. Aber du lässt mir keine Wahl. Wenn es dir nicht passt, wie die Dinge jetzt laufen, dann solltest *du* vielleicht gehen.«

Fassungslos sehe ich ihn an.

»Milo!«, zischt Raquel, die im Schneidersitz vor mir auf dem Boden sitzt. Sie steht auf und stellt sich ihm entgegen. »Wie kannst du es wagen, he?«

Ich ziehe sie an der Schulter zurück. »Hör auf, ich regle das selbst«, bestimme ich und blicke in die Runde. »Noch jemand dieser Meinung?«

Keiner sagt Ja. Aber es sagt auch keiner Nein.

»Hast du dich schon an das Programm gesetzt, East?«, fragt schließlich Terra.

Ich blicke zu ihr herüber. Das Programm. War klar, dass sie das anspricht. Sie kapiert nicht, dass ich mich auf diesen Scheiß im Moment nicht konzentrieren kann. Niemand kapiert das. Und dass sie meine Ex hier anschleppen, macht die Sache nicht gerade besser.

Mit ihr hat alles angefangen. Sie ist an allem schuld.

Nein, East. Genaugenommen ist sie das nicht. Komm schon. Du weißt es besser.

Ich zwinge meinen Verstand, die Schnauze zu halten. Das Problem ist immer noch dasselbe: Klardenken kann ich im Moment nicht. Um das Programm zu schreiben, müsste ich allerdings genau das – mein verdammtes Hirn endlich wieder einschalten.

Noch einen Moment lang sehe ich Terra stumm an, dann schüttle ich den Kopf. Auf einmal fühle ich mich nur noch erschöpft.

»Raus hier«, sage ich. »Alle.«

Niemand rührt sich, alle sehen mich betreten an. Es ist schließlich Milo, der sich nochmal an mich wendet.

»Wir brauchen das Programm. Und wir brauchen dich, East. Den richtigen East, nicht das, was aus dir geworden ist.«

Das, was aus mir geworden ist. Ich spüre kalten Zorn in mir aufsteigen. Was weiß Milo denn schon? Was wissen diese ganzen Spinner darüber, was in meiner Welt passiert ist?

Es ist nicht *passiert*. Du hast es *getan*.

»Raus hier, verpisst euch, oder soll ich jedem Einzelnen von euch die Fresse polieren?!«, fahre ich die *Bones* an.

Das wirkt. Kyan wendet sich mit einem spöttischen Grinsen ab, Terra folgt ihm kopfschüttelnd. Auch die anderen verschwinden jetzt nach und nach zwischen den Bücherwänden, als wären sie alle auf eine unsichtbare Schnur gezogen.

Cyph ist der Vorletzte. Er dreht sich noch einmal zu mir um und sieht mich fragend an. Dann tritt Raquel vor mich und er geht ebenfalls.

»Liebling«, sagt sie und legt mir ihre kühlen Hände ins Gesicht. »Stör dich nicht daran, was sie sagen. Sie sind betrunken. Sie wissen genauso gut wie du und ich, dass die *Bones* ohne dich nicht funktionieren. Niemals.«

Ich sehe in ihre großen braunen Augen. Sie hat mich schon immer irgendwie an ein Insekt erinnert. Wenn auch an ein hübsches. »Sie haben Recht«, widerspreche ich ihr. »Ich muss das Programm schreiben. Und nicht nur das. Wenn ich Jess und Cooper loswerden will, muss ich beweisen, dass wir sie nicht brauchen. Keinen von ihnen.«

Raquel lächelt. Die Finger ihrer Rechten streichen über meine Haut, runter zu meinem Hals, dann über meine Brust. »Das klingt nach einem guten Plan«, flüstert sie. »Aber jetzt entspannst du dich erstmal.« Damit schiebt sie ihre Hand in meine Hose.

»Jetzt nicht, Raquel«, sage ich und sehe an ihr vorbei. Ich wette, draußen geht die Party weiter, als wäre nichts gewesen.

Ob Cooper mittlerweile wieder da ist? Mir ist nicht entgangen, dass er mit Jess abgehauen ist.

»Komm schon.« Ihre Lippen saugen sich an meinem Hals fest, ihre Finger legen sich um meinen Schwanz und drücken zu.

Ich schiebe sie von mir. »Ich sagte, jetzt nicht, Raquel.«

Sie stolpert einen Schritt zurück und ihre dünnen Brauen ziehen sich verständnislos zusammen. »Du stehst noch auf sie«, wirft sie mir vor.

So langsam geht sie mir richtig auf die Nerven. »Du irrst dich«, sage ich und erwidere ihren Blick. »Ich stehe nicht darauf, dass du meinst, mich markieren zu müssen wie eine läufige Hündin, nur weil sie hier war. Ist das so schwer zu kapieren?«

Raquel presst die Lippen aufeinander. Für einen Moment bebt ihr Kinn und ich bin mir nicht sicher, ob sie gleich auf mich losgehen oder in Tränen ausbrechen wird.

Dann jedoch macht sie auf dem Absatz kehrt und stürmt davon.

Ich lehne mich gegen die Bücherwand in meinem Rücken und versuche, einen klaren Kopf zu bekommen. Mich mit dem Problem zu befassen, dass meine eigene Gang mich für verzichtbar hält.

Doch egal, wie sehr ich mich darauf zu fokussieren versuche – vor meinem inneren Auge sehe ich nur Jess und Cooper.

Wie er sich vor sie gestellt hat, als müsste man sie vor mir beschützen.

Als wäre ich schlecht für sie.

Verdammte Scheiße. Wenn er sie flachlegt, bringe ich ihn um.

Ich kneife die Augen zu und zwinge mich, mich zu konzentrieren.

Komm schon, East. Du musst ihn nicht umlegen. Du musst einfach nur wieder der werden, der du mal warst.

Jess

Ich sitze auf den Verandastufen und kann es kaum erwarten, dass Dane zurückkehrt. Er war schneller als der Notarzt und hat Cas ohne zu zögern hochgehoben und auf die Rückbank seines teuren Wagens gelegt. Gerade, als der BMW um die Ecke gerauscht ist, tauchte der Krankenwagen auf. Ich konnte den Fahrer nur mit Mühe überzeugen, dass ich mir keinen makabren Scherz erlaubt habe, als ich den Rettungsdienst angerufen habe.

Zwanzig Minuten, nachdem er und Cas gefahren sind, hat Dane mich angerufen und Entwarnung gegeben. Cas hat eine ziemlich heftige Alkoholvergiftung und muss seinen Rausch im Krankenhaus unter Beobachtung ausschlafen. Er bekommt Flüssigkeit und wird zur Sicherheit überwacht. Aber es geht ihm so weit gut.

Ich bin unendlich erleichtert und wütend zugleich.

Mein Zorn gilt nicht nur Cas, weil er so dämlich war, den Whisky zu trinken. Er gilt auch meinem Vater und ein Stück weit auch Dane, weil er das Teufelszeug mitgebracht hat. Und mir, weil ich die Flasche angenommen habe.

Ich wische mir durchs Gesicht und schließe die Augen. Die kühle Nachtluft füllt meine Lunge und beruhigt mich. Ich bleibe so sitzen, versuche, nicht an East und Raquel zu denken und öffne erst wieder die Lider, als ich einen Wagen ankommen höre.

Danes BMW biegt um die Ecke und hält in der engen Gasse vor unserem Wohnwagen.

Ich springe auf und eile die Stufen zu ihm herunter.

»Danke!«, sage ich und umarme ihn fest. »Danke, dass du dich um Cas gekümmert hast.«

Dane erwidert meine Umarmung einen Augenblick, dann drückt er mich an den Schultern ein Stück weg und betrachtet mich eingehend. »Ist alles in Ordnung?«

Ich schüttle den Kopf. »Nein. Ich bin ...« Ich zucke mit den Schultern.

Wie beschreibe ich das Chaos am besten, das in meinem Kopf herrscht? Diese Nacht war total verrückt. Vorhin dachte ich noch, ich treffe mich mit meinem Bewährungshelfer. Jetzt bin ich plötzlich wieder mittendrin. Die *Bones* sind mit einem Knall in mein Leben zurückgekehrt. Und mein angeblicher Bewährungshelfer ist einer von ihnen.

»Auf alle Fälle bist du durchgefroren.« Dane legt seinen Arm um mich und zieht mich mit sich. »Gehen wir rein.«

Ich protestiere nicht, als er mit mir die Stufen zum Trailer hinaufgeht und auch nicht, als er mich nach drinnen begleitet.

Im Wohnzimmer wirft Dane meinem schnarchenden Vater einen vielsagenden Blick zu. Ich erkenne Abscheu in seinen Augen. Und kann es ihm nicht verübeln.

Schweigend gehen wir in mein Zimmer, das viel zu klein für uns beide zu sein scheint. Dane nimmt den Arm von meinen Schultern und sieht sich um.

Ich tue es ihm gleich und versuche, den Raum aus seiner Sicht zu sehen. Er ist schäbig, das muss ich zugeben. In meiner Abwesenheit hat hier niemals jemand gelüftet; Stockflecken haben sich an der Decke gebildet. Meine Wände sind in einem dunklen Violett gestrichen, das fast schwarz aussieht und mein Zimmer noch winziger wirken lässt. Über dem Tisch, auf dem früher mein Computer stand, hängt ein Poster mit der Aufschrift: *Keep Calm I Am A Pro Hacker.* Weiße Buchstaben auf einem schwarzen Untergrund, der aussieht wie zerbrochenes Glas.

Meine Bettwäsche ist ebenfalls dunkel und ein verbeultes Rollo verdeckt mein Fenster. Die Klamotten, die ich auf der Suche nach einem Partyoutfit aus den Kisten unter dem Bett hervorgekramt habe, liegen achtlos auf einem Stuhl in der Ecke.

Plötzlich ist mir mein altes Zimmer peinlich.

Ich räuspere mich. »Also ...«

Dane dreht sich zu mir um und steht mit einem Mal viel zu dicht vor mir. Ich kann sein Rasierwasser riechen. Ein teurer, ansprechender Duft.

»Willst du was trinken?«

»Whisky?«, fragt er und ich muss lachen.

»Bitte nicht.«

Dane schüttelt den Kopf. »Ich möchte nichts.«

Ich sehe zu ihm auf. »Okay ...«

»Oder doch. Etwas möchte ich schon.« Er tritt noch ein Stück auf mich zu und meine Hüfte berührt seine.

Für einen Moment halte ich den Atem an.

Dann greift Dane mit beiden Händen nach meinem Gesicht und ich stelle mich auf die Zehenspitzen, schließe die Augen.

Einen Augenblick passiert gar nichts. Ich höre mein eigenes Herz rasen. Dann spüre ich Danes Lippen auf meinen.

Es fühlt sich seltsam an. Ganz anders als gestern. Unser erster Kuss war ein Spiel – ein Versuch von mir, meinen Bewährungshelfer unter Kontrolle zu bringen, damit ich nicht im Knast lande. Jetzt hingegen breitet sich in meinem Körper ein unglaubliches Kribbeln aus, durchfließt mich wie ein Stromstoß. Es ist verwirrend und gleichzeitig fühlt es sich richtig an.

Ich öffne meine Lippen und lasse zu, dass er seine Zunge in meinen Mund schiebt.

Unser Kuss wird intensiver und ich lasse meine Hände an Danes Armen nach oben gleiten, über seine Schultern, bis zu seinem Hals. Er fühlt sich stark an, seine Muskeln kann ich selbst durch das Leder seiner Jacke spüren.

Dane hält mein Gesicht immer noch in seinen Händen und ich merke, dass mir sein Kuss den Atem raubt. Mir wird schwindelig und meine Knie werden weich.

Ich dränge mich dichter an ihn und ...

Dann ist es auch schon vorbei.

Dane löst sich von mir und schiebt mich in Richtung Bett. Doch anders als erwartet folgt er mir nicht.

»Setz dich, bevor du umkippst.«

Ich sehe ihn an und muss erstmal wieder klarkommen.

Dane lächelt. »Leg dich schlafen. Es war ein aufregender Tag.«

Eigentlich war es nur ein aufregender Abend, mein Tag war ziemlich öde. Aber ich sage es nicht laut, sondern nicke nur.

»Danke nochmal wegen Cas.«

»Er wird wieder auf die Beine kommen. Am besten redest du mal mit ihm über die ganze Sache.«

»Werde ich.«

»Dann schlaf gut.« Dane scheint zu überlegen, ob er mich noch einmal küssen soll.

Als er es nicht tut, fühle ich eine seltsame Enttäuschung in mir.

Er wendet sich ab, sieht noch einmal über die Schulter zurück und zieht dann die Falttür zu.

Ich lausche, bis seine Schritte verklingen und der Motor seines Wagens zu hören ist. Dann lasse ich mich in mein Bett fallen und streife meine Schuhe ab.

Was für ein verrückter Abend, denke ich noch, ehe ich mich auf die Seite drehe und in einen tiefen, traumlosen Schlaf falle.

Tess

Es ist sieben Uhr, als ich aufwache. Ich hasse es, dass meine innere Uhr mich ab vier Uhr morgens in regelmäßigen Abständen aufwachen lässt.

Ich drehe mich auf die Seite und ziehe mir die Decke bis zum Kinn. Die Sachen von der Party habe ich irgendwann heute Nacht ausgezogen und jetzt friere ich, weil dieser verdammte Trailer so zugig ist.

Ich denke an früher, an mein altes Leben. Immer, wenn ich hier übernachtet habe, weil ich Casper nicht mit meinem vollkommen zugedröhnten Vater alleinlassen wollte, war East bei mir. Nicht nur einmal war er es, der sich Dad gegenübergestellt hat, wenn er meinen Bruder mal wieder verprügeln wollte. Dad hat ihn gehasst, hatte aber nicht den Mumm, ihn rauszuwerfen. Am Ende verzog er sich jedes Mal und ließ Cas in Frieden. Und ich konnte beruhigt in Easts Armen einschlafen.

Ich denke an gestern Abend. An den Hass in seinem Blick. Abschaum hat er mich genannt. Dabei ist er derjenige, der es mit der engsten Vertrauten seiner Ex treibt.

Als ein Bild von ihm und Raquel sich vor meinem inneren Auge aufbaut, reiße ich die Lider auf und schwinge kurzerhand die Beine aus dem Bett.

Schluss damit.

Im Camp haben sie uns beigebracht, dass das Beste gegen miese Gedanken Sport ist. Sich richtig auszupowern, hilft dabei, den Kopf freizukriegen.

Wenn ich nur im Trailer Park bleibe, die Strecke runter zum Wasser laufe, in einer großen Runde wieder zurück und ein paar Treppensprints einlege, dann wird sich schon niemand wundern. Schließlich weiß außer meinem Dad keiner, wie weit der Radius meiner Fußfessel reicht und dem ist ja bekanntlich alles egal.

Als ich den Wohnraum durchquere, stelle ich fest, dass er es mittlerweile ins Bett geschafft hat. Gut so.

Ich mache mich kurz frisch, ziehe mir Shorts und ein weites T-Shirt über und gehe los.

Vor dem Wohnwagen mache ich ein paar Dehnübungen in der Morgensonne und fühle mich gleich ein ganzes Stück besser. Dann laufe ich los und die düsteren Gedanken verschwinden endgültig. Zuerst weichen East und Raquel aus meinem Kopf, dann die Sorge um Cas und schließlich blicke ich sogar dem Gespräch mit meinem Vater positiv entgegen, das ich wegen Cas mit ihm führen muss.

Ich renne zum Wasser, sprinte die Treppen hoch und wieder runter, powere mich bei Liegestützen und Situps aus und trete nach zwei Stunden durchgeschwitzt, aber glücklich den Heimweg an.

Da es immer noch vor zehn ist, ist niemand auf den Beinen und ich genieße die Ruhe, bis plötzlich das mir vertraute Geräusch eines Motors zu hören ist.

Danes BMW.

Ich werde langsamer und zögere, bevor ich um die Ecke zu unserem Trailer biege. Dane erwischt mich immer in den dämlichsten Outfits, aber daran kann ich jetzt auch nicht mehr viel ändern. Mit den Fingern kämme ich durch mein Haar und wische mir mit meinem weiten Shirt durchs Gesicht.

Ich bin gespannt, was er schon wieder hier zu suchen hat.

Als ich gerade weitergehen will, höre ich Stimmen. Die von Dane und die meines Bruders.

»... toxikologisches Gutachten«, sagte Dane.

Ich gehe langsamer, verberge mich zwischen einem Baum und einem leerstehenden Trailer in den Schatten und spähe um die Ecke.

Der BMW parkt wieder in einer engen Gasse zwischen den Wohnwagen. Casper lehnt in einem schwarzen Jogginganzug, den ich noch nie an ihm gesehen habe, an dem Wagen und hat die Arme verschränkt. Dane steht ein paar Schritte von ihm entfernt und sieht so stylisch aus wie immer. Er trägt perfekt sitzende schwarze Jeans, einen Ledergürtel, ein enges graublaues Shirt und dazu dieselbe maßgeschneiderte Lederjacke wie gestern Abend. Er sieht aus wie ein High-Fashion-Model, das man in eine extra schäbige Kulisse gestellt hat, um seine Attraktivität noch zu betonen.

»Kann ich doch nichts für, wenn die einen Fehler machen!« Cas' Stimme überschlägt sich und ich spüre, dass er sich zu Unrecht angegriffen fühlt.

»Du musst mir nichts vormachen, Casper. Zu mir kannst du ehrlich sein. Und zu deiner Schwester sicher auch. Wenn du ein Drogenproblem hast, können wir dir helfen.«

Was? Drogen? Habe ich richtig gehört? Cas ist doch erst dreizehn!

»Ich nehme aber keine Drogen, wie oft soll ich das denn noch sagen?!« Cas klingt immer aufgebrachter und seine Stimme wird zunehmend schriller.

Ich bin unendlich froh, dass er schon wieder auf den Beinen ist. Und gleichzeitig möchte ich ihn am liebsten packen und ohrfeigen.

»Das Gutachten sagt etwas anderes.« Dane holt einen Briefbogen aus seiner Innentasche und faltet ihn auf.

»Ist mir scheißegal, was das sagt!«

»Amphetamin, Kokain, Codein, THC und natürlich Ethanol ...«, liest Dane unbeeindruckt vor.

Ich kann nicht glauben, was ich da höre. Kokain?! Dass Cas ein Kandidat dafür ist, auf die schiefe Bahn zu geraten, war mir schon immer klar, aber dass er innerhalb des letzten Jahres so abgerutscht ist, hätte ich nicht gedacht.

Am liebsten würde ich ihn direkt zur Rede stellen, doch wenn er einem Fremden wie Dane gegenüber schon so dicht macht, dann wird er einen Teufel tun und mit mir reden. So war er schon immer. Ich muss es irgendwie klüger angehen.

»Ich habe keine Ahnung, wie die darauf kommen. Ich habe nichts genommen!« Cas starrt auf den Boden und sieht wütend aus.

Dane hingegen lässt sich von seinen Beteuerungen gar nicht beeindrucken. »Beruhig dich. Ich will dir nur helfen.«

»Verfickten Dank auch! Kann ich jetzt reingehen?!« Mein Bruder funkelt Dane wütend an. In seinen Augen glänzen Tränen und er tut mir schon fast leid.

Dane seufzt, dann nickt er. »Sicher. Geh rein.«

Cas sieht Dane noch einen Moment an, dann wischt er sich über die Augen und zieht die Nase hoch. »Ich habe nichts genommen, kapiert das denn keiner?« Ohne eine Antwort abzuwarten, stürmt er die Treppen zu unserem Wohnwagen hoch. Ich höre die Tür zuknallen und komme aus meinem Versteck.

»Dane?«

Dane wendet sich mir zu und ich erkenne Überraschung in seinem Blick. »Hey. Hast du etwa alles mit angehört?«

Ich nicke und komme zum Auto. »Drogen?«, frage ich.

Dane hält mir den Briefbogen hin. »Ich habe mir gedacht, dass ihn niemand von euch abholen kann und mich als sein Betreuer vom Jugendamt ausgegeben.«

Ich muss nicht weiter nachfragen, wie er das angestellt hat. Bei den Bones gibt es Milo, einen Fälscher, der alles herstellen kann. Ausweise, Wertpapiere, Dienstmarken – einfach alles. Und dass Dane überzeugend in eine andere Rolle schlüpfen kann, weiß ich aus eigener Erfahrung. Er tut im Grunde dasselbe, was wir Hacker tun – er schleicht sich irgendwo ein. Nur in der realen Welt, statt im Netz.

»Danke. Im Ernst. Ohne dich hätte mein Bruder jetzt ein echtes Problem.« Ich nehme den Brief und falte das Gutachten auf. Dane hat nicht gelogen. Bei Cas sind alle möglichen Substanzen nachgewiesen worden.

Und ich habe mir Sorgen wegen des Whiskys gemacht.

»Tut mir leid, aber dein Bruder scheint ein ernstes Problem zu haben.«

»Ja, das hat er offensichtlich.« Ich schüttle den Kopf und sehe feindselig zu dem schäbigen Trailer. »Er muss hier weg. Diese Umgebung ist Gift für einen Teenager.«

»Woran denkst du?«, fragt Dane. »Eine Pflegefamilie?«

Ich zucke ratlos mit den Schultern und er räuspert sich.

»Bei allem Respekt, aber wer nimmt schon einen dreizehnjährigen Junkie? Irgendein Pädophiler vielleicht. Ist das die Zukunft, die du dir für deinen Bruder vorstellst? Als Hauptdarsteller in einem Schmuddelvideo, in dem er alten Männern –«

»Hör auf!«, fahre ich ihn an und Dane verstummt tatsächlich.

Ich atme durch und fühle mich total überfordert. Soll ich es meinem Dad sagen? Eigentlich wäre es meine Pflicht. Er muss es erfahren. Aber würde das etwas nützen? Wahrscheinlich würde er Cas nur wieder verprügeln und ihn dann ein paar Tage einsperren, ihn so zum Entzug zwingen. Aber Casper hat schon immer Mittel und Wege gefunden, gegen den Hausarrest anzugehen. Und sollte er auf kaltem Entzug sein, wird er ohnehin abhauen, um sich etwas zu besorgen. Wenn wir Pech haben, bleibt er dann gleich für immer weg und wird zu einem dieser Straßenjunkies, die vor den Supermarkteingängen herumlungern. Das will ich nicht riskieren. Oh Mann. Ich dachte, ich würde zu einem Kind zurückkehren, das mich braucht. Nicht zu einem drogensüchtigen Jugendlichen.

»Ich werde ihn hier rausbringen«, sage ich entschlossen. »Aber zuerst muss ich mir was überlegen. Er braucht irgendeine Beschäftigung.« Ich stecke das Gutachten ein und sehe zu Dane auf.

Er steht direkt vor mir und nickt. »Vielleicht kann er bei den *Bones* unterkommen.«

Ich nicke. Die Idee ist gar nicht so schlecht. Natürlich möchte ich ihn nicht mit in unsere Geschäfte ziehen, aber möglicherweise könnte das Hacken etwas für ihn sein.

»Danke«, sage ich nochmal.

»Wir sehen uns dann heute Abend?« Es scheint mehr eine Feststellung als eine Frage zu sein. »Ich hole dich ab.«

»Nicht nötig. Ich komme zu euch, sobald mein Dad schläft.«

Dane scheint zu überlegen, dann nickt er. »Bis nachher dann.« Damit haucht er mir einen Kuss auf den Hals, der mich erschauern lässt. Ich schließe die Augen, atme tief durch und trotz der Sorge um Cas macht sich ein fantastisches Gefühl in mir breit. Ein wildes Kribbeln aus Vorfreude, Neugier und Abenteuer.

Kapitel 5

‚Misery Business'

Tess

Als ich am selben Abend zurück nach Palmers Wood komme, habe ich mein Fußfessel-Überlistungs-Tool nochmal modifiziert. Es läuft jetzt über mein Handy, sodass ich ständig im Blick habe, ob es vernünftig funktioniert. Ziemlich genial eigentlich. Ich sollte den *Bones* vorschlagen, es an Verurteilte im ganzen Land zu verkaufen. Andererseits habe ich wenig Lust, irgendwelchen Perversen zu mehr Freiheiten zu verhelfen. Also werde ich es schön für mich behalten.

Ich steige aus dem Bus, der kurz vor dem Nobelviertel, in dem die Payne-Villa steht, seinen letzten Halt macht und gehe das letzte Stück zu Fuß. Wieder habe ich meinen großen schwarzen Hoodie an, auch wenn es dafür heute Abend eigentlich zu warm ist. Langsam, aber sicher hält der Hochsommer Einzug in Detroit, doch ich kann die Kapuze als Tarnung gut gebrauchen.

Mein Haar ist darunter offen. Früher habe ich viel öfter Zöpfe getragen. Doch im Camp war ein strenger Knoten Pflicht und wenn man richtig Pech hatte, haben sie einem zur Strafe den Kopf geschoren. Ich bin stolz, dass mir das nicht passiert ist und habe beschlossen, meine lange Mähne zu zeigen, wann immer es geht.

Außerdem konnte Dane gestern kaum den Blick davon lassen.

Dane.

Ich freue mich jetzt schon, ihn wiederzusehen. Ich habe mit vielem gerechnet, als sie mich entlassen haben. Aber nicht damit, jemanden wie ihn kennenzulernen. Ich will unbedingt mehr über ihn erfahren.

Entschlossen beschleunige ich meine Schritte, während ich über Kopfhörer meiner alten Lieblingsmusik von Paramore lausche. Ich erreiche den Lucerne Drive, beobachte durch die Fenster der vornehmen Wohnhäuser eine Familie beim Spieleabend und ein Paar beim Abendessen.

Wenn diese rechtschaffenen Leute wüssten, dass sich die gefürchteten *Black Bones* genau in ihrer Mitte niedergelassen haben ...

Ich erreiche das Tor zum Payne-Anwesen, realisiere, dass ich den Code nicht habe und beschließe kurzerhand, über die Mauer zu klettern.

Damit mich niemand sieht, gehe ich ein paar Meter weiter, bis mich das Licht der Straßenlaternen nicht mehr erfasst. Dann schwinge ich mich über das raue Gestein und lande dahinter in der Hocke.

Ich richte mich auf, greife in meine Tasche, stelle die Musik ab – und höre zwei Männer streiten.

East und Cyph.

Geduckt laufe ich in den Schutz der Bäume, um zu verstehen, worum es geht.

»Du solltest nirgendwo hinfahren!«, höre ich Cyph. »Du solltest dich auf deinen Arsch setzen und das Programm schreiben! Ich kann dir nicht ewig den Rücken freihalten, verstehst du?«

»Ich brauche niemanden, der mir den Rücken freihält. Und jetzt geh mir aus dem Weg.«

East klingt anders als gestern. Weniger außer sich, stattdessen entschlossener. Doch wenn man ihn kennt, weiß man, dass er in dieser Verfassung besonders gefährlich ist. Ich denke daran, wie er mich aus dem Camp holen wollte. Wie er mich angesehen hat, als er mir sein Ultimatum gestellt hat.

Letzte Chance.

Ich hatte nie Angst vor ihm, aber in diesem Moment war ich mir alles andere als sicher, ob er nicht irgendetwas total Verrücktes tun würde, wenn ich weiter Nein sage. Diese kalte Wut, wenn ihn etwas hilflos macht, war bei East schon immer der größte Risikofaktor.

Aber was hat er für ein Problem mit Cyph?

Ich laufe noch etwas näher ans Haus heran, ducke mich hinter einen hohen Busch und kann die beiden jetzt erkennen. East steht in der Tür, schwarz gekleidet, seine Lederjacke locker über der Schulter. Und Cyph hat sich vor ihm aufgebaut wie eine menschliche Mauer.

»Sorry, aber das kann ich nicht. Benson wird schon bald in der Stadt sein. Was machen wir, wenn du bis dahin nicht fertig bist? Das Geschäft sausen lassen?«

»Du meinst das hier ernst, oder?«, fragt East, ohne näher auf seine Worte einzugehen. Er mustert Cyph von oben bis unten, ich beobachte den Zorn in seinem Blick und frage mich zum ersten Mal ernsthaft, ob ich vielleicht nicht die Einzige bin, mit der er derzeit ein Problem hat.

Sicher, gestern hat sich sein Zorn voll und ganz auf mich konzentriert. Aber was hier gerade abgeht, hat rein gar nichts mit mir zu tun. Doch East wirkt noch – oder schon wieder – genauso wütend.

Was ist los mit ihm?

»Absolut ernst«, erwidert Cyph. »So wie alle anderen auch. Für uns sind die *Black Bones* mehr als nur ein netter Zeitvertreib.«

»Ach, und du glaubst, bei mir ist das anders?«

»Was weiß ich denn, East!« Jetzt klingt auch Cyph, als würde ihm gleich der Kragen platzen. »Ich sehe nur, dass du dich aufführst wie der letzte Arsch, seit dein Vater tot ist.«

East tritt einen Schritt näher an Cyph heran. So dicht, als wollte er durch ihn durch marschieren. »Was willst du damit andeuten?«, fragt er so leise, dass ich es hier hinten kaum noch verstehe.

»Ich deute gar nichts an. Ich sage dir ganz offen, dass dir die Gang offenbar scheißegal ist, seit du diese Villa und weiß Gott was noch alles geerbt hast. Dir geht es nur noch um dein Ego und darum, wie –«

Weiter kommt er nicht, denn East macht Ernst. Wie aus dem Nichts heraus verpasst er seinem besten Freund eine Kopfnuss, die sich gewaschen hat. Cyph prallt zurück, taumelt einen Schritt nach hinten und fällt dann zu Boden.

East blickt auf ihn herunter und ich sehe bis hier, wie heftig sich sein Brustkorb hebt und senkt. Und da ist noch etwas, das ich erkenne. Etwas Wildes, Ungezügeltes, das mir einen Schauer über den Rücken jagt.

Letzte Chance.

Er macht einen Schritt auf Cyph zu, blickt mitleidslos auf ihn herab. »Sprich nicht von Dingen, von denen du keine Ahnung hast, Cyph«, sagt er mit mühsam beherrschter Stimme. »Die *Bones* sind mein Leben. Wag es nie wieder, was anderes zu behaupten, oder ich mach dich fertig!«

Damit stürmt er an Cyph vorbei und ich ducke mich automatisch tiefer hinter den Busch, als er den Fußweg betritt und an mir vorbeikommt. Für einen kurzen Moment kann ich ihn dabei aus der Nähe sehen und es ist komisch – er hat noch dasselbe Gesicht wie früher, natürlich. Er ist derselbe Mann. Dennoch erkenne ich nichts Vertrautes mehr in seinen Zügen. East ist ein Fremder geworden. Fast, als wäre er gestorben und durch einen anderen ersetzt worden.

Für einen Moment schnürt mir diese Erkenntnis die Kehle zu – dann höre ich, wie der Motor seines Mustangs aufheult und erwache aus meiner Erstarrung.

Ich löse mich aus den Schatten, laufe zur Tür und helfe Cyph hoch, der sich gerade mühsam aufrappelt.

»Jess«, sagt er leicht benommen.

»Ich habe alles mitbekommen. Kannst du aufstehen?«

Cyph nickt, doch als er sich aufrichtet und an die Wand neben der Tür lehnt, schwankt er gewaltig. »Shit. Das hat gesessen.« Er wischt sich über die Stirn und sieht dann auf seine Finger.

»Es blutet nicht«, sage ich und nehme die Kapuze ab. »Aber du solltest das dringend kühlen. Du weißt ja selbst, was East für einen Dickschädel hat.«

Cyph lacht kurz, doch die Bitterkeit in seinem Blick entgeht mir nicht. »Du hast keine Ahnung, was hier los ist.«

Nein, da hat er wohl Recht. Als ich gestern Abend hier ankam und die anderen wiedergesehen habe, schien für einen Moment alles beim Alten zu sein. Aber das ist Unsinn.

Dane ist neu. Die Villa ist neu. Und ganz offensichtlich ist Easts Vater gestorben. Dass er sich deswegen so aufführt, kann ich mir allerdings kaum vorstellen.

»Komm mit mir rein«, sagt Cyph, der sich langsam wieder gefangen zu haben scheint. Er stößt sich von der Wand ab und deutet auf die offene Tür. »Ich such mir einen Kühlbeutel und bringe dich auf den neuesten Stand.«

Tess

Keine fünf Minuten später sitzen wir in der größten Küche, die ich je gesehen habe. Man könnte hier drin Football trainieren, Tanzkurse veranstalten und »Die Reise nach Jerusalem« spielen. Alles parallel.

Der Boden ist schwarzweiß gekachelt, die Möbel haben die Farbe von dunklem Marmor. Cyph und ich sitzen uns an der Theke gegenüber, die an die Kochinsel anschließt und ich realisiere irgendwie erst jetzt richtig, dass dies hier das Haus ist, in dem East aufgewachsen ist. Es ist prächtig, aber kalt.

Ich weiß nicht viel über seine Kindheit. Seine Mutter ist abgehauen, als er noch klein war. Sein Vater war Architekt, konservativ und streng. Und East war schon immer ein Outlaw.

Sein Vater versuchte alles, um ihn in den Griff zu bekommen: Hausarrest, Strafen, Verbote von allem Möglichen. Aber wenn du willst, dass dein Sohn in deine Fußstapfen als Architekt tritt, kannst du ihm keinen Computer verbieten. Also wurde East zum Hacker. Mit 15 schloss er sich einer Gang drüben in Windsor an und tat mit ihnen, was wir im Prinzip bis heute tun: Sicherheitssysteme knacken und die Leute dahinter ausrauben.

Sein Vater fand es raus und schickte ihn auf ein katholisches Internat unten in Arkansas. East floh nach gerade mal einer Woche. Sein Dad bekam einen Anruf vom Rektor, noch ehe East Detroit erreichte. Als er hier ankam, hatte sein Vater den Code am Tor geändert und das Schloss an der Haustür ausgewechselt. Ein Zettel klebte daran:

Für mich bist du gestorben.

Danach haben die beiden nie wieder ein Wort miteinander gewechselt. East war ein fünfzehnjähriger Obdachloser und tat das einzig Richtige. Er stahl einen Laptop und arbeitete sich aus eigener Kraft wieder hoch. Als ich ihn kennenlernte, bewohnte er ein Loft in der Innenstadt.

East Payne, der Hackerkönig von Detroit.

»Was ist mit ihm los?«, frage ich und nehme einen Schluck von dem Kaffee, den ich für Cyph und mich gekocht habe. Soll ja gegen Kopfschmerzen helfen. »Es ist nicht nur wegen mir, habe ich Recht?«

Cyph nickt. Er nimmt das Coolpack von seiner Stirn, dreht es um und drückt es wieder darauf. »Nicht, dass du mich falsch verstehst. Er war außer sich, als er aus Hudson Mills zurückkam. Aber er war ... immer noch er.«

Ich nicke und warte darauf, dass er weiterspricht.

»Die nächsten Tage hat er sich komplett zurückgezogen. Wir waren uns alle sicher, dass er etwas plant. Dass er vielleicht nochmal auf andere Weise versucht, dich rauszuholen. Doch dann, etwa eine Woche später, tauchte er im Clubhaus auf und war wie ausgewechselt. Er sagte uns, dass der Notar seines Vaters eben angerufen habe. Sein Dad sei tot. Ein Herzinfarkt. Und er würde das Haus erben.«

Ich frage mich, was diese Nachricht in East ausgelöst haben mag. Für ihn war sein Vater schon seit Jahren genauso gestorben wie er für ihn. Das hat er zumindest immer gesagt.

»Wir gaben die Hütte auf«, erzählt Cyph weiter. »Doch kaum waren wir hier, ging es mit East bergab. Er trank zu viel. Zettelte dauernd Ärger an. Und scherte sich kaum noch um die Geschäfte. Ein paar Tage nach dem Tod seines Vaters schmiss sich Raquel an ihn ran. Am Anfang war es nur Sex, doch sie wurde mehr und mehr zu der Einzigen, die er überhaupt noch an sich heranließ. In einem lichten Moment hat er mir mal verraten, dass sie ihn ablenkt. Wovon, hat er mir jedoch nicht gesagt.«

Nachdenklich sehe ich auf die glatte Oberfläche der Theke. Alles, was Cyph erzählt, klingt so gar nicht nach

East. In den zweieinhalb Jahren, die wir zusammen waren, schien er immer alles im Griff zu haben. Einen Plan zu haben. »Ich verstehe das nicht«, gebe ich zu.

»So ging es uns auch.« Cyph nimmt ebenfalls einen Schluck Kaffee. »Wir versuchten einfach weiterzumachen, aber ohne East war das kaum möglich. Terra und ich haben unser Bestes gegeben, aber wir haben beide keine so umfassenden Hackerkenntnisse wie er. Und außerdem fehlten uns die Aufträge. East war immer das Gesicht der *Bones*. Als er aufhörte, uns Jobs zu verschaffen, sah es finster aus. Wir taten alles, um ihn wachzurütteln, aber ... du hast es ja selbst gesehen. Wir kommen nicht mehr an ihn heran. Noch nicht mal ich.«

Für einen Moment sehe ich East vor mir, allein in irgendeinem der anonymen edlen Räume, die diese Villa zweifellos beherbergt. Wenn ich ihn mir früher vorstellte – was ich oft tat, wenn wir mal getrennt waren – , sah ich immer zuerst sein gewinnendes Lächeln. Oder die tiefen Blicke, die er mir häufig bei den Gangbesprechungen zuwarf. Dieses angedeutete Zwinkern, mit dem er mein Herz zum Stolpern brachte.

Jetzt sehe ich ihn reglos, leblos, mit nichts als diesem unheimlichen neuen Zorn im Blick.

Ich schüttle das Bild ab. Es verwirrt mich, denn es lässt meine Wut auf ihn kleiner werden. Aber das ist nicht richtig.

»Wie habt ihr es geschafft, doch wieder an Jobs zu kommen?«

»Gar nicht«, erwidert eine Stimme, die nicht Cyph gehört. »Zumindest nicht aus eigener Kraft.«

Ich blicke auf und sehe Dane in der Tür stehen.

Sofort macht mein Herz einen freudigen Hüpfer, als er mich anlächelt. Dann erst fällt mir auf, dass er ganz anders aussieht als heute Morgen. Er trägt jetzt einen maßgeschneiderten Anzug, sein Bart ist nur noch ein Schatten und dazu hat er eine Brille mit dunklem Gestell aufgesetzt. Jetzt wirkt er wie ein smarter Geschäftsmann auf mich.

»Was ist denn mit dir passiert?«, frage ich grinsend. »Willst du an die Börse gehen? Das neue iPhone vorstellen?«

»Weder noch.« Er löst sich aus der Tür und kommt zu uns in die Küche. Dabei scheint ihm Cyphs Verletzung aufzufallen, denn er verzieht das Gesicht und fragt: »Was ist passiert?«

»East«, brummt Cyph.

Dane seufzt und lehnt sich neben ihm auf die Theke, sodass er mir praktisch direkt gegenüber steht. »Ich fürchte, wenn es so weitergeht, ist die Ära East bei den *Black Bones* bald vorbei. Schade, schade.«

Ich erwarte, dass Cyph ihm widerspricht, dass er etwas sagt wie »Unsinn, der beruhigt sich schon wieder«. Doch das tut er nicht und das wiederum beunruhigt mich. Die *Bones* ohne East? Wie soll das gehen?

»Verrätst du mir, was du vorhast?«, frage ich Dane, um mich abzulenken, während er sich ebenfalls einen Kaffee eingießt.

»Wir haben erfahren, dass die letzten fehlenden Informationen zu unserem nächsten Job eingetroffen sind. Und die werde ich besorgen. Darin bin ich nämlich ganz gut.« Jetzt ist er derjenige, der mir zuzwinkert und ich spüre, wie sich ein Kribbeln in meinem Unterleib ausbreitet.

Ich beiße mir auf die Unterlippe, sehe zu, wie Dane einen Schluck Kaffee trinkt und sage: »Dann beeil dich.«

Es gefällt mir, dass er sich fast verschluckt. Es gefällt mir, dass er anscheinend dieselbe Anziehungskraft verspürt wie ich. Mit einem Funkeln in den Augen, das mir eindeutig mehr verspricht, stellt er seine Tasse ab, stößt Cyph an und sagt: »Wenn das keine Motivation ist, weiß ich auch nicht.« Er wirft mir ein letztes Lächeln zu, dann wendet er sich ab und verlässt die Küche.

Ich blicke ihm nach, bis ich Cyphs skeptischen Blick bemerke.

»Du und Dane, ja?«

Ich lausche auf das Geräusch der Haustür und spüre, dass ich Danes Lächeln immer noch erwidere, auch wenn er längst weg ist. »Ich weiß nicht, vielleicht. Er hat was.«

Cyph macht ein Geräusch, das ich nicht richtig deuten kann. »Versteh mich nicht falsch.« Er rührt in seinem Kaffee. »Dane ist ein guter Mann. Für die Gang. Seit er dabei ist, geht es wieder bergauf. Er hat sich jahrelang alleine durchgeschlagen und aus dieser Zeit eine Menge Kontakte. Er beschafft uns seit Monaten brauchbare Jobs und was er jetzt aufgetan hat, klingt ziemlich gut. Aber was dich angeht ... ich habe dich irgendwie immer nur mit East gesehen.«

Aha. Da kommt also doch wieder der beste Freund in ihm durch. Tja, was soll ich sagen? Bis vor wenigen Monaten habe ich mich auch immer nur mit East gesehen. Er war meine erste große Liebe. Er hat mein Leben auf den Kopf gestellt, aber auf eine Art, die ich geliebt habe.

Zweieinhalb Jahre glaubte ich, wir wären füreinander geboren worden.

Es war zu gut, um zu halten. Das hätte mir damals schon klar sein sollen.

»Tut mir leid, Cyph, aber es ist vorbei.«

Cyph legt das Coolpack weg. »Ich dachte nur ... Keine Ahnung. Irgendwie habe ich geglaubt, du kannst ihn retten. Vor sich selbst oder was auch immer sein Problem ist.«

Ihn retten.

Allein die Annahme, dass East sowas wie Rettung braucht, erscheint mir falsch. Aber nach allem, was ich gehört habe, scheint es zu stimmen.

Doch das geht mich nichts mehr an.

»Ich bin nicht die Richtige.«

Er nickt und wirft mir ein verständnisvolles Lächeln zu. Dann leert er seinen Kaffee und rafft sich sichtlich auf. »Komm. Ich führ dich rum und dann gehen wir zu den anderen. Zeit, dass du erfährst, was dein Dane uns als Nächstes an Land gezogen hat.«

Mein Dane.

Das klingt irgendwie komisch. Aber wer weiß, was die Zukunft bringt.

»Die anderen sind hier?«, frage ich überrascht und stehe auf.

Cyph lacht. »Alles verläuft sich in der Riesenhütte, ich weiß.«

»Das kannst du laut sagen«, murmle ich und folge ihm aus der Küche.

Tess

Die Villa ist gigantisch. Im Erdgeschoss befinden sich außer der Eingangshalle, dem Wohnzimmer und der Küche noch ein Vorratsraum von den Ausmaßen eines Restaurants und eine Bibliothek. Der erste Stock beherbergt ein Büro und unendlich viele Schlafräume. Keiner davon ist als ehemaliges Kinder- oder Jugendzimmer zu erkennen. Wie es aussieht, hat Gerard Payne seinen Sohn nicht nur rausgeworfen, sondern seine Existenz in diesem Haus regelrecht ausgelöscht.

»Bis auf Dane wohnen wir momentan alle hier«, sagt Cyph, während wir weiter hinauf in den zweiten Stock steigen. »Es ist praktisch und sicher.«

»Die perfekte Tarnung«, spreche ich aus, was ich vorhin bei meiner Ankunft schon gedacht habe.

Cyph nickt und ein Schmunzeln umspielt seine Lippen. »Ja, und es gibt ein paar weitere unschlagbare Vorteile.«

»Freies WLAN?«, frage ich.

Cyph lacht. Dann erreichen wir den oberen Treppenabsatz und stehen auf einmal vor einer Milchglastür. »Das auch. Aber du wirst gleich sehen, was ich meine.« Er deutet vor uns. »Bitte. Nach dir.«

Ich blicke ihn fragend an. Was immer dort hinter der Tür wartet, muss der totale Wahnsinn sein. Zumindest sieht Cyph aus, als wollte er mir gleich das Weihnachtsgeschenk des Jahrtausends überreichen. Noch einen Moment mustere ich ihn, dann öffne ich die Tür – und eine Wolke aus Wasserdampf und einem frischen, fruchtigen Geruch schlägt mir entgegen.

»Ähm ...«

»Zitronengras«, lacht Cyph. »Die Mädels sind total verrückt danach.«

Ich sehe ihn an. In seinem schlichten Shirt und mit seinen grundsätzlich eher ernsten Gesichtszügen sieht er aus, wie der Cyph, den ich immer kannte.

Unser Springer, wie wir ihn nennen, weil er sowohl ein guter Hacker als auch ein begabter Einbrecher und schneller Fahrer ist. Er hat sogar einen Pilotenschein. Aber er ist sowas von niemand, den ich irgendwie mit dem Thema Wellness in Verbindung bringen würde. Genau wie den Rest der *Bones*.

Doch als ich mich der Tür zuwende, aus der immer noch Dampf wallt, und langsam hindurchtrete, liegt vor mir ein Wellnessbereich.

Ich durchquere einen kurzen Flur. Rechts befindet sich eine Tür, auf der in goldenen Buchstaben *Sauna* steht. Links eine weitere ohne Aufschrift. Und vor mir? Dort erkenne ich das wabernde Blau eines riesigen Schwimmbeckens.

»Das gibt's doch nicht«, sage ich und trete näher.

Wenn ich eines nicht von Gerard Payne erwartet hätte, dann Dekadenz. Aber da habe ich mich wohl getäuscht.

Das Becken allein ist so groß, dass man darin locker für eine Schwimmmeisterschaft trainieren könnte. Darüber spannt sich eine Gewölbedecke voller Malereien, von denen ich im ersten Moment denke, dass sie einen biblischen Hintergrund haben. Bis ich die nackten Hintern und Brüste der Figuren sehe. Das dort oben ist wohl eher ein versauter Michelangelo.

»Wow«, sage ich und lasse meinen Blick an den Säulen herunterwandern, die das Becken umgeben.

Und dann entdecke ich die *Bones.*

Sie sitzen in einem Jacuzzi, das sich am anderen Ende der Schwimmhalle befindet – umschlossen von Glas. Ein Dachwintergarten, von dem aus man bestimmt einen tollen Blick in den hauseigenen Park hat, wenn hier drinnen kein Licht brennt.

Die Mitglieder meiner Gang wirken wie Fremdkörper in der edlen Umgebung. Tattoos, Bierflaschen, Terras petrolfarbenes Haar und Lielles Bikini, der aus schwarzem Lack gefertigt ist – keine Frage, sie passen hier kein Stück her. Aber ich verstehe, dass es ihnen gefällt.

Dieses Schwimmbad ist ein Traum.

»Hey!«, ruft Milo, der mit seiner italienischen Art schon immer der Lauteste von uns war. »Was steht ihr da hinten rum? Wir haben noch Platz.«

»Komm«, sagt Cyph und führt mich am Beckenrand entlang auf den Whirlpool zu. Dabei zieht er sein Shirt aus, was Lielle mit einem Pfiff kommentiert.

»Pfeifst du ihn aus oder willst du mehr?«, fragt Kyan.

»Bin mir noch nicht sicher.« Lielle mustert ihn noch einen Augenblick, dann nimmt sie mich ins Visier. »Jess, darfst du mit der Fußfessel ins Wasser?«

Ich schüttle bedauernd den Kopf. »Nee, Baden oder Duschen ist für mich das nächste Jahr nicht drin, ich entschuldige mich schonmal im Voraus.«

Ich weiß genau, was East jetzt tun würde, wenn er hier und alles wie früher wäre. »Bullshit«, würde er sagen, mich von hinten packen und sich mit mir in den Pool werfen. Und dann ...

Komm schon, Jess. Wenn du eines nicht brauchst, dann sind das Ex-Flashbacks.

Die anderen lachen und rutschen auseinander, um Cyph zu sich reinzulassen, der auf der Stelle Lielle auf seinen Schoß zieht. Oh, da habe ich wohl noch was verpasst.

»Was ist mit deiner Stirn?«, fragt sie und mustert die Beule, die sich langsam blau verfärbt.

»Gar nichts.« Er schüttelt den Kopf.

»Jetzt komm, Jess, worauf wartest du?« Terra klopft auf den freien Platz neben sich, dann streckt sie ihre schlanken weißen Arme auf dem Rand des Whirlpools aus. Mir fällt auf, dass sie eine Sonnenbrille trägt. Sie war schon immer die Exzentrischste von uns.

»Ich weiß auch nicht, das alles hier ist einfach nur so ...« Ich schüttle den Kopf und sehe mir die ganze Pracht nochmal an. Kein Vergleich zu unserem Clubhaus am Fluss. Ich weiß noch nicht, was von beidem mir besser gefällt. Dort unten haben wir so viele schöne Abende verbracht. Nach jedem gelungenen Job gab es eine Feier. Die Leute kamen mit Booten. Wir zündeten Feuer am Ufer an, damit sie uns finden. Die Musik war so laut, dass man sie bis ans Festland hörte. Die ganze Insel wurde zur Tanzfläche. Und einmal habe ich mit Raquel –

Raquel. Ach ja. Sie habe ich ganz verdrängt.

Wenn ich ehrlich bin, hatte ich erwartet, dass dieses blöde Miststück wieder an East klebt, so wie gestern, und ich sie mit Gewalt von ihm herunterzerren muss, um eine Erklärung für ihr mieses Verhalten zu bekommen. Stattdessen scheint sie gar nicht da zu sein. Oder sie verkriecht sich irgendwo im Haus.

Na ja, umso besser. Sie wird schon noch auftauchen und ich habe keine Lust, mir von ihr den Abend verderben zu lassen. Außerdem gefällt mir die Vorstellung, im Whirlpool zu liegen, wenn Dane wiederkommt. Meine Figur ist durch den ganzen Sport im Camp nicht unbedingt schlechter geworden.

Also zögere ich nicht länger und ziehe meinen Pulli und das Top, das ich darunter trage, auf einmal aus.

Die anderen johlen.

»Lasst das, ihr Idioten«, lache ich.

»Denen steigt die Hitze zu Kopf«, sagt Terra, lehnt sich zurück und sieht an die gläserne Decke.

»Ich glaube eher, euch steigt der neue Reichtum zu Kopf.« Ich streife meine Boots und die Shorts ab, dann steige ich ins warme Wasser. Es fühlt sich himmlisch an. Tausendmal besser als die Dusche im Trailer, die sich nie entscheiden kann, ob sie einen verbrühen der schockfrosten möchte.

Ich setze mich zwischen Terra und Milo und spüre, wie sich mein Körper entspannt.

»Nicht schlecht, was?«, kommentiert Milo.

»Der Wahnsinn.«

»Warte, bis du die Sauna siehst.«

Ich mache die Augen zu und lasse mich tiefer ins Wasser sinken. »Wieso nehmen wir überhaupt noch neue Aufträge an? Ich würde sagen, besser wird es nicht mehr.«

»Wenn du hörst, wie fett der neue Job ist, wirst du's verstehen«, behauptet Kyan.

»Dann erzählt schon. Ich bin neugierig.«

Terra stößt mich von der Seite mit etwas Kühlem an und ich öffne die Augen. Es ist eine Flasche Tequila. Ganz automatisch will ich einen Schluck nehmen, aber dann entscheide ich mich dagegen und reiche sie an Milo weiter. Tequila war Easts und mein Getränk. Aus irgendeinem Grund sind wir auf diese Salz-und-Zitrone-Nummer abgefahren.

»Sagt dir der Name Lyonex etwas?«, fragt Milo, nachdem er von dem Tequila getrunken und ihn ebenfalls weitergereicht hat.

Ich runzle die Stirn. »Ist das nicht so ein Software-Start-up?«

»Es *war* ein Start-up«, erklärt Kyan an Milos Stelle. »Aber während des vergangenen Jahrs hat sich Lyonex zu einer der größten jungen Software-Firmen der USA entwickelt. Unter dem Motto *Make Detroit Great Again* sanieren sie gerade einen ganzen Gebäudekomplex downtown.«

»Und was haben wir damit zu tun?«, frage ich mit einem Blick in die Runde.

»Lyonex steht kurz davor, ein Geschäft mit einem jungen Entwickler namens Mike Benson abzuschließen.« Cyph lässt den Tequila, genau wie ich, weiterwandern, gibt ihn Lielle und sieht mich an. »Benson hat eine komplett neuartige Dating-App entworfen. Sie wertet Nutzerdaten aus, vom Browserverlauf über Musiklisten bis zur Fotogalerie, und schlägt automatisch Matches vor, mit denen man sich dann zu einem Virtual-Reality-

Sexdate verabredet. Haben die Avatare Spaß miteinander, klickt man an, dass man zufrieden war. Tun das beide, werden die Kontaktdaten rausgegeben und man kann den Spaß in der echten Welt weiterführen. eDatify ist sowas wie das neue Tinder.«

»Nur mit mehr Sex. Aber im Endeffekt ist es vor allem eine riesige Datensammelmaschine. Und darum will sich Lyonex die App einiges kosten lassen.« Lielle räkelt sich auf Cyphs Schoß. In ihren Augen leuchten Dollarzeichen.

»Heißt?«, frage ich.

»Laut unserem Auftraggeber ganze acht Millionen.«

Wow. Kein Wunder, dass für jeden von uns 25.000 rausspringen, wenn es um eine so große Summe geht!

»Was ist unser Job?«, frage ich und setze mich auf. »Für wen stehlen wir sie und an wen verkaufen wir sie?«

Kyan grinst. »Das ist der Clou an der Sache. Unser Auftraggeber ist ein ehemaliger Entwicklerfreund von Benson. Seiner Aussage nach haben die beiden eDatify zusammen erfunden, aber Benson hat ihn gelinkt, sich die Rechte an der App gesichert und will den Gewinn jetzt alleine einstreichen. Das sollen wir ihm heimzahlen. Wir werden ihm die App also stehlen, was der Job von euch Hackergenies ist. Und dann verkaufen wir sie in seinem Namen selbst an Lyonex.«

Ich runzle die Stirn. »Wir tun, als wären wir Benson?«

Cyph nickt. »Ganz genau. Bis Lyonex das kapiert, haben wir das Geld und sind verschwunden. Sie haben, was sie wollten und werden die Sache nicht weiter verfolgen. Und Benson?«

»Benson ist der Gefickte«, sagt Milo. »Das kommt davon, wenn man seine Freunde verrät. Habe ich nicht Recht, Leute?«

Die anderen heben ihre Bierflaschen, bis auf Lielle, die den Tequila nimmt, und stoßen auf Milos Worte an.

Dann wendet er sich an mich. »Hey, A.J. Wir sind dir übrigens verdammt dankbar, dass du damals nicht ausgepackt hast. Uns ist egal, wie East dich nennt. Für uns bist du eine Heldin, Mann.«

Ich blicke in die Runde und spüre, wie sich ein warmes Gefühl in mir ausbreitet. Nicht zu vergleichen mit dem, was ich empfunden habe, als ich vor ein paar Tagen zurück zum Trailer Park kam. Hier bei den *Bones* haben sich ein paar Dinge verändert, keine Frage. Trotzdem habe ich das Gefühl, endlich wieder zu Hause zu sein.

Kurzerhand nehme ich doch noch den Tequila an mich und proste den anderen zu. »Alles für die Gang«, sage ich.

Die anderen stoßen mit mir an und wiederholen meine Worte im Chor: »Alles für die Gang!«

Ich nehme einen Schluck, schließe die Augen und versinke für ein paar Sekunden in Erinnerungen, die bittersüß sein könnten, aber nur bitter sind.

»Wann?«, frage ich, um mich abzulenken. »Wann steigt die ganze Sache?«

»Das werden wir bald erfahren«, antwortet Lielle. »Wir wissen noch nicht, wann Benson kommt, um das Geschäft abzuschließen. Aber wir überwachen seit ein paar Tagen seinen Anwalt und konnten heute Morgen über die Kamera in dessen Büro mithören, dass die Sekretärin ein Einschreiben von Benson angenommen hat.«

Ich runzle die Stirn. »Ein Einschreiben? In welchem Jahrhundert lebt denn dieser Benson?«

»Er ist misstrauisch. Er will nicht, dass sein ehemaliger Kollege irgendetwas von dem Deal mitbekommt und ihn sabotiert, darum läuft alles analog.«

»Ja«, hakt Terra ein. »Und darum läuft unser hübscher Dane in diesen Minuten ebenfalls analog in das Büro des Anwalts und besorgt uns dieses Einschreiben, das uns hoffentlich verraten wird, wann und wo Benson in Detroit aufkreuzt.«

Überrascht blicke ich in die Runde. »Was, wenn es schon morgen ist? Sind wir vorbereitet?«

Die gute Stimmung weicht von einem Moment auf den anderen und macht allgemeiner Besorgnis Platz.

»Darum ging es vorhin zwischen East und mir«, erklärt Cyph und Lielles Blick verrät, dass sie jetzt kapiert, woher die Beule stammt. »Seit Wochen laufen wir ihm nach, weil er ein Programm schreiben muss, mit dem wir unauffällig die App an uns bringen können. Aber er macht keinen Finger krumm.«

Ich runzle fragend die Stirn. Das verstehe ich nicht. So ein Programm zu schreiben ist etwas knifflig, aber ein Riesenaufwand dürfte es nicht sein. Ein paar Tage konzentrierte Arbeit höchstens. Wenn man gut ist, sogar nur Stunden. Egal, was East gesagt hat – sonderlich viel zu bedeuten scheint ihm die Gang nicht mehr. Sonst könnte er sich doch zumindest dafür zusammenreißen.

Lielle seufzt. »Glaub mir. Wir stellen uns dieselben Fragen wie du. Wir können nur hoffen, dass Dane mit guten Nachrichten zurückkehrt. Wenn wir noch etwas Zeit haben, kannst du dich um das Programm kümmern. Sowas kannst du doch, oder?«

Ich lächle. »Ich bin A.J.«, sage ich. Dieser Satz hat eine besondere Bedeutung: Wann immer ich früher einen Virus verbreitet habe, erschien auf den Monitoren der Betroffenen diese Botschaft. Groß, in einem Wort, ohne Zeichen. IAMAJ. Mir gefiel die Ähnlichkeit mit dem französischen Begriff *à jamais*, der so viel wie ‚für immer' bedeutet.

»Aber ich habe eine Bedingung«, füge ich hinzu.

»Wir verhandeln nicht mit Gefangenen«, sagt Kyan mit einem Blick auf meine Fußfessel.

»Ha ha.« Ich blicke in die Runde, dann sage ich: »Ich würde in der nächsten Zeit gerne meinen Bruder mitbringen.« Kurz zögere ich und frage mich, ob meine Idee so gut ist. Dann fahre ich fort: »Er droht gerade ernsthaft auf die schiefe Bahn zu geraten und könnte etwas Ablenkung gebrauchen. Ich möchte, dass er das Hacken lernt.«

Die anderen sehen mich einen Moment lang verdutzt an. Dann fangen sie an zu lachen.

»Du willst, dass er das lernt, wofür du verurteilt worden bist?«

Ich bleibe ernst. »Ja. Ihr wisst selbst, dass viele Unternehmen eigene Hacker beschäftigen, um ihre Systeme sicherer zu machen. Wenn er kann, was wir können ...« Ich wende mich erst an Cyph, dann an Terra.»... kann er Karriere machen.«

»Ich hasse Kinder«, erwidert Terra.

»Er ist ein Teenager.«

»Die hasse ich erst recht.« Damit setzt sie ihre dunkle Brille ab und sieht mich an. »Aber ich tue dir den Gefallen.«

Alle wirken verblüfft, dass sich ausgerechnet Terra bereiterklärt.

»Ich hatte selbst mal einen Bruder«, sagt sie. »Er wurde beim Überfall auf einen 7-Eleven von den Bullen erschossen. Glaub mir. Ich weiß, was die *schiefe Bahn* anrichten kann.« Damit erhebt sie sich aus dem blubbernden Wasser und ich erkenne, dass sie vollkommen nackt ist.

Kyan und Milo sehen ihren blassen Rundungen nach, während sie zum größeren Becken geht und mit einem eleganten Kopfsprung darin verschwindet.

Ich blicke ihr dankbar hinterher und nehme mir vor, dass ich mich gleich morgen früh an dieses Programm setzen werde. Zwar würde ich es am liebsten mit East zusammen schreiben, da wir gemeinsam am besten sind. Aber wenn es sein muss, werde ich es auch allein hinbekommen.

Ich lehne mich zurück, blicke in den gläsernen Himmel, wo wir uns alle widerspiegeln und hoffe, dass Dane gute Nachrichten bringt.

Kapitel 6

‚Bodies'

Dane

Die Kanzlei von Bensons Anwalt liegt in einem schicken neuen Gebäude an der Pallister Avenue. Wenn in Detroit von schick und neu die Rede ist, geht es meist um Betonkästen aus den späten Siebzigern, die einen frischen Anstrich bekommen haben und dadurch den Anschein erwecken sollen, dass diese Stadt nicht von innen heraus verrottet.

In diesem Fall jedoch ist das Gebäude tatsächlich neu – eine fünfstöckige Glas- und Stahl-Konstruktion, die fast nur aus verspiegelten Fenstern zu bestehen scheint. Der Eingangsbereich verfügt über eine breite Freitreppe und ist warm erleuchtet.

Ich ziehe ein letztes Mal an meiner Zigarette, dann lasse ich sie zu Boden fallen und trete sie aus. Normalerweise rauche ich nicht. Nur vor wichtigen Jobs. Das hilft mir, mich zu fokussieren.

Ich nehme die Stufen so selbstverständlich, als wäre ich schon hundert Mal hier gewesen, versuche, eine der Glastüren zu öffnen und bleibe ziemlich verdutzt stehen, als es nicht geht.

Ich blicke am Gebäude empor, rücke meine Brille zurecht und schirme dann meine Augen mit den Händen ab, um das Gesicht gegen die ebenfalls verspiegelte Fläche der Tür zu pressen und einen Blick ins Innere zu werfen.

Während ich mich derart vertrottelt aufführe, weiß ich natürlich, dass ich beobachtet werde.

Und ich weiß auch, dass es die Leute sympathisch finden, wenn man sich so benimmt. Da wird der natürliche Impuls geweckt, hilfsbereit zu sein. Und so dauert es nicht lange, bis ich höre, wie sich drinnen ein Schlüssel im Schloss dreht.

Ich trete einen Schritt zurück, dann wird mir die Tür von einer ziemlich hübschen Pförtnerin geöffnet. Ihr krauses schwarzes Haar ist zu einem Zopf gebunden, ihre Lippen sind in einem dunklen Bordeaux betont.

Ihre Hand liegt auf einem Schlagstock am Gürtel ihrer Uniform und sie fragt skeptisch: »Kann ich Ihnen helfen, Sir?«

»Äh, ja.« Wieder rücke ich meine Brille zurecht.

In diesem Moment denkt sie: Was für ein Schwachkopf. Aber ein gutaussehender.

»Ich bin der Steuerberater von Mister Holbrook und soll mir ein paar Unterlagen in seinem Büro abholen.«

»Mister Holbrook ist längst nach Hause gefahren«, erwidert die Pförtnerin und deutet auf die Uhr an ihrem Handgelenk. »Wissen Sie, wie spät es ist?«

»Ja, ähm ...« Ich greife in meine Aktentasche und ziehe ein Kärtchen hervor. »Darum hat er mir auch einen Schlüssel ausgehändigt. Zumindest zu seinem Büro. Wir dachten wohl beide, die Pforte wäre offen.«

Die Schlüsselkarte nachzumachen war kein Problem. Dafür reichte es, sich ins Gebäudesystem zu hacken, was Terra und Cyph hinbekommen haben.

Die Pförtnerin sieht mich immer noch ein wenig zweifelnd an, dann sagt sie: »Warten Sie hier. Ich rufe eben bei Holbrook durch.«

»Das können Sie gerne versuchen, aber er ist heute bei einem Spiel der Wings.«

Holbrook ist ein ausgemachter Hockey-Fan, wie uns seine Facebookseite verraten hat.

»Ach ja«, murrt die Pförtnerin und sieht abermals auf ihre Uhr. »Na schön, dann kommen Sie rein. Aber Sie unterschreiben ganz offiziell im Besucherregister und machen schnell. Ich habe keine Lust, wegen Ihnen Ärger zu bekommen. Dieser Job war nicht leicht zu kriegen.«

»Danke«, sage ich ergeben und stolpere fast über meine eigenen Füße, während ich das Gebäude betrete.

Aus dem Augenwinkel sehe ich die hübsche Pförtnerin den Kopf schütteln. Was für ein armer weißer Idiot, denkt sie vermutlich gerade. Doch genau solche Typen sind es, die in toughen Frauen den Instinkt wecken, ihnen helfen zu wollen.

Mit dem Namen von Holbrooks echtem Steuerberater unterschreibe ich in ihrem Register, dann fahre ich mit einem gläsernen Aufzug nach oben. Erst als ich die Kabine verlasse, lasse ich meine Fassade fallen und eile zu Holbrooks Büro. Dicker Teppichboden dämpft meine Schritte, es ist auffallend still. Doch als ich vor der massiven Tür aus Mahagoniholz stehenbleibe, vernehme ich etwas aus dem Inneren. Das Rascheln von Papier.

Verflucht! Ist der Anwalt etwa doch noch dort? Nein, das kann gar nicht sein. Einen Partner hat er in seiner Kanzlei auch nicht.

Die Sekretärin, sage ich mir. Sicher macht sie Überstunden. Also gut. Dann muss ich eben nochmal in meine Rolle schlüpfen.

Ich räuspere mich und klopfe an.

Das Rascheln verstummt. Dann sagt eine Stimme: »Komm doch rein, alter Freund.«

Ich erkenne sie auf Anhieb und kann es doch nicht glauben.

Dieser Pisser!

Ich ziehe die Karte durch den Schlitz, stoße die Tür auf, und hinter dem massiven Schreibtisch des Anwalts, der sich gleich vor dem großen Panoramafenster befindet, steht ausgerechnet East.

Er sieht mir entgegen und wirkt vollkommen gelassen. Und er hat diesen triumphierenden Ausdruck im Gesicht, von dem ich hoffte, dass ich ihn nie wiedersehen muss. »Du bist spät«, sagt er. »Musstest du erst noch meine Ex flachlegen oder was hat dich aufgehalten?«

»Die Pförtnerin«, knurre ich und mache die Tür hinter mir zu.

»Tja, weißt du. Die kann man ganz leicht umgehen, indem man sich durch die Hintertür ins Gebäude hackt. Und das Karnevalskostüm hättest du dir auch sparen können, wenn du in der Lage wärst ...« Er deutet in die obere Zimmerecke, wo eine winzige Kamera hängt. »... Überwachungssysteme mit Standbildern zu füttern. Aber leider«, er saugt die Luft durch die Zähne ein und verzieht das Gesicht, als hätte er eine schlechte Neuigkeit für mich, »bist du nur ein einfacher Durchschnittsbetrüger.«

Ich versuche, ruhig zu bleiben, lehne mich gegen die Tür. »Was soll das, Payne? Das hier war mein Job.«

»Seit wann denn so eigen?«, erwidert er. »Alles für die Gang, oder nicht?«

»Diesen Grundsatz schienst du während der letzten Monate ein wenig aus den Augen verloren zu haben.«

»Ja, und ich schätze, das kam dir ganz gelegen, habe ich Recht?« Easts Gelassenheit verschwindet. Er kommt hinter dem Schreibtisch hervor und hat plötzlich etwas Bedrohliches an sich.

So war das bei ihm schon immer. Seine Stimmungen wechseln schneller als Ampelphasen. Das macht ihn unberechenbar. Leider auch für mich.

»Ich weiß genau, was du vorhast.« Er kommt auf mich zu und hält einen gefalteten Zettel hoch. »Aber diesmal hast du's versaut. Und glaub mir, das war erst der Anfang.« Er bleibt dicht vor mir stehen und mustert mich auf eine Art, die mir nicht gefällt. Abfällig. »Du warst schon immer gut darin, dich zu verstellen. Aber ich werde den *Bones* zeigen, wer du wirklich bist. Hinter all deinen albernen Maskierungen bist du nur ein Niemand, Dane Cooper. Die *Bones* brauchen dich nicht. Such dir besser –«

Weiter lasse ich ihn nicht kommen. Ich lasse die Aktentasche fallen, schnelle einen Schritt nach vorn und ramme ihm meine Faust in die Magengrube.

East gibt ein überraschtes Keuchen von sich und krümmt sich, was ich nutze, um einen Faustschlag in sein Gesicht folgen zu lassen. Auch damit hat er nicht gerechnet. Die Wucht meines Hiebs schleudert ihn zur Seite und bringt ihn beinahe zu Fall.

Ich ziehe mein Jackett aus und feuere es zu Boden. Dieser Typ macht mich sauer. Er verhält sich nicht so, wie ich es für ihn vorgesehen hatte.

Eigentlich sollte heute einer seiner letzten Tage in der Gang sein. Jess' Rückkehr an meiner Seite war als sein Todesstoß gedacht. Doch stattdessen will er jetzt große Wiederauferstehung feiern?

Nicht mit mir.

»Was ist, East?« Ich setze ihm nach, schiebe meine Hemdsärmel nach oben. »Bist du aus der Übung? Gib mir einfach das Einschreiben und wir lassen es gut sein.«

East richtet sich auf. Ich höre, wie er tief durchatmet. Mit einer Hand fährt er sich durchs Gesicht, dann dreht er sich zu mir um und mörderische Wut steht in seinen Augen. Aus einer frischen Platzwunde neben seiner Braue quilt Blut. »Das hättest du nicht tun sollen, Cooper. Jetzt muss ich dir Manieren beibringen.«

Mit diesen Worten stürzt er sich auf mich. Er springt tatsächlich einfach auf mich zu und ehe ich ausweichen kann, reißt er mich mit sich zu Boden. Sein Gewicht drückt mich nieder und seine Faust kracht in meine Rippen.

Ich hebe den Arm, um East von mir wegzustoßen, aber er ist schneller als ich. Er packt mein Handgelenk, presst es auf meine Brust und sein zweiter Hieb landet in meinem Gesicht.

Die Brille fliegt davon, ich höre das Kunststoffgestell bersten und spüre zugleich einen scharfen Schmerz unter dem Auge.

Schnell taste ich es ab. Ich darf keine auffälligen Verletzungen oder Narben haben.

Ein dritter Schlag, diesmal voll auf meine Nase.

Scheiße.

Für einen Moment bin ich benommen. Ich realisiere, dass East nichts zurückhält. Und mir wird klar, in welcher Gefahr ich mich befinde.

Ich komme endlich zu mir, reiße das Knie hoch und ramme es ihm in die Weichteile.

Fluchend erschlafft er und ich befördere ihn von mir herunter, nur um mich im nächsten Moment auf ihn zu knien.

»Du denkst, du kannst mich loswerden?«, zische ich. »Du irrst dich. Ich stecke schon viel zu tief in der ganzen Sache drin, East. Die *Bones* verlassen sich auf mich. Sie wissen, dass ich ...«

Seine Hand schnellt nach oben und schließt sich um meine Kehle. Mit schmerzverzerrtem Gesicht bringt er hervor: »Du bist eine miese Ratte. Das warst du schon immer.«

»Ich bin loyal«, krächze ich und packe seine Hand, um sie von mir zu lösen.

»Du weißt doch gar nicht, was das ist.« Wutentbrannt starrt er mich an und drückt zu, als wollte er mir den Kehlkopf zerquetschen. Wahrscheinlich will er das auch. Ich zerre an seinem Arm, aber seine Finger haben sich tief in meinen Hals gegraben. Und mir wird klar, dass das hier wirklich böse ausgehen könnte.

Aber ich habe noch ein Ass im Ärmel – das haben gute Spieler immer.

Anstatt weiter zu versuchen, mich loszureißen, gebe ich nach, beuge mich zu ihm herunter und flüstere mit dem Rest der Luft, die ich noch in den Lungen habe: »Was ist, willst du mich auch umbringen, East? Denk nicht, dass ich nicht weiß, wozu du fähig bist ... Ich war da, am zweiten August. Ich habe dich ... aus der Villa kommen sehen ...«

Es wirkt. Für einen Moment verstärkt sich Easts Druck auf meine Kehle, dann werden seine Augen weit und er lässt los.

Ich falle neben ihn auf den Teppichboden und huste. Mein Hals fühlt sich an, als hätte man mich aufgeknüpft. Verflucht.

East steht auf und starrt vollkommen fassungslos auf mich hinab. »Was hattest du da zu suchen?«, fragt er so heiser, als wäre er derjenige, der gewürgt wurde.

»Ich bin dir gefolgt ...« Ich huste, ehe ich weiterspreche. »Die anderen haben sich gefragt, was du im Schilde führst. Sie hatten Angst, dass du Dummheiten machst wegen Jess. Ich wollte nur helfen.«

»Wenn du davon auch nur ein Wort den anderen sagst, mache ich dich –«

»Was? Kalt?« Langsam gewinne ich wieder Oberwasser. »Das würde mich nicht wundern.« Ich setze mich auf und blicke ihn fest an. »Wenn man es einmal getan hat, wird es leichter, habe ich mal gehört. Was denkst du, East? Ist da was dran?«

Noch einen Moment lang starrt er mich an und ich befürchte, dass er sich gleich nochmal auf mich stürzen wird, um die Sache zu Ende zu bringen.

Dann jedoch hebt er das Einschreiben vom Boden auf, ehe ich danach greifen kann, wendet sich ab und verlässt beinahe fluchtartig das Büro.

»Vor sich selbst kann man nicht davonlaufen, Payne!«

Ich blicke ihm nach und höre, wie seine Schritte im Flur verklingen. Dann rapple ich mich auf.

Schöner Mist. Ich kann nur hoffen, dass ich nirgends blute. Denn wie ich East kenne, wird er nicht so kollegial sein und die Hintertür für mich offen lassen.

Tess

Ich merke selbst, dass ich leicht schwanke, als ich den Raum betrete. Die Wiedersehensfeier ist doch ein bisschen heftiger ausgefallen als gedacht. Und sie ist noch nicht vorbei, wir ziehen nur um ins Wohnzimmer.

Wann Dane wohl endlich aufkreuzt?

Ich stelle die Tequilaflasche neben dem großen, mit schwarzer Satinwäsche bezogenen Bett ab, stütze mich am Schrank ab und öffne ihn. Schlichte schwarze Sachen, wohin das Auge blickt. Ich bin froh, dass es Terra und nicht Lielle war, die mir angeboten hat, mir trockene Unterwäsche von ihr zu nehmen. In Lielles Schrank würde ich wahrscheinlich die ausgefallensten Spitzenteile finden, die mehr freilassen, als sie verdecken. Und außerdem hat sie mindestens zwei Körbchengrößen mehr als ich.

Ich schnappe mir ein einfaches Panty und einen BH, der mir einigermaßen passen dürfte. Zwar bin ich nicht so dünn wie Terra, aber für heute Abend wird es reichen. Ich lasse das Handtuch fallen, schlüpfe in den Slip – und dann öffnet sich auf einmal die Tür.

Automatisch halte ich mir die Hände vor die Brüste, auch dann noch, als ich erkenne, dass es keiner der Männer ist, der reinkommt. Terra ist es aber auch nicht. Sondern Raquel.

Sie knallt die Tür hinter sich zu, verschränkt die Arme und sieht mich wutentbrannt an. »So läuft das jetzt also, ja? Du bist den ganzen Abend hier und sagst mir noch nicht einmal Hallo!«

Schlagartig fühle ich mich nüchtern, so sauer macht mich ihr Auftauchen. Ich glaube, dass ich sie in diesem Moment ziemlich zweifelnd ansehe. Aber wenn sie es wahrnimmt, lässt sie es sich nicht anmerken.

In einer engen giftgrünen Lederhose und einem blütenweißen Spitzentop steht sie da, das Haar zu einem wilden Dutt aufgetürmt. »Ich dachte, du wärst meine Freundin, Jess.«

Ich lache humorlos. Dann lache ich nochmal, diesmal echter, weil mich ihre Aussage irgendwie tatsächlich amüsiert. »Du spinnst doch«, sage ich dann, drehe mich weg und ziehe mir den BH über.

Auf der Stelle ist Raquel bei mir, packt mich am Arm und dreht mich zu sich herum. »Behandele mich nicht so«, fordert sie.

Ist das ihr Ernst?

Oder ist sie in dem Jahr, als ich weg war, total übergeschnappt?

Etwas extrem war Raquel schon immer. Kaum hatten wir uns auf der Highschool angefreundet, wich sie mir nicht mehr von der Seite. Zufällig mochte sie genau dieselben Bands, Filme und Serien wie ich. Sie hasste dieselben Leute wie ich, klaute sich dasselbe Parfum und gewöhnte sich meine Lieblingswörter, meinen Gang sowie meine Handschrift an. Sie ließ sich dasselbe Nasenpiercing stechen und wollte sich mit mir verblutsschwestern. Aber wir waren Teenager und ich fand das alles nicht weiter wild.

Nicht halb so wild, wie dass sie glaubt, wir könnten nach allem, was war noch Freunde sein.

»Wie soll ich dich nicht behandeln?«, frage ich. »Wie eine Schlampe, die sich an meinen Freund rangeschmissen hat, kaum dass ich weg war?«

Raquel starrt mich an und scheint es nicht fassen zu können. »Ihr wart getrennt! Glaubst du etwa, East hat uns nicht erzählt, was in Hudson Mills passiert ist? Nicht nur er war bereit, Jess. Wir alle wären mit euch fortgegangen.«

»Und?«, frage ich kalt. »Soll ich dich jetzt dafür feiern? Oder vielleicht dafür, dass es dir gar nicht schnell genug gehen konnte, meinen Platz einzunehmen? Ich weiß genau, dass du dich im letzten Sommer an ihn rangemacht hast, kaum, dass ich weg war.«

»Ja.« Wie aus dem Nichts fängt sie an zu lächeln. »Im August sind wir ein Jahr zusammen. Es scheint etwas Ernstes zu sein. Ich habe sogar die Pille abgesetzt. Kannst du dich denn gar nicht für mich freuen?«

Ich schüttle ungläubig den Kopf. Was hat sie da gerade gesagt? Sie und East wollen ein Baby?! Das kann ich nicht glauben und es trifft mich mehr als alles, was sie bisher gesagt hat.

»Du weißt genau, wie sehr ich ihn geliebt habe, Raq.«

»Ach ja, hast du das?«, fragt sie und wirkt auf einmal gekränkt – wahrscheinlich, weil ich ihr nicht zu ihrer tollen, fast einjährigen Beziehung gratuliere. »Und warum bist du dann nicht mit ihm fortgegangen?«

»Das wird er euch doch sicher auch verraten haben.«

Raquel lacht. »Das war doch nur eine billige Ausrede. In Wahrheit hast du ihn nie so geliebt wie ich, Jess. Das war schon früher immer so, wenn wir die Mitglieder unserer Lieblingsbands unter uns aufgeteilt haben. Weißt du noch? Du bekamst immer den Leadsänger, ich den Bassisten oder den Drummer.«

Was? Ich lache ungläubig. »Raquel, das war doch ... Das kannst du doch nicht ernsthaft vergleichen!«

Aber sie kann. Unbeirrt blickt sie mich an und deutet mit ihrem spitzen Zeigefinger auf mich. »Ich kenne dich, Jess. Für dich war er ein Statussymbol. Der gutaussehende Super-Hacker. Natürlich musstest du ihn haben. Aber meine Gefühle für ihn sind echt, verstehst du?«

Ich schüttle wieder den Kopf. »Raus hier, verschwinde«, sage ich und schiebe sie zur Tür.

Ich habe East nicht geliebt? Ich wollte nur mit ihm angeben? Das muss ich mir nicht anhören!

»Du weißt, dass ich Recht habe«, zischt Raquel, während sie rückwärts stolpert. »Du tust es doch schon wieder! Oder was ist das mit Dane?«

Ich öffne die Tür und stoße sie nach draußen. »Verschwinde. Und sprich mich besser nicht mehr an!«

Diesmal bin ich diejenige, die die Tür zuknallt. Fassungslos wende ich mich ab und mache ein paar Schritte durchs Zimmer. Keine Ahnung, was mich mehr entsetzt: Ihre Beschuldigungen? Dass sie erwartet hat, ich würde mich für sie freuen? Oder die Sache mit dem Kind?

»Scheiße«, flüstere ich, lasse mich auf Terras Bettkante sinken und greife nach der Tequilaflasche.

Ich brauche jetzt erstmal was Starkes.

Kapitel 7

‚For tonight you're only here to know'

Tess

Ich öffne die Augen und stelle fest, dass es noch dunkel ist. Immer noch Nacht. Nur etwas Mondlicht fällt durch die großen Fenster ins Wohnzimmer der Villa und lässt mich das barocke Muster auf der Sofalehne erkennen. Ich liege auf der Seite, zugedeckt mit meinem Sweater. Die Polster unter mir sind schön weich und ich würde am liebsten noch ein paar Stunden weiterschlafen.

Aber irgendetwas hat mich geweckt.

Wie spät ist es?

Mein Wecker hat noch nicht geklingelt, also habe ich noch Zeit. Nach der Feier gestern Abend habe ich beschlossen, hier zu übernachten. Meinem Vater wird überhaupt nicht auffallen, dass ich weg bin und Cas hält sowieso dicht. Außerdem hielt ich es für keine kluge Idee, angetrunken und unaufmerksam draußen unterwegs zu sein.

Ich fühle mich immer noch etwas benebelt, also drehe ich mich auf die andere Seite und blicke in ein Paar Augen, das direkt in meine Seele zu schauen scheint.

East.

Er sitzt auf dem Sofa mir gegenüber und mustert mich stumm. Ich erwidere seinen Blick und mein Herz schlägt etwas schneller. Mit einem Mal ist es, als wäre der alte East zurück. Nur eine Armlänge von mir entfernt.

Ich bin unfähig, etwas zu sagen, schaffe es aber auch nicht, wegzusehen. Eine Weile sehen wir uns nur an. Ich forsche in seinem Blick nach der neuen Finsternis, erkenne aber nur, wie müde er ist. Er wirkt erschöpft, als hätte ihn dieser unbändige Zorn vollkommen entkräftet.

Langsam gewöhnen sich meine Augen an die Dunkelheit und ich kann Einzelheiten erkennen. Easts rechte Gesichtshälfte ist dunkel verfärbt. Bis herunter zum Kinn ist sie bedeckt mit etwas, das Blut sein könnte.

Er ist verletzt.

Die Erkenntnis trifft mich wie ein Blitz und wieder ist es wie früher. Ich spüre seinen Schmerz, als wäre es mein eigener.

Ich öffne den Mund, um zu fragen, was passiert ist. Doch ehe ich auch nur das erste Wort gesagt habe, steht

East plötzlich auf, schnappt sich eine halbvolle Wodkaflasche vom Tisch und verschwindet in Richtung Treppe.

Ich bleibe einen Moment lang reglos liegen und bin hin- und hergerissen. Einerseits geht es mich nichts mehr an, was mit ihm ist. Das hat er mir mehr als deutlich gemacht. Wenn sich jemand um ihn kümmern sollte, dann Raquel. Andererseits kommt mir dieses ganze Beziehungsding zwischen den beiden wie eine einzige Farce vor und ich muss zugeben, dass er mir nicht so egal ist, wie ich es gerne hätte.

Natürlich bin ich wütend, weil er mich verlassen hat. Ich bin fassungslos, dass er und Raquel ein Paar sind. Ich bin verletzt, weil er mich einfach ausgetauscht hat. Aber ich mache mir auch Sorgen um ihn.

Und egal, was in den letzten Monaten war, es gab auch eine Zeit davor. Und die kann ich nicht leugnen oder ausradieren, so gerne ich es möchte.

East wird immer ein Teil von mir sein.

Ich schwinge die Beine vom Sofa und folge ihm.

Barfuß tappe ich die Treppe hinauf und sehe mich um, versuche, mich zu orientieren. Welches Zimmer gehört nochmal wem?

Ich weiß nicht mehr, ob Cyph mir bei der Führung auch Raquels Zimmer gezeigt hat oder ob sie sich womöglich einen Raum mit East teilt. Vielleicht legt er sich in diesem Augenblick schon zu ihr ins Bett.

Die Vorstellung versetzt mir einen heftigen Stich.

Dann wird irgendwo rechts von mir plötzlich Wasser angestellt und ich bin erleichtert. Das Bad. Er ist bloß ins Bad gegangen.

Ich trete auf die Tür zu und lege die Hand auf die Klinke, horche einen Moment in mich hinein. Dann drücke ich sie und trete zu East ein. Irgendwie komisch, dass es sich immer noch so vertraut zwischen uns anfühlt, dass ich es kein bisschen seltsam finde, ihm ins Badezimmer zu folgen. Ich denke ...

Ich denke gar nichts mehr, als ich ihn erblicke.

East steht am Waschtisch und hat sein Shirt ausgezogen. Der Anblick seines nackten Oberkörpers bringt für einen Moment so viel von früher zurück, dass ich es kaum aushalte. Ich starre das riesige Totenkopftattoo an, das sich von seinen Schulterblättern bis hinunter zum Steißbein zieht. Seine breiten Schultern, die schlanken Hüften. Die kräftigen, muskulösen Oberarme.

Ich schlucke, als ich den Schnitt sehe, der sich vom linken Auge des Totenkopfs runter zu seinem lippenlosen Grinsen zieht.

»Wie hast du das denn gemacht?«, frage ich und komme näher.

Erst jetzt scheint East mich zu bemerken. Durch den Spiegel sieht er mich an und ich erkenne, dass er auch neben der Augenbraue eine Wunde hat. Daher also das Blut in seinem Gesicht.

»Muss passiert sein, als der Wichser mich von sich geschmissen hat«, murmelt er. Dann beugt er sich herunter, um sich das Gesicht abzuwaschen.

Ich halte inne, runzle die Stirn. Dann greife ich hinter mich, schließe die Tür, eile zu East und drehe ihn kurzerhand zu mir herum. »Bitte sag mir, dass du nicht von Dane redest!«

East sieht mich an, rot verfärbte Tropfen perlen von seinem Kinn auf seine Brust. Er sagt nichts, aber das ist Antwort genug.

»Gott, East«, sage ich und drücke ihn zurück auf den Rand der großen Eckwanne, die den halben Raum einnimmt.

Dass er es einfach so geschehen lässt, zeigt mir, dass Dane ihn hart erwischt haben muss. Ich kann nur hoffen, dass er dafür nicht bezahlt hat. Kopfschüttelnd sehe ich East an und weiß nicht, was ich denken oder sagen soll. Also nehme ich wortlos die Wodkaflasche vom Waschbeckenrand und gebe etwas von dem Schnaps auf ein Handtuch. Damit beuge ich mich zu East herunter, doch noch ehe ich mich der Wunde widmen kann, packt er mein Handgelenk und hält es fest.

Ich halte inne und sehe ihn an. Er erwidert meinen Blick und es ist genau wie gerade im Wohnzimmer – für einen kurzen Moment ist da mehr als nur diese Dunkelheit in seinen Augen.

»Ich hätte nicht gedacht, dass du zurückkehrst.«

»Tja, aber hier bin ich«, erwidere ich.

East löst seinen Blick von meinem, sieht an mir herunter und die Art und Weise, wie er meinen Körper taxiert, macht mich nervös. Statt des Sweaters trage ich jetzt nur noch mein enges Tanktop mit dem Logo der *Distillers* darauf.

East hebt die freie Hand, die noch feucht, aber nicht mehr blutig ist und schiebt das Shirt ein Stückchen nach oben. Dabei legt er die Tätowierung an meiner Leiste frei.

Es ist eine Zeichenfolge, die auf den ersten Blick gar nichts bedeutet: *à j4m415*.

Doch in Wahrheit verbergen sich zwei Worte dahinter, kodiert in der Hackerschrift Leetspeak.

A jamais.

Für immer.

East hat dasselbe Tattoo an derselben Stelle.

Seine Finger berühren meine Haut, fahren beinahe sanft über die schmalen schwarzen Buchstaben und ich zucke zusammen.

Ich sehe herunter zu East, der immer noch mein Handgelenk festhält. Mein Blick wandert tiefer, zu seiner Leiste, und ich erstarre. Dort, wo eigentlich der Schriftzug sein sollte, prangt jetzt ein schwarzes Herz, das Ähnlichkeit mit einer Faust hat.

A jamais.

Für immer ausradiert.

Mein Körper macht sich selbstständig. Ich greife East ins Haar, sorge dafür, dass er mir ins Gesicht statt auf den Körper blickt.

»Was ist mit uns passiert?«, frage ich. »Und mit dir?«

East betrachtet mich einen Moment lang stumm. Doch ehe er etwas erwidern kann, geht hinter uns die Tür auf.

»Das glaub ich jetzt nicht«, flüstert Raquel.

Ich fahre zusammen, als hätte sie mir einen Eimer kaltes Wasser übergekippt.

Sofort löse ich mich von East und drehe mich um.

Raquel steht in Schlafshorts und einem weißen Spitzen-BH vor mir und Tränen glitzern in ihren Augen. »Du Schlange«, wispert sie.

Ich schüttle den Kopf. »Raquel, das ist nicht so, wie es aussieht. Er hat sich verletzt und ich war wach und ...«

Warum rechtfertige ich mich eigentlich vor ihr?

»Und was? Dann ist es einfach passiert?«

»Gar nichts ist passiert«, erwidert East, der aufgestanden ist und auf Raquel zutritt. Sein Tonfall verrät nichts darüber, was er über die Situation denkt. Oder fühlt.

»Was macht ihr dann hier? Mitten in der Nacht, beide halbnackt ...«

Halbnackt? Ich lache ungläubig. Ich habe Shorts und ein Shirt an, ein ganz normales Sommeroutfit. Dass sie das für halbnackt hält, kaufe ich Raquel genauso wenig ab wie die Tränen, die in diesem Moment aus ihren Augen kullern.

An East vorbei sieht sie mich an. »Weißt du noch, was ich gestern Abend zu dir gesagt habe? Da habe ich mich getäuscht. Du bist in Wahrheit noch viel schlimmer, Jess. Die Gefühle anderer sind dir scheißegal. So war es immer und so wird es immer sein. Du bist ein Monster.«

»Raquel«, sagt East, doch sie hebt nur abwehrend die Hand, dreht sich um und stürmt aus dem Bad.

Ich atme tief durch. »Diese Tränenshow kaufst du ihr doch nicht ab.«

»Ich weiß nur eins«, erwidert East. »Es ist gut, dass sie reingekommen ist.«

Meine Lippen verziehen sich zu einem spöttischen Lächeln. »Warum, weil du sonst für einen Moment vergessen hättest, mich zu verachten? Glaub mir, deine neue Freundin erinnert dich gern jederzeit daran.«

East dreht den Kopf zu mir. »Sie ist jetzt die Frau an meiner Seite, Jess. Ob es dir passt oder nicht. Sie ist genau die Frau, die ich brauche.«

Ja, na klar. Das haben die letzten fünf Minuten echt deutlich gezeigt. Ich schüttle den Kopf. »Du bist so ein Heuchler geworden, East!«

Sein Blick verhärtet sich. »Du solltest jetzt gehen. Und am besten nicht wiederkommen. Was immer Cooper dir erzählt hat – wir brauchen dich nicht. Ab sofort kümmere ich mich wieder um die Geschäfte.«

»Das könnte dir so passen, ich weiß. Aber leider muss ich dich enttäuschen. Ich werde diesen Job mit euch durchziehen.«

Damit schiebe ich mich an ihm vorbei und passe dabei sorgsam auf, dass ich ihn nicht noch einmal berühre. Denn wenn der heutige Abend eines gezeigt hat, dann das: So weit wir uns auch voneinander entfernt haben mögen, die körperliche Anziehungskraft zwischen uns ist ungebrochen.

Noch als ich runtergehe, um meinen Rucksack und meine Schuhe zu holen, spüre ich die sanfte Berührung seiner Finger auf dem Tattoo an meiner Leiste.

Das wird wohl immer der Unterschied sein – andere Männer können mich anfassen, aber nur East kann sich in mich hineinbrennen wie ein Brandeisen.

Für immer.

East

Eigentlich habe ich wenig Lust, zu Raquel ins Schlafzimmer zu gehen. Wahrscheinlich wird sie immer noch heulen und verlangen, dass ich sie die nächsten drei Stunden davon überzeuge, wie egal mir Jess ist.

Früher hatte ich überhaupt nicht auf dem Schirm, dass sie was von mir will. Für mich war sie ein Gangmitglied wie jedes andere auch. Doch als ich total abstürzte, nach der Sache mit Jess und der mit meinem Vater, war sie auf einmal da. Anfang August letzten Jahres, an einem unserer letzten Tage im alten Clubhaus, wachte ich eines Morgens auf, umnebelt von zu viel Alkohol, in der warmen, stickigen Luft, die sich immer in der Hütte staute, wenn es draußen heiß war.

Raquel lag in meinen Armen, nackt, ihr Körper glänzend von Schweiß. Und ich begann mich zu erinnern, dass ich es die halbe Nacht mit ihr getrieben hatte. Ich hatte mich an ihr abreagiert, irgendwie versucht, meine ganze Wut einfach aus mir rauszuvögeln.

Und aus dieser einen Nacht hat sich das mit uns irgendwie entwickelt. Es ist nicht dasselbe wie mit Jess.

Wird es auch nie sein.

Aber wenn ich eines jetzt nicht tun sollte, dann an Jess denken.

Ich sollte nie wieder an sie denken.

Entschlossen öffne ich die Schlafzimmertür und trete ein.

Raquel springt mir nicht ins Gesicht, was mich schon mal überrascht. Im Bett, das sich gegenüber von mir an der Wand befindet, liegt sie aber auch nicht.

Ich mache die Tür hinter mir zu und sehe rüber zum Kamin, wo das Feuer noch brennt. Dort sitzt sie im Sessel und blickt mir entgegen.

Ich lasse das blutige Shirt fallen, das ich nicht wieder angezogen habe und taxiere überrascht ihren Körper.

Sie trägt halterlose weiße Strümpfe – und sonst gar nichts.

Ihre gebräunte Haut schimmert warm im Flackern des Feuers. Sie hat die Beine überschlagen und die Arme entspannt auf den Sessellehnen abgelegt. Mein Blick wandert über ihre Brüste. Ihre Nippel sind gepierct und hart, so als hätte ich sie bereits berührt.

»Na?«, fragt sie in seltsam herausforderndem Tonfall. »Ist deine Hure von Ex endlich weg?«

»Ich schätze, du hast die Tür gehört«, gebe ich zurück.

»Hast du sie gefickt?«

Ich lache kurz und schnaubend. »Du weißt selber, dass ich das nicht habe.«

»Hat sie es gewollt? Hast du sie abgewiesen?«

Noch einen Moment lang sehe ich mir ihren nackten, kurvigen Körper an. Dann wende ich mich ab und gehe rüber zum Bett. »Wenn das hier ein Verhör werden soll, kannst du dich gleich wieder anziehen.«

»Ach ja?«, fragt sie. »Ich denke, du wirst etwas anderes sagen, wenn du das hier siehst.«

Ich streife meine Boots ab, öffne meinen Gürtel und sehe über die Schulter zu ihr. Auch wenn mir ihre Paranoia in Sachen Jess tierisch auf die Nerven geht, kann ich nicht verleugnen, dass diese ganze Nummer, die sie hier abzieht, mich anmacht. Ihre Beine sind jetzt nicht mehr überschlagen und sie beginnt sie langsam zu spreizen. Dabei kann ich einen Blick auf ihr Schambein werfen – und auf das frische Tattoo, das sich direkt auf ihrem Venushügel befindet.

Ein verschnörkeltes E.

Mir ist sofort klar, wofür es steht.

»Wann hast du das machen lassen?«, frage ich.

»Das war ein spontaner Einfall, nachdem ich dich bei Leroy habe rauskommen sehen.«

»Du bist mir gefolgt?«

»Ich dachte, du gehst zu ihr …« Sie spreizt ihre Schenkel noch weiter.

Zeigt mir alles.

Ich spüre, wie sich in meiner Hose etwas regt. Dennoch zwinge ich mich, mich wieder wegzudrehen. »Du solltest mir vertrauen. Ich brauche keinen Wachhund.« Damit öffne ich meine Jeans.

»Und ich brauche dich, East …« Raquels Stimme ist zu einem Hauchen geworden. Ich weiß, dass es sie anmacht, sich mir so zu präsentieren. Sie steht auf sowas. Darauf, gesehen zu werden. Sex an öffentlichen Orten. Oder vor den anderen.

Ich tue ihr nicht den Gefallen, mich wieder umzudrehen, als ich meine Jeans ausziehe.

»Was denkst du, was deine Süße gerade treibt, hm …?« Raquel steht auf und nähert sich mir. Ich höre ihre Schritte auf dem Dielenboden. »Mit Sicherheit trifft sie sich mit Cooper und lässt sich von ihm flachlegen. Sie ist vorhin schon in Unterwäsche durchs Haus gerannt. Nach einem Jahr Abstinenz hat sie's wahrscheinlich nötig und kann es gar nicht erwarten, dass sie jemand rannimmt. Und ich schätze, Dane würde sich opfern …«

Etwas heftiger als geplant knalle ich die Jeans auf die Kommode neben dem Bett. Ich wehre mich gegen die Bilder, die Raquels Worte in meinem Kopf erscheinen lassen. Ganz verdrängen kann ich sie jedoch nicht, und das macht mich sauer.

Jess ist Vergangenheit. Ich will sie nicht mehr.

Wieso kapiert mein Gehirn das nicht?

»Sssh.«

Raquels Arme umfangen mich von hinten, ich spüre ihren Atem an meinem Rücken.

»Ich weiß, das ist nicht leicht für dich. So seid ihr Männer eben. Was ihr einmal markiert habt, darf kein anderer mehr berühren ...«

Ihre Brüste reiben sich an mir, das kühle Metall ihrer Piercings erwärmt sich. Ihre Hände wandern über meinen Bauch, schieben sich in meine Shorts.

»Aber du musst verstehen, dass Jess eine Schlampe ist. Das war sie schon auf der Highschool. Und ob sie dir immer treu war? Ich wäre mir da nicht zu sicher ...«

Ich will diesen Scheiß nicht hören.

Am liebsten würde ich sie von mir stoßen, so wie gestern. Aber heute sind ihre Argumente besser.

Noch immer spüre ich ihre prallen Brüste auf meiner Haut. Während sie spricht, schließen sich ihre Finger um meinen Schwanz und drücken mit sanfter Gewalt zu.

Ich keuche.

»Glaub mir, sie wird sich heute Nacht noch bumsen lassen ... Splitternackt wird sie daliegen ... mit ihrem knochigen Körper und dieser niedlichen Handvoll Titten, auf die ihr Kerle so abzufahren scheint ...«

Ihre Hand beginnt an meinem Schwanz auf und ab zu gleiten, während ihre Worte weitere Bilder in meinen Kopf projizieren.

Ich erinnere mich noch genau an mein erstes Mal mit Jess. Für sie war es tatsächlich das erste Mal. Sie hat es nicht zugegeben, aber ich habe es gespürt.

Wir waren in meiner Wohnung, ein Regensturm zog über die Stadt. Im Radio liefen die Distillers.

Ob es ein Zufall war, dass Jess heute ein Shirt dieser Band trug? Oder wollte sie nur, dass ich an damals denke? Mir zeigen, was ich nicht mehr haben kann? Sie ist gerissen. Ich darf sie nicht unterschätzen.

Und ich sollte verdammt nochmal nicht an sie denken.

»Ich wette, sie hat ordentlich Kraft in ihren dürren Schenkeln«, flüstert Raquel, wobei sie meinen Hals zu küssen beginnt. Ihre Hand bearbeitet immer noch meinen Schwanz, der mittlerweile hart wie Stahl ist. »Sie wird sie um ihn schlingen, wie sie sie früher um dich geschlungen hat ... und dann wird sie seinen Namen stöhnen ... Da-«

Das reicht. Ich will das nicht länger hören und ich will es vor allen Dingen nicht länger sehen. Beinahe gewaltsam löse ich Raquels Finger von mir, dann fahre ich zu ihr herum, schnappe sie mir und setze sie auf die Kommode.

»Na endlich«, raunt sie und tut genau das, wovon sie gerade noch gesprochen hat. Sie schließt ihre Schenkel um mich und zieht mich mit der Kraft ihrer Beine enger an sich. »Komm schon, East. Lass alles raus. Ich bin für dich da ...«

Sie greift nach meinem Schwanz, befreit ihn aus den Shorts und ist schon drauf und dran, ihn sich einzuführen, aber ich halte sie zurück.

»Hey, warte«, sage ich mir rauer Stimme.

Damit greife ich in die Gesäßtasche meiner Hose, die neben Raquel liegt, und hole ein Gummi aus dem Portemonnaie.

Sie legt den Kopf an die Wand und sieht mir schwer atmend dabei zu, wie ich es überziehe. In ihre Augen ist ein Ausdruck getreten, den ich nicht einordnen kann, der mir aber auch egal ist.

Ich sehe sie ohnehin nur wie durch einen Filter – vordergründig spielen sich immer noch andere Bilder vor meinem inneren Auge ab.

Ich sehe Jess, wie sie in den zerwühlten Laken liegt und erinnere mich genau daran, wie es sich angefühlt hat, die frische Tätowierung auf ihrer Leiste zu küssen.

Ich erinnere mich an ihren Geschmack und an ihre atemlose Stimme, als ich sie an jenem Abend nahm: *Ich werde dich immer lieben, East. Immer ...*

Dann denke ich an den Brief und das reicht, um mich zurück ins Hier und Jetzt zu katapultieren.

Ich packe Raquels feste Schenkel, ziehe sie dichter an mich und ramme mich tief in sie.

Sie stöhnt und schlingt ihre Arme um mich.

Ich nehme sie hart und mit jedem meiner Stöße graben sich ihre Nägel tiefer in meinen Rücken.

Ich schiebe eine Hand zwischen uns, schließe sie um ihre Brust und ihr rhythmisches Stöhnen wird zu einem Wimmern.

»Hör nicht auf ... hör damit nie auf ...«

Nie? Das kann ich ihr nicht versprechen.

Aber ich fürchte, heute Nacht wird sie keine ruhige Minute mehr haben.

Dane

Ich mache die Apartmenttür hinter mir zu und der Geruch von neuen Möbeln hüllt mich ein. Ich wohne noch nicht lange hier. Eine Bleibe direkt am Fluss muss man sich erstmal leisten können.

Genau mir gegenüber befindet sich eine riesige Fensterfront, durch die der Vollmond alles in weißes Licht taucht. In der offenen Küche leuchtet die Anzeige meiner neuen Kaffeemaschine, die mir auf Zuruf einen starken Espresso machen und ihn mir vermutlich auch noch bringen könnte. Aber ich brauche jetzt was anderes.

Ich gehe zum Kühlschrank, nehme eine Flasche Bier heraus und drücke sie auf meine Nase. Verflucht, fühlt sich das gut an, wenn der Schmerz nachlässt. Ich hoffe ernsthaft, dass Payne mir die Nase nicht gebrochen hat. Wenn der Lyonex-Job steigt, sollte ich nicht wie ein Preisboxer aussehen. Das passt nicht zum Computergenie Mike Benson.

Ich verlasse die Küche und gehe rüber zu meinem Ledersofa, das raus auf den Fluss zeigt. Einen Fernseher gibt es hier nicht. Stattdessen eine Leinwand, die bei Bedarf aus der Decke fährt und die Fensterfront verdeckt. Das alles war verdammt teuer. Aber ich habe mir dieses Leben hart erarbeitet und ich werde nicht zulassen, dass man es mir wieder wegnimmt.

Erschöpft lasse ich mich auf das Sofa sinken, lehne mich zurück und schließe die Augen. Mir dröhnt der

Schädel. Am besten sollte ich mich noch ein paar Stunden hinlegen.

Gerade will ich mich wieder aufrichten, als ich plötzlich Schritte aus dem Schlafzimmer vernehme. Augenblicklich bin ich wieder hellwach. Dieser verdammte Penner. War klar, dass er keine Ruhe gibt, nachdem ich ihn vorhin mithilfe seiner eigenen Dämonen aus Holbrooks Büro gejagt habe.

Anscheinend muss ich ihm nochmal deutlich machen, dass ich mich von ihm nicht einschüchtern lasse.

Aus der Ablage unter dem Wohnzimmertisch nehme ich die geladene Walther P22, die ich für den Notfall immer dort aufbewahre. Der Schalldämpfer ist aufgeschraubt.

Ich richte sie auf die Schlafzimmertür und frage: »Bist du gekommen, um es zu Ende zu bringen?«

Einen Moment lang ist es vollkommen still. Dann erwidert jemand: »Nein.«

Das ist eindeutig die Stimme einer Frau.

Perplex blicke ich zur Tür herüber. Ich spüre, wie meine Augen weit werden und lasse auf der Stelle die Waffe sinken. Denn dort drüben, im Durchgang zu meinem Schlafraum, steht Jess.

»Das nenn ich mal eine Begrüßung«, murmelt sie.

Ich lege die Waffe weg und stehe auf. »Was machst du hier?«

Jess erwidert meinen Blick kritisch. Kurz wandern ihre Augen herüber zu der Pistole, dann sieht sie mich wieder an. »Ich wollte nur ...« Sie zuckt mit den Schultern. »Ich habe gehört, was zwischen dir und East vorgefallen ist. Schätze, ich wollte sehen, ob es dir gut geht.«

»Schätzt du«, antworte ich und betrachte sie noch einen Moment. Sie trägt ziemlich kurze Shorts heute. Und ein Top, das ihr viel besser steht als dieser komische weite Pulli, in dem ich sie das erste Mal gesehen habe.

Ich schüttle den Kopf und lasse mich zurück aufs Sofa sinken. »Das hätte in die Hose gehen können. Ist dir schon klar, oder?«

»Du bist kein Typ, der abdrückt, ohne zu wissen, auf wen er schießt«, erwidert Jess und kommt näher.

Ihre Worte verblüffen mich. Sie hat Recht, obwohl sie mich so gut eigentlich gar nicht kennen dürfte. Im Grunde weiß sie nichts über mich und das ist auch gut so. Was sie denkt, sollte mir egal sein; sie sollte mir egal sein. Doch als sie sich neben mich setzt und mich ansieht, ist es mir schlagartig unangenehm, dass Payne mich so hart erwischt hat.

»Willst du, dass ich gehe?«, fragt sie.

»Nein«, sage ich wahrheitsgemäß.

»Du siehst fertig aus.«

»Es geht mir bestens.«

Das scheint sie mir nicht abzukaufen. Sie greift nach meiner Hand und drückt sie mitsamt der Flasche wieder in mein Gesicht. »Worum ging es zwischen dir und East?«

Bei der Erinnerung daran werde ich sauer. »Darum, dass sich dein Exfreund an keine Regeln halten kann. Der Job heute Nacht – das war meine Aufgabe. Aber er war vor mir da. Hat die Infos, die ich besorgen wollte, einfach abgefangen.«

»Hat er dir verraten, wann Benson kommt?

Ich lache schnaubend. »Natürlich nicht. Er will mich loswerden, genau wie dich.«

Jess antwortet nicht gleich. Als ich zu ihr herübersehe, liegt ein nachdenklicher Ausdruck auf ihrem Gesicht. »Weshalb?«, fragt sie schließlich.

Ich nehme die Flasche runter und wende mich ihr zu. Für einen ganz kurzen Moment bin ich drauf und dran, ihr die Wahrheit zu erzählen. Oder zumindest einen Teil davon. Ich könnte ihr verraten, dass ich aus demselben Schmutz stamme wie sie, nur dass ich anstelle *eines* Bruders sechs Geschwister habe. Ich könnte ihr sagen, dass ich es irgendwann leid war, die versoffenen Lover meiner Mutter einen nach dem anderen aus dem Haus zu werfen. Dass ich den ganzen Schmutz und das Elend nicht mehr sehen konnte und nichts dringender wollte, als mich hochzuarbeiten.

Ich könnte ihr von dem Drecksack erzählen, der mir damals einen Strich durch die Rechnung gemacht hat.

Aber ich fürchte, dafür traue ich ihr nicht genug.

»Denk doch mal ganz scharf nach«, erwidere ich daher. »Du bist seine Exfreundin und ...«

»Und?«, fragt sie.

Ich setze mich ein Stück auf. »Und hast einen anderen geküsst.«

»Zweimal«, erwidert Jess und hält meinem Blick mühelos stand, als ich ihr in die Augen sehe. Ich mag ihr Selbstbewusstsein. Vor unserer ersten Begegnung hatte ich etwas anderes erwartet. Ich bin froh, dass ich Unrecht hatte.

»Ich fürchte, er hat noch nicht kapiert, dass du nicht sein Eigentum bist, Jess«, sage ich und strecke die Hand aus, streiche mit den Fingern über ihre Wange. Ihre

Haut fühlt sich weich an. Und warm, so als hätte sie den ganzen Tag in der Sonne verbracht. »Komm näher«, fordere ich.

»Komm du doch näher«, antwortet sie mit einem Funkeln in den Augen.

Ich lache leise. Dann rutsche ich zu ihr herüber, vergrabe meine Hand in ihrem Haar und lasse unseren ersten beiden Küssen einen dritten folgen.

Diesmal ist keiner von uns überrascht. Jess' Lippen öffnen sich für mich und ich lasse meine Zunge in ihren Mund gleiten, lasse sie spielerisch um ihre kreisen und spüre, wie sich ihre Atmung beschleunigt.

Augenblicklich beginnt es in meinen Lenden zu ziehen. Keine Ahnung, was diese Frau mit mir gemacht hat, aber ich will sie, und das ist ungewöhnlich. Normalerweise sind die Frauen, die ich abschleppe, für mich nur Mittel zum Zweck. Es ist egal, wer sie sind, solange sie sich gut anfühlen. Im Grunde genommen sind sie auch nichts anderes als die teuren Möbel, die ich kaufe.

Aber bei Jess geht es mir nicht nur um ihren Körper. Es geht mir darum, sie zu erobern.

A.J. Die Ex meines Erzfeindes, die vielleicht größte Hackerin der USA. Die ein Jahr lang im Bootcamp war und es unbeschadet überstanden hat. Die auf ihre ganz eigene Art stärker ist als alle Frauen, die ich vor ihr kannte.

Ich ziehe sie enger an mich, lasse meine Hand ihr nacktes Bein hinaufwandern. Unser Kuss wird intensiver, sie schlingt die Arme um meinen Hals und will eindeutig mehr. Das will ich auch, dennoch halte ich mich zurück, löse meine Lippen von ihren und atme angestrengt durch.

»Was ist?«, fragt sie nicht weniger atemlos als ich. »Habe ich dir wehgetan?«

Ich schüttle den Kopf, sehe sie an und drücke ihr einen Kuss auf die Lippen. »Ich habe noch Paynes Blut an mir kleben«, sage ich. »Lass mich kurz duschen gehen.«

Jess erwidert meinen Blick, wieder mit diesem Funkeln in den Augen. »Okay«, sagt sie ein wenig heiser. »Geh duschen, Dane. Ich werde hier warten.«

Ich lächle sie an, dann löse ich mich von ihr, wenn auch ungern, und stehe auf.

»Nimm dir was zu trinken«, sage ich und stehe auf.

»Bringt mir deine Kaffeemaschine was, wenn ich sie nett frage?«

Ich muss lachen. Sieht aus, als wären Jess und ich uns gar nicht so unähnlich. »Probier es aus.«

Ich betrete das Bad, das vom Schlafzimmer aus zu erreichen ist und lockere die Krawatte. Dann sehe ich in den Spiegel. Ich habe sie gerade angelogen. Paynes Blut, das mein Hemd befleckt hat und an meinen Händen klebt, ist mir scheißegal. Das wahre Problem ist ein anderes: Sex mit Jess ist nicht Teil des Plans.

Sollte ich die Notbremse ziehen, bevor es zu spät ist?

Ich sehe mir selbst in die Augen, atme tief durch – und finde keinen einzigen Grund, der dagegen spricht, ihr näherzukommen.

Sie ist eine wahnsinnig tolle Frau.

Und ich werde sie mir nicht entgehen lassen.

Tess

Ich lausche darauf, wie Danes Schritte irgendwo hinter mir verklingen. Dann sehe ich auf die Waffe, die noch immer auf der Tischplatte liegt. Ich hatte keine Ahnung, dass der Konflikt zwischen Dane und East dermaßen ernst ist. Und ich kaufe Dane nicht ab, dass es dabei nur um mich gehen soll. East nannte ihn Abschaum, einen Verräter genau wie mich.

Na ja. Was immer dahintersteckt, es scheint uns beide zu vereinen. Denn es fühlt sich gut an, hier zu sein und ich bereue keine Sekunde, dass ich mich in Danes hypermodernes Smarthome gehackt habe.

Als ich höre, wie im Badezimmer das Wasser angeht, stehe ich auf. Ohne groß darüber nachzudenken, ziehe ich mir das Shirt über den Kopf. Ich streife die Boots ab und lasse die Shorts folgen.

Dann tappe ich in Unterwäsche über den weißen Marmorboden in Richtung Schlafzimmer. Ich nehme mir einen Moment, um mir das große Bett anzusehen, das ebenso gut in einem Herrenhaus stehen könnte. Vielleicht sollte ich mich hinlegen und dort auf ihn warten.

Ich betrachte mich im Spiegel. Terra hat mir ihren einzigen Spitzen-BH ausgeliehen und dieser zeigt mehr, als er verbirgt. Dafür sieht das Panty einigermaßen züchtig aus. Eine komische Kombi, aber ich glaube nicht, dass Dane sich sonderlich dafür interessieren wird, wie gut meine Wäsche zusammen passt.

Langsam wende ich meinen Blick vom Spiegel ab und sehe rüber zur Badezimmertür, die nur angelehnt ist. Feiner weißer Wasserdampf quillt daraus hervor, genau wie gestern Abend aus dem Wellnessbereich der Payne-Villa. Doch diesmal erwartet mich etwas anderes hinter der Tür.

Ein Kribbeln erfasst meinen Unterleib und mir kommt eine bessere Idee, als in Terras Unterwäsche im Bett auf ihn zu warten. Ich zögere noch einen winzigen Moment, dann gehe ich leise herüber zum Nachttisch und öffne die Schublade.

Es überrascht mich, dass ich nichts Persönliches darin finde. Aber das, was ich suche, entdecke ich. Neben Massageöl und einem Fläschchen Aspirin liegt dort eine Packung mit Kondomen.

Ich nehme eines heraus und ziehe meine Unterwäsche aus. Dann nähere ich mich der Badezimmertür und schiebe mich hindurch.

Dane steht unter der Dusche, die von einer gläsernen Kabine umschlossen ist. Er hat mir den Rücken zugedreht und lässt das Wasser reglos auf sich herunterprasseln. Sein Körper ist der Wahnsinn. Der Ton seiner Haut, die Muskelstränge, die sich über seinen Rücken ziehen. Ganz offensichtlich trainiert er.

Ich lasse meinen Blick ein bisschen tiefer wandern, zu seinem knackigen Hintern, der etwas blasser ist als der Rest von ihm.

Dann dreht er sich zu mir um und ich erschrecke ein wenig, als ich sein Gesicht im Licht sehe. Ein Bluterguss hat sich unter seinem linken Auge gebildet. Seine Nase ist geschwollen und sein Hals ist bedeckt von dunkelblauen Flecken. Komischerweise macht ihn das nicht weniger attraktiv. Nur echter.

»Ich wusste, dass du kommst«, sagt er mit rauer Stimme, während sein Blick an mir hinunter gleitet. Meine Brüste kann er nicht sehen, sie werden von meinem offenen Haar bedeckt. Aber der Rest von mir ist vollkommen nackt.

»Sieh dich an«, sagt er mit einem kurzen verblüfften Lachen.

»Ich seh lieber dich an«, gebe ich zurück. Seine beginnende Erektion ist mir nicht entgangen und mein Unterleib reagiert mit einem noch ungeduldigeren Kribbeln darauf.

Ich komme näher.

Dane schluckt sichtlich. Dann öffnet er die Tür der Kabine für mich und tritt einen Schritt zurück.

Ich steige zu ihm unter die Dusche. Das Wasser ist wärmer als gedacht. Es fühlt sich an wie kleine Nadeln aus Hitze auf meiner Haut. Ich schließe die Augen, lege den Kopf in den Nacken und streiche mein jetzt nasses Haar zurück.

Nun kann Dane alles sehen. Und er belässt es nicht lange beim Hingucken.

Noch während ich die Augen geschlossen habe, spüre ich, wie seine Hände sich um meine Brüste legen. Sanft kreisen seine Daumen über meine Nippel, die unter seiner Berührung in Sekundenschnelle hart und empfindlich werden. Ein leichter Schwindel erfasst mich und ich lehne mich gegen die gläserne Wand in meinem Rücken.

Ich hatte ganz vergessen, wie gut sich das anfühlt.

Augenblicklich will mein Körper mehr. Das Kribbeln in meinem Unterleib wird zu einem Pochen und Dane scheint meine Lust zu spüren, denn eine seiner Hände löst sich von meinen Brüsten, gleitet an meinem Bauch hinab und schiebt sich so selbstverständlich zwischen meine Beine, als würde ich ihm gehören.

Ich höre mich selbst aufstöhnen, als seine Finger meine Schamlippen teilen.

»Oh Gott«, keuche ich, als er mich ohne Vorwarnung zu penetrieren beginnt. Irgendwie hätte ich erwartet, dass er es langsamer angehen lässt. Aber er scheint genau zu spüren, was ich brauche.

Fahrig strecke ich die Hand nach ihm aus, streichle mit noch immer geschlossenen Augen über seinen Oberkörper, sein perfekt definiertes Sixpack, während das Wasser auf uns herunterrauscht. Ich spüre seine tiefen, stoßweisen Atemzüge, die sich beschleunigen, als er immer wieder mit dem Finger in mich eindringt.

Endlich öffne ich die Lider. Sein Blick bohrt sich in meinen und die seltsame Farbe seiner Augen fällt mir auf. Irgendwo zwischen grün und braun. Sein Blick ist glasig.

Ich sehe ihn fest an, lasse meine Hand weiter runter wandern und erschauere, als ich seine Erektion ertaste. Ich umfasse sie, lasse meinen Daumen über seine Eichel gleiten und Dane zuckt zusammen.

Er öffnet den Mund und ich erwarte, dass er gleich etwas sagen wird. Doch in dieser Situation scheinen selbst ihm die Worte zu fehlen. Seine Finger ziehen sich zurück, er packt meine Hüften und ich zeige ihm das Gummi, das ich in der freien Hand verborgen habe.

Er will es mir abnehmen, aber ich habe eine bessere Idee.

Kurzerhand öffne ich das Tütchen selbst, hole das Kondom heraus und gehe unter Danes fiebrigem Blick vor ihm in die Hocke.

Ich sehe zu ihm auf, schiebe mir das Gummi zwischen die Lippen und ziehe es ihm mit dem Mund über. Ein Trick, in dessen Genuss bisher nur ein einziger Mann kommen durfte.

Dane reagiert mit einem scharfen Keuchen darauf. Er verzieht das Gesicht, als ich seine Härte tief in meinen Mund gleiten lasse und als ich mit der Zunge sanften Druck auf seine Eichel ausübe, scheint ihn das halb wahnsinnig zu machen.

Er stöhnt und ich spüre, wie seine Lenden sich anspannen. Ich lasse seine Erektion aus meinem Mund gleiten und richte mich auf.

Einen Moment lang sehen wir einander an, schwer atmend, während Rinnsale heißen Wassers unsere geröteten Körper überströmen.

Dann packt er mich, hebt mich hoch und drückt mich gegen die Duschwand. Ich lege die Beine um seine Hüften, schlinge die Arme um seinen Hals und stöhne, als er mich langsam und genüsslich auf seine Erektion gleiten lässt.

Es fühlt sich irre an.

Ich kneife die Augen fest zu, gebe mich dem Brennen hin, das meine Mitte durchflutet, während Dane mich sanft zu stoßen beginnt.

Wieder lege ich den Kopf in den Nacken, lausche dem Prasseln des Wassers und spüre, wie mich ein wahnsinniges Glücksgefühl durchflutet, das ich so noch nie erlebt habe.

Dann mache ich die Augen auf.

Atemlos drehe ich Danes Gesicht zu mir und küsse ihn. Seine Stöße intensivieren sich und ich beiße spielerisch in seine Lippe. Er hält meine Hüften fester, gleitet noch tiefer in mich und ich löse meine Lippen von seinen, um zu Atem zu kommen. Ich halte mich an Dane fest, mein Körper rutscht an den nassen Kacheln auf und ab.

Das Pochen in meiner Mitte wird unerträglich. Meine Muskeln krampfen sich um Danes Härte und ich grabe meine Zähne in seine Halsbeuge, um nicht aufzuschreien.

Dane gibt ein Zischen von sich, fixiert mein Becken mit den Händen und stößt ein letztes Mal tief in mich. Dann beginnt seine Härte in mir zu pulsieren und heiße Wellen überfluten meinen Körper, der Schwindel wird zu einem reißenden Strudel und ich sehe einen Moment lang Sterne.

Dane lässt mich von sich runter gleiten. Seine Arme umschließen mich, während ich gegen ihn sinke. Schwer atmend stehen wir da, mit rasenden Herzen, und halten einander fest umschlungen. Keiner von uns sagt oder tut irgendetwas und das ist auch nicht nötig.

Für den Moment ist alles absolut perfekt so.

Dane

»Gib mir zwei Minuten!« Jess springt aus meinem Wagen und ich sehe ihr zu, wie sie die Stufen zu ihrem Mobile Home hinauf eilt. Ihr Hintern steckt immer noch in den verboten kurzen Shorts. Der Anblick sorgt dafür, dass ich an gestern Nacht denken muss und ich wende den Blick ab, atme tief durch.

Ich spüre, wie meine Hose schon wieder eine Spur zu eng wird und versuche, an etwas anderes zu denken. Etwas Unerfreuliches.

East.

Das hilft.

Ich bin gespannt, wie er den anderen die Sache gestern erklärt hat. Und ob überhaupt.

Ich lasse das Fenster ein Stück runter und die kühle Morgenluft rein. Es ist noch früh, aber Jess hat darauf bestanden, dass wir direkt zu den *Bones* fahren. Nach dem, was ich ihr über die Szene in Holbrooks Büro erzählt habe, ist sie ganz versessen von dem Gedanken, das Programm zu schreiben, das wir für den Lyonex-Deal brauchen. Also sind wir hier, damit Jess sich umziehen kann. Ich frage mich, wie sie ihrem Vater den morgendlichen Ausflug erklären will.

Zwei Minuten später habe ich meine Antwort.

Jess kommt in engen Jeans, Lederjacke und mit Vater Aldridge sowie Bruder Cas im Schlepptau die Treppe herunter. Daddy sieht aus, als hätte man ihn aus dem Tiefschlaf gerissen. Er trägt einen türkisen Jogginganzug, der vielleicht in den 80ern mal angesagt war und seine Nase ist so rot, dass er Rudolph dem Rentier Konkurrenz machen könnte. Oder mir.

Schnell steige ich aus, denn ich ahne, was Jess für einen Plan verfolgt.

»Mister Aldridge!«, begrüße ich den alten Säufer und schüttle ihm die Hand. Angriff ist bekanntlich die beste Verteidigung, also lasse ich ihn gar nicht erst zu Wort kommen. »Ich bin Larry Goldman, der Bewährungshelfer von Jessica.«

»Jess war die ganze Nacht nicht zu Hause«, knurrt Aldridge und mustert mich wie einen Schwerverbrecher.

Ich sehe zu Jess hinüber und die wirft mir einen kurzen Blick zu, der zu sagen scheint: Jetzt sieh zu, wie du aus der Nummer wieder rauskommst.

Als wäre nicht sie es gewesen, die mich gestern Nacht überfallen hat.

»Das ist richtig«, sage ich und räuspere mich. »Jess ... Ich meine Jessica nimmt teil an einer besonderen Eingliederungsmaßnahme. Sie hat noch immer einige aufgestaute Aggressionen, gegen die wir angehen müssen, damit sie nicht rückfällig wird. Und das haben wir getan.«

»Nachts.«

»Nachts.« Ich nicke langsam und bedächtig. »Tags. Wann immer mich Jessica anruft, weil sie in einer Krise steckt, bin ich zur Stelle.«

»Und was habt ihr zwei getrieben?« Aldridge sieht immer noch aus wie ein Hinterwäldler, der mich am liebsten mit einer Mistgabel durch den ganzen Trailer Park jagen würde. »*Nachts?*«

»... Dosenschießen«, gebe ich leichthin zurück.

Aldridge kneift die buschigen Brauen zusammen und sieht seine Tochter an, die sich das Lachen kaum verkneifen kann. »Dosenschießen«, grummelt er und sie nickt.

»Hilft super, wenn man sauer ist.«

»Können wir jetzt fahren?«, springt uns ausgerechnet der kleine Möchtegern-Junkie zur Seite.

»Ich habe meinem Dad gesagt, dass es kein Problem ist, wenn ich meinen Bruder mit zu dem *Computerkurs* bringe. Cas wird sich freuen, wenn er lernen kann, wie man Bewerbungen schreibt.

»Yay«, sagt Cas tonlos und ich muss grinsen. Der Kleine ist der mieseste Schauspieler, den ich je erlebt habe.

»Was ist mit der Fußfessel?« Aldridge scheint sich weniger für seinen Sohn als für seine Tochter zu interessieren.

»Das ist kein Problem. Ich habe ein Programm auf dem Handy, das ihren Überwachern anzeigt, dass sie mit *mir* unterwegs ist. So gibt es keine Schwierigkeiten mit dem Gericht.« Ich krame nach der erstbesten Abkürzung, die mir einfällt. »Ein BFH. An meiner Seite darf sie sich bewegen, wohin sie möchte.«

Jessica kann sich schon wieder kaum ein Schmunzeln verkneifen, aber ich wirke wohl endlich seriös genug auf den alten Spinner, denn er nickt und lässt uns wortlos stehen. Wenn er wüsste, dass Jess' Bewährungshelfer in Wahrheit nicht mehr für sie tun muss, als alle 2 Wochen mit ihr zu sprechen und einen Bericht darüber zu schreiben. Die Berichte fertigt der echte Goldman für mich an und übersendet sie an das Gericht. Würde mich ja interessieren, was Jess mit ihm gemacht hätte, wenn er ihr ebenfalls einen Job im *Lunaland* angeboten hätte.

»Hätte ich gewusst, dass ich einen auf Goldman machen muss, hätte ich mir etwas anderes angezogen.«

»Mir gefällt dein Outfit.« Jess schmunzelt und steigt ins Auto.

Cas lässt sich auf die Rückbank fallen und ich steige ebenfalls ein.

»Ein BFH, ja?« Jess sieht mich amüsiert an.

Ich zucke mit den Schultern. »Ja.« Keine Ahnung, was daran so witzig ist. Ich habe den Begriff bei Terra aufgeschnappt, also muss er was mit Computern zu tun haben.

»BFH steht für Brute Force Hacking.«

»Toll.« Ich grinse, weil ich immer noch keine Ahnung habe, wo das Problem liegt.

»Brute Force Hacking ist das Ausprobieren von verschiedenen Passwörtern, um ein Benutzerkonto oder etwas in der Art zu knacken«, mischt sich jetzt auch noch Cas ein.

»Das weiß dein Vater doch nicht!«

»Zum Glück hast du nichts von einem Rainbow Tablet gesagt«, lacht Jess. »Sonst hätte er gedacht, du wärst schwul und hätte dich direkt aus dem Park gejagt.«

»Das wäre meine nächste Wahl gewesen«, sage ich, auch wenn ich keine Ahnung habe, was ein Rainbow Tablet schon wieder sein soll.

Jess und Cas lachen jetzt beide und ich nehme mir vor, mich in Zukunft ein wenig über Hackerbegriffe zu informieren.

»Ach, mein Vater ist ein Trottel. Der hat null Ahnung von Technik. Dem hättest du auch erzählen können, dass du die Fußfessel mit der Kaffeemaschine deaktivierst. Der glaubt so einen Scheiß.« Cas beugt sich zwischen den Vordersitzen vor und mustert erst mich und dann seine Schwester. Sein Blick ist jetzt ernster geworden und ich wäre kaum verwundert, wenn er für seine kommende Ansprache seine Kapuze aufsetzen würde. »Keine Ahnung, was ihr zwei treibt, aber du bist weder vom Jugendamt noch ihr Bewährungshelfer. Ist mir auch egal, Mann. Aber eins sag ich dir: Sorg dafür, dass sie meine Schwester nicht erwischen. Wenn sie wegen dir in den Knast geht, mach ich dich kalt.« Mit dieser Ansage lehnt Casper sich wieder zurück.

Wow. Eine Morddrohung von einem Dreizehnjährigen. Gibt es etwas Beängstigenderes? Ich versuche, so ernst zu bleiben wie der kleine Eminem auf der Rückbank und nicke ihm zu. Es ehrt ihn ja, dass er Jess beschützen möchte.

Fest sehe ich ihn durch den Rückspiegel an. »Wir haben alles im Griff.«

»Das will ich hoffen.« Cas verschränkt die Arme und blickt aus dem Fenster. Das Thema scheint für ihn erledigt zu sein.

Ich schaue rüber zu Jess, die immer noch amüsiert wirkt und muss zugeben, dass der Tag nicht besser hätte beginnen können.

Kapitel 8

‚The Chemicals between us'

Jess

Nach unserer gemeinsamen Nacht mit Dane zum Anwesen zu fahren, fühlt sich aufregend und zugleich vertraut an. Immer wieder muss ich an seine Hände auf meinem Körper denken. An seine Lippen auf meiner Haut. An alles, was er mit mir angestellt hat ...

»Hammer«, staunt Cas, als wir die Payne-Villa betreten und unterbricht damit meine Gedanken. Mittlerweile weiß er, zu welchem Zweck er hier ist und scheint sich sogar auf den Hacking-Kurs zu freuen.

Eigentlich begeistert mich die Villa auch jedes Mal aufs Neue, doch diesmal ziehen nicht die prunkvollen Wände und das Mobiliar meine Aufmerksamkeit auf sich, sondern ein Geräusch aus dem Wohnzimmer. Wir haben noch nicht einmal neun Uhr und es ist zu hören, wie jemand auf eine Tastatur einhackt. Wir Hacker sind eigentlich Nachtmenschen. Zwischen Mitternacht und drei Uhr früh laufen wir zur Hochform auf.

Wer auch immer da am Werk ist, hat entweder die Zeit vergessen oder ist ein ganz schöner Streber.

Dabei wollte ich eigentlich der Streber und bestenfalls schon mit dem Programm fertig sein, wenn die anderen aufwachen.

»Cas, setz dich hier irgendwo hin, okay? Wenn Terra wach ist, beschäftigt sie sich mit dir.«

Das lässt sich mein kleiner Bruder nicht zweimal sagen. Er schmeißt sich auf eines der Sofas, zerrt sein Handy aus der Tasche und ich glaube, dass er so schnell nicht wieder aufstehen wird.

»Sehen wir nach, wer da schon auf ist«, sage ich zu Dane.

Er nickt und greift nach meiner Hand. Es fühlt sich gut an, fast schon vertraut, und ein Teil von mir sehnt sich in sein Apartment zurück, unter die Dusche oder gleich ins Bett ...

Seite an Seite betreten wir das Wohnzimmer. Im Durchgang bleiben wir stehen und ich bin irritiert, dass ich ausgerechnet East an einem der PCs sitzen sehe. Dann denke ich an seine Worte von gestern und meine Überraschung weicht Zorn.

Ab jetzt kümmere ich mich wieder um die Geschäfte.

Offensichtlich macht er Ernst – zuerst Dane und dann mir gegenüber.

Er sitzt mit dem Rücken zu uns. Zahlenkolonnen flimmern über den Bildschirm vor ihm und er wirkt hochkonzentriert.

Erst nach einem Moment bemerke ich, dass er nicht allein ist. Cyph steht mit verschränkten Armen etwas abseits und sieht finster zu. Als wir eintreten, kommt er zu uns herüber.

»Da will es aber jemand wissen«, knurrt Dane.

Cyph nickt. »East will uns beweisen, dass wir dich nicht brauchen, Jess«, sagt er leise und mit Bedauern in der Stimme. »Er denkt, er kann das Programm für den Lyonex-Deal ganz alleine schreiben.«

»Das könnte ihm so passen«, gebe ich ebenso leise zurück.

Cyph wirft East einen finsteren Blick zu, dann sagt er: »Benson kommt schon am Montag, also übermorgen. Bis dahin muss der Plan stehen und das Programm funktionieren.«

»Keine Sorge«, sage ich. Dann mache ich mich von Dane los und steuere den PC an, der East gegenüber steht.

East hebt kurz und routiniert den Blick, aber anscheinend hat er nicht mit mir gerechnet, denn seine Brauen schnellen für einen Moment nach oben, als er mich erkennt. Dunkle Schatten liegen um seine sturmblauen Augen. Wahrscheinlich sitzt er schon seit Stunden hier.

»Morgen«, sage ich so zuckersüß ich kann und widme mich dann dem Computer. Wenn East meint, dass er Krieg haben will, kann er ihn haben.

Doch anstatt mir eine unverschämte Antwort zu geben oder mich eiskalt zu ignorieren, tut er etwas, das mich überrascht.

»Morgen«, grummelt er, aber als ich noch einmal aufsehe, hat er seine Aufmerksamkeit schon wieder dem Bildschirm zugewandt. Eine steile Falte hat sich zwischen seinen Brauen gebildet und den Ausdruck in seinen Augen erkenne ich genau.

Er ist entschlossen, mich loszuwerden.

Unmerklich schüttle ich den Kopf. Früher war dieser Mann meine zweite Hälfte. Jetzt verstehe ich ihn nicht mehr.

Wie auch immer. Er wird seinen Willen nicht kriegen. Ich habe mich bereits mit seinem Computer verbunden, lehne mich zurück und will mir erstmal in Ruhe anschauen, was er da verzapft.

Er ist dabei, einen Maschinencode zu schreiben, vermutlich für einen Trojaner kombiniert mit einem ultraschnellen Download-Manager. Genau so etwas brauchen wir für den Lyonex-Deal und ich weiß, dass East es auf die Beine stellen kann. Aber das heißt noch lange nicht, dass dieses Tool ohne mich perfekt wird.

Mit einem zufriedenen Lächeln senke ich meine Finger auf die Tasten. Ich weiß genau, wo Easts Schwachstellen liegen und wie ich sie aufdecken kann. Er ist ein sensationeller Hacker, aber er besitzt nicht mein Feingefühl. Ich entdecke Schlupflöcher im System, die für andere unsichtbar sind und genau dort werde ich ihn packen.

Wenn ich ihm beweise, dass sein Programm gut, aber nicht fehlerfrei ist, hat selbst er nichts mehr gegen mich in der Hand.

Zumindest hoffe ich, dass er dann einsehen wird, dass wir nur zusammen unschlagbar sind.

Also schön, dann ans Werk, Jess.

East

Dieses kleine Biest. Seit Stunden crackt sie sich immer wieder in mein System. Und als wäre es nicht nervtötend genug, dass die restlichen *Bones* uns mittlerweile umkreisen wie neugierige Paparazzi, beugt sich immer wieder der verfluchte Dane Cooper über ihre Schulter und sieht ihr zu. Vermutlich will er mich provozieren, damit ich den entscheidenden Fehler mache und nicht sie. Als hätte er auch nur die geringste Ahnung, was wir hier tun.

Ich habe versucht, mein Programm mit mehreren Firewalls zu schützen, aber sie pfuscht mir ständig dazwischen. Jedes Mal, wenn sie reinkommt, ändert sie was an meinem Code und ich muss es erstmal entschlüsseln und verstehen, was sie damit bezweckt, ehe ich weiterarbeiten kann.

Früher haben wir immer so gearbeitet. Ich schrieb unsere Programme, Trojaner und Viren und sie perfektionierte sie. Doch heute ist dieser Prozess zum ersten Mal ein Kampf zwischen uns beiden.

Gerade hat sie es sogar hingekriegt, sich Zeit zu verschaffen, indem sie meinen PC ohne mein Zutun heruntergefahren hat. Für ein paar Minuten war ich komplett machtlos und als der Bildschirm endlich wieder etwas anderes als Schwärze zeigte, hätte ich Jess am liebsten den Kopf abgerissen.

Minutenlang flimmerten nackte Kerle über meinen Monitor.

Als ich schließlich wieder die Kontrolle hatte, hieß mein Programm plötzlich nicht mehr *E-A-straight*, sondern *E-A-raser*.

Ich frage mich, ob sie damit auf die Fehler anspielt, die sie löscht oder ob sie mich als Lappen beschimpfen will.

Ich sehe zu ihr herüber, aber Jess denkt gar nicht daran, aufzublicken.

Konzentriert und so schnell, dass sich jeder andere verschreiben würde, hackt sie auf die Tasten ein.

»Na warte«, knurre ich.

Dann kopiere ich den Virus, den sie mir geschickt hat und wende all meine Konzentration auf, um ihre folgenden Zugriffsversuche auf mein System abzuwenden. Es tut gut, sich wieder mal in etwas anderes als den Albtraum der letzten Monate zu vertiefen. Langsam lässt der Nebel, der sich vom Alkohol und der Schlägerei mit Cooper in meinem Kopf festgesetzt hat, nach und ich kann wieder klarer denken.

Ich schmettere einen Angriff von ihr nach dem anderen ab, verschaffe mir ein bisschen Zeit. Und dann ist sie diejenige, die sich nackte Männerärsche angucken muss.

Ich höre sie fluchen und verzweifelt auf die Tasten einhämmern.

Tja, Schätzchen, ich habe dich lahmgelegt.

In aller Ruhe sehe ich mir an, was sie mit meinem Programm gemacht hat. Leider muss ich zugeben, dass sie immer noch verflucht gut ist. Auf Anhieb kann ich keine Fehler finden. Im Gegenteil. Sie hat genau die Lücken gestopft, die mir selbst entgangen waren.

Ich nicke anerkennend zu ihr rüber.

Sie hebt den Kopf und die Wut über die strippenden Kerle auf ihrem Monitor scheint zu verrauchen. Stattdessen sieht sie jetzt verständnislos aus.

»Was ist eigentlich dein Problem?«, beginnt sie unvermittelt das Gespräch weiterzuführen, das sie gestern im Bad angefangen hat.

Scheiße, muss das sein? Jetzt, hier? Vor allen?

Doch als ich mich umsehe, stelle ich fest, dass wir alleine sind. Die anderen, die ich in den vergangenen Stunden nur am Rande wahrgenommen habe, sind gegangen. Ich höre sie in der Eingangshalle reden.

Also schön.

»Kannst du dir das nicht denken?«

Jess schüttelt so heftig den Kopf, dass ihre langen Haare um ihr Gesicht fliegen. Ihre Augen sprühen Funken und ich hasse es, mir eingestehen zu müssen, wie schön sie ist. »*Du* hast *mich* verlassen, East. Nicht andersherum.«

Ich lache ungläubig. So sieht sie das also?

Hat es überhaupt einen Sinn, mit ihr über alles zu reden? Ich wüsste nicht, was es noch bringen soll. Ich habe jetzt Raquel und sie vögelt diesen Schnösel Dane Cooper. »Ich habe gesehen, was du mit seinem Hals gemacht hast«, schleudere ich ihr entgegen. »Wie es aussieht, hattet ihr Spaß.«

»Und ich habe gesehen, was du mit seinem Hals gemacht hast. Du bist doch vollkommen übergeschnappt.«

Sofort macht sich wieder dieser brennende Zorn in mir breit. Ein Zorn, von dem ich weiß, dass er mich zu schrecklichen Dingen bringt. Bevor ich etwas Unüberlegtes tun kann, stehe ich auf und wende mich ab, um zu gehen.

»Sehr erwachsen, East!«, ruft mir Jess nach. »Echt sehr erwachsen!«

Ich sage nichts mehr, zumindest nicht zu ihr. »Das Programm ist fertig«, verkünde ich auf meinem Weg durch die Halle.

Cyph erwidert etwas Überraschtes und auch die anderen jubeln und beglückwünschen mich, doch ich höre nicht weiter hin. Ich sehe zu, dass ich nach oben komme.

Ich brauche jetzt einen Moment für mich.

Jess

Mir schwirrt der Kopf. Ein Blick auf die Uhr am unteren Bildschirmrand verrät mir, dass es fast sechs ist, als ich aufstehe. Wir haben lange gebraucht. Aber für das, was wir geschaffen haben, waren wir immer noch ziemlich schnell.

Ich stehe auf, strecke meine steifen Glieder und lasse mir von den anderen auf die Schulter klopfen. Alle wirken erleichtert, doch zugleich liegt auch diese ganz bestimmte Anspannung in der Luft, die ich von früher kenne: Wir stehen vor einem neuen Job. Die heiße Phase beginnt und damit das, was uns alle verbindet.

Die Gier nach Adrenalin.

Die Lust zu gewinnen.

Aber bevor all das losgeht, brauche ich ...

»Hier.« Dane hält mir eine Flasche Code Red hin. »Hat mir dein Bruder verraten.«

»Du bist mein Held«, sage ich, drehe die Flasche auf und trinke einen gierigen Schluck. »Wie macht er sich?«

Dane deutet hinter mich und ich erkenne, dass Cas und Terra gemeinsam an der Küchentheke sitzen. Während Terra ihm etwas erklärt, wirkt mein kleiner Bruder vollkommen gebannt – allerdings nicht von dem Geschehen auf dem Bildschirm, sondern von ihr.

Ich verziehe das Gesicht. »Hormone.«

»M-hm«, macht Dane, streicht mein Haar zur Seite und küsst meinen Nacken. »Was die alles anrichten können.«

Ich genieße das Kribbeln, das über meinen Körper wandert.

Es ist Cyph, der den innigen Moment zwischen uns beendet. »Kommt nach oben«, sagt er. »Wir besprechen alles Weitere im Büro.«

Ich sehe ihn an und sein skeptischer Gesichtsausdruck entgeht mir nicht. Er wird sich von dem Gedanken verabschieden müssen, dass ich irgendetwas für East tun kann – vielleicht sollte ich ihm das nochmal sagen. Doch wie es aussieht, ist das ja gar nicht mehr nötig. East scheint beschlossen zu haben, sich selbst aus dem Dreck zu ziehen.

Wie er es schon einmal getan hat.

»Wir kommen«, sage ich.

Cyph nickt und folgt dem Rest der Gang die Treppe hoch.

Ich wende mich Dane zu. »Sei vorsichtig«, sage ich. »East weiß Bescheid wegen letzter Nacht. Und du scheinst Recht zu haben. Es passt ihm nicht.«

»Keine Sorge.« Dane beugt sich zu mir vor und drückt mir einen Kuss auf die Stirn. »Auch wenn er ein mieser Hund ist, bist du kein Hydrant. Das werde ich ihm schon noch zu verstehen geben.«

Ich lache leise über den Vergleich, dann lege ich ihm einen Arm um die Hüfte und gehe gemeinsam mit ihm los in Richtung Treppe.

Dane

Als wir das Büro betreten, sind alle anderen bis auf Terra schon da. Auf den beiden Stühlen auf der Besucherseite des massiven Schreibtischs sitzen Kyan und Milo. Cyph lehnt an der Wand und hat Lielle im Arm. Raquel hat es sich mit überschlagenen Beinen auf der Tischplatte bequem gemacht.

Und East sitzt hinter dem Schreibtisch, als wäre er hier der Boss.

Er hat die Stuhllehne nach vorn gedreht, seine mit Tattoos zugekleisterten Arme darauf abgelegt, und sieht uns finster entgegen.

Eigentlich vor allem mir.

Es wundert mich, dass niemand etwas wegen der Prügelei gesagt hat. Es hat auch keiner ein Wort darüber verloren, dass East mir den Job gestern abgejagt hat. Das ist typisch.

Monatelang leistet sich dieser Kerl einen Exzess nach dem anderen, doch kaum kriegt er den Hintern mal wieder hoch, fressen ihm alle aus der Hand. Ich weiß, er hat diese Gang gegründet und ihre Mitglieder aus der Gosse geholt. Doch selbst wenn er sich ganz plakativ ein großes schwarzes Kreuz auf den Unterarm hat stechen lassen, ist er alles andere als ein Heiliger.

»*Bones*«, sagt er und richtet sich auf. »Ich sag es ja nicht gerne, aber lasst was hören für Jess. Ohne sie wäre das Tool noch längst nicht fertig.«

Die anderen applaudieren und ich frage mich, was das jetzt wieder für eine Masche von ihm ist. Gestern wollte er uns noch am liebsten beide zur Hölle jagen. Und jetzt feiert er seine Ex auf einmal?

Raquel und ich werfen uns einen kurzen Blick zu. Ihre Augen sprühen Funken. Offenbar passt ihr diese Wendung ganz und gar nicht. Und mir genauso wenig.

Ich habe heute alles getan, um ihm klarzumachen, dass zwischen Jess und mir was läuft. Er sollte am Boden sein.

Stattdessen zeigt er plötzlich Anzeichen von Kampfgeist.

Er wird sie doch wohl nicht zurückwollen?

Ich sehe herüber zu Jess. »Schon gut, schon gut, ihr müsst mir nicht gleich die Füße küssen«, feixt sie.

Gleich darauf tauscht sie einen kurzen Blick mit East.

Ich kann nicht genau beschreiben, was darin liegt – ist es Anerkennung? Dankbarkeit? Bestätigung? Die Spur einer alten Verbindung zwischen ihr und ihm, die trotz allen Zorns und aller hässlichen Worte noch funktioniert?

Nein. Ich weiß, was es ist: *Chemie.*

Und das gefällt mir nicht.

Es verursacht ein hässliches Stechen an einer Stelle von mir, die ich normalerweise ignoriere. Mitten in meiner Brust.

East erwidert Jessicas Blick eine Spur zu lange, dann wendet er sich an alle: »Ich sag euch, was das bedeutet. Unsere Waffe ist scharf. Jetzt wird es Zeit zu besprechen, wie wir sie einsetzen wollen.«

»Nichts für ungut, East«, sagt Kyan, »aber das wissen wir. Im Gegensatz zu dir hatten wir in den letzten Monaten eine Menge solcher Besprechungen.«

East sieht zu ihm herüber und ich hoffe, dass er ihm den kleinen Seitenhieb übelnimmt und wieder mal austickt. Doch stattdessen verziehen sich seine Lippen zu einem Schmunzeln und er sagt: »Tja, was wollt ihr hören? Ich bin wieder da. Falls jemand der Anwesenden was dagegen einzuwenden hat, dann soll er jetzt sprechen oder für immer schweigen.«

Mit diesen Worten wendet er sich explizit an mich. Er sieht mir so provozierend in die Augen, dass er genauso gut auch auf mich losgehen könnte. Und mir ist jetzt vollkommen klar, was er mit seinem Verhalten bezweckt.

Dasselbe wie ich.

East will, dass ich die Kontrolle verliere und den anderen offenbare, dass ich nicht so diszipliniert und verlässlich bin, wie sie immer denken. Aber das kann er vergessen.

»Ich bin froh, dass wir das Programm jetzt haben«, erwidere ich. »Zwischenzeitlich sah es ja eher danach aus, als würden wir Benson überfallen und ihm die App aus den Händen reißen müssen. Aber dank Jess –«

East lässt mich nicht ausreden. Sein blödes Grinsen wird breiter und er deutet mit einer seiner ebenfalls tätowierten Hände auf mich. »Ruhig bleiben, Kumpel. Was soll das werden? Ein Wer-kriecht-Jess-tiefer-in-den-Arsch-Wettbewerb? Ich weiß aus Erfahrung, dass ich den gewinnen würde.«

Er zwinkert Jess zu, nur ganz nebenbei, es ist mehr eine Andeutung, aber ich spüre deutlich, wie sie neben mir scharf die Luft einsaugt.

Es gefällt mir nicht, wie sie auf ihn reagiert.

Und das, was er sagt, als er weiterspricht, gefällt mir auch nicht.

»Zwei Dinge, ehe wir zum Wesentlichen kommen, Cooper. Erstens: Eine App kann man niemandem aus den Händen reißen. Das sind Daten. Etwas, das existiert, ohne dass du es sehen oder mit deinen Wichsgriffeln antatschen kannst. Trotzdem ist es da und du kannst seine Existenz nicht verleugnen. So gerne du auch würdest.«

Immer noch sieht er Jess an und mir ist klar, dass er eigentlich von etwas anderem redet.

Sie versteift sich in meinem Arm.

Scheiße. Es ist einfach nur das Letzte, wie er mich aus der Reserve zu locken versucht.

»Und das zweite«, fährt er fort. »Ich war lange genug mit Jess zusammen, um zu wissen, dass sie nicht auf Schleimer steht. Es gibt einen Unterschied zwischen Anerkennung und Anbiederung. Ich erwarte nicht, dass du ihn kennst, aber du kannst ihn googeln. Doch fürs Erste verlange ich, dass du deine Rivalität mir gegenüber zurückstellst und hier vernünftig mitarbeitest, bis der Job erledigt ist, Don Juan. Haben wir uns verstanden?«

Ob wir uns verstanden haben? Klar und deutlich.

East hat die Taktik gewechselt, und zwar ziemlich extrem. Noch bis vorgestern hat ihn meine Mitgliedschaft in der Gang einfach nur wütend gemacht und er hat es ganz offen gezeigt. Immer wieder hat er mich angefeindet und versucht mich rauszukicken. Jetzt versucht er, sich als den leistungsbereiten Teamplayer hinzustellen – und mich als den Störfaktor. Ich fürchte, ich habe diesen Arsch unterschätzt.

»Wir sprechen dieselbe Sprache, East«, erwidere ich mühsam beherrscht.

Er sieht mich noch einen Moment an, dann nickt er. »Gut.« Damit wendet er sich an uns alle, aber ich höre im ersten Moment gar nicht zu.

Stattdessen sehe ich verstohlen herüber zu Jess. Noch immer steht sie dicht bei mir und hat den Arm um meine Hüfte gelegt. Aber mir entgeht nicht, wie sie East immer wieder ansieht, und ich weiß auch, wieso.

Gerade eben war er wieder so wie früher. Der Mann, den sie geliebt hat. Der keiner Konfrontation aus dem Weg geht, der aber zu wortgewandt ist, um als Loser daraus hervorzugehen.

Aber was heißt das für mich? Bin ich in ihren Augen jetzt gerade der Loser?

Und warum zur Hölle ist mir das nicht egal?

Unauffällig balle ich die Hand zur Faust.

Am liebsten würde ich sie zur Seite nehmen und ihr die Wahrheit sagen. Ihr erzählen, was er getan hat. Damals, als wir uns kennenlernten und vergangenes Jahr, als sie eingesperrt war. Dann würde sie ihn mit anderen Augen sehen.

Aber mich auch, fürchte ich. Denn wenn sie eins nicht mag, dann ist es Illoyalität.

Doch ehe ich etwas Dummes tun kann, fängt Raquel meinen Blick ein. Sie ist die Einzige außer mir, die über alles Bescheid weiß. Die Einzige hier, die auf meiner Seite steht. Eindringlich sieht sie mich an und schüttelt unauffällig den Kopf.

Ich schlucke meinen Zorn herunter und beschließe, einfach weiter mitzuspielen. Am Ende werde ich gewinnen, so oder so. Ich bin zu weit gekommen, um jetzt aufzugeben.

Und wer weiß, vielleicht springt Jess ja als Zusatzgewinn für mich raus – auch wenn ich selbst nicht gedacht hätte, dass ich darauf überhaupt aus bin.

Jess

Der Abend ist spät geworden, als unser Plan endlich steht. Wir haben eine Straßenkarte Detroits auf dem Schreibtisch ausgebreitet und stehen alle drumherum.

»Also«, sagt East und deutet auf den Flughafen. »Gleich hier am Terminal heften wir uns an seine Fersen. Cyph fährt, Jess hackt und ich halte mich bereit, um die App von Bensons Gerät zu löschen, sobald wir sie sicher haben.«

Shit. Bisher dachte ich, dass der Hack auf Benson von hier aus stattfindet, nicht, dass ich mich mit meiner

Fußfessel auch noch tagsüber in der Öffentlichkeit bewegen soll. Aber anders geht es nicht, denn wir müssen den Download über ein eigenes Funknetz durchführen, damit er sicher ist. Und das wiederum geht nur aus sicherer Entfernung.

Ich denke an das Geld. An mein Versprechen Cas gegenüber, dass ich ihn aus dem Park holen werde. An Danes finstere Vision von einer perversen Pädo-Pflegefamilie.

Unmerklich straffe ich die Schultern.

Ich werde das durchziehen.

Denn machen wir uns nichts vor: So war ich schon immer. Ich setze mich über Verbote und Regeln weg und so wird es auch in diesem Fall sein. Ich stecke schon wieder viel zu tief drin, habe Blut geleckt ...

»Sollte Jess ausfallen, kann ich übernehmen«, erklärt East weiter. Er sieht Cyph an, dann mich.

Ich erwidere seinen Blick und spüre schon wieder dieses ... Ich weiß nicht, wie ich es nennen soll und ich will auch nicht darüber nachdenken. Wir haben ein Programm zusammen geschrieben und er hat endlich aufgehört, mir ganz offiziell die Pest an den Hals zu wünschen. Aber das heißt noch lange nicht, dass ich ihm verzeihe. Und er mir auch nicht, wie er vorhin klargemacht hat.

Dennoch weiß ich insgeheim ganz genau, wie der Name des Gefühls ist, das seine Blicke mir vermitteln.

Sehnsucht.

Ich schiebe den Gedanken fort und nicke. »Verstanden.«

East sieht mich noch kurz an, dann wendet er sich wieder an alle. »Terra hackt sich von hier aus ins Verkehrssystem. Wir leiten ihn außen rum über die M-39. Das verschafft uns die Zeit, die wir brauchen. Cyph, du musst aufpassen, dass wir nie mehr als 100 Meter Abstand zu ihm haben. Sonst bricht unsere Funkverbindung zusammen und damit auch der Download ab.«

»Am besten proben wir das morgen«, erwidert Cyph.

East nickt. »Sobald wir die App gesaugt haben, schicken wir sie weiter an Cooper und an dich, Lielle. Ihr geht gemeinsam rein – verkleidet als Benson und seine Assistentin.«

»Kann's kaum erwarten«, sagt Lielle siegessicher.

Cyph drückt ihr dafür einen Kuss auf die Wange.

»Milo, du fälschst den beiden im Vorfeld alles, was sie brauchen. Vertragsvorlagen, Ausweise.«

»Ist längst erledigt, *amico*.«

»Während ihr das Geschäft abwickelt, schickt Terra den echten Benson in einen Stau, den Terra durch geschickte Ampelschaltung auf der I-96 verursacht. Das verschafft *euch* die nötige Zeit. Sobald ihr das Geld habt, seht ihr zu, dass ihr da raus kommt. Kyan erwartet euch mit dem Fluchtwagen. Ihr steigt ein und überweist Bensons ehemaligem Kumpel seine Millionen. Und unser Freund Benson steht ohne alles da. Ohne App. Ohne Geld. Schon beeindruckend, wozu Menschen fähig sind, wenn sie Rache wollen, oder?«

Vielleicht bilde ich es mir ein, aber es fühlt sich an, als würde sich Dane neben mir ein wenig verspannen.

East wirft ihm einen bezeichnenden Blick zu. Dann fährt er fort: »Ab dem Punkt sind wir raus. Nach einer Irrfahrt durch die Stadt treffen wir uns hier und ...«

»Und feiern die Party des Jahrtausends«, beschließt Kyan.

»Klingt für mich nach einem vernünftigen Plan.« Auch Milo scheint mit allem einverstanden.

»Gut. Sonst jemand irgendwelche Einwände?«

East sieht alle der Reihe nach an und ich erwarte ganz automatisch, dass Dane etwas auszusetzen hat. Hat er aber nicht. Nach dem kurzen Streit der beiden am Anfang war er die ganze Zeit die Ruhe selbst, was ihn für mich wieder ein Stück undurchschaubarer gemacht hat. Irgendetwas läuft zwischen ihm und East und ich muss ihn in aller Ruhe danach fragen.

»East«, reißt mich Raquel aus meinen Gedanken. »Was mache ich?« Ihre Stimme klingt angespannt.

Wir alle blicken auf und sehen zu ihr herüber. Sie erwidert unsere Blicke und kommt mir dabei ein bisschen vor wie ein Tier, das man in die Enge getrieben hat.

»Ich habe keine Aufgabe«, sagt sie.

»Süße, das liegt daran, dass Dane und ich ganz offiziell zu Lyonex reinmarschieren«, erklärt ihr Lielle. »Wir brauchen diesmal niemanden, der einbricht.«

»Richtig.« East nickt. »Diesmal wollen wir nichts stehlen, sondern ein Geschäft abschließen, darum hast du frei.«

»Natürlich wollen wir was stehlen!« Raquel klingt jetzt noch gereizter.

»Ja«, erkläre ich. »Aber das sind ...«

»Daten«, unterbricht sie mich und funkelt mich an. »Etwas, das da ist, auch wenn ich es nicht sehen kann.« Sie sieht East an, dann wieder mich. »Und dessen Existenz ich nicht verleugnen kann, auch wenn ich gern würde. Schon klar!« Damit wendet sie sich ab und stürmt wutentbrannt aus dem Büro.

Kyan bläst die Backen auf und atmet tief durch.

»Habe noch nie jemanden gesehen, der sich so über ein bisschen Freizeit aufregt«, sagt Milo.

»Sie beruhigt sich schon wieder«, wiegelt Lielle ab.

Einzig East sieht Raquel stumm und sehr nachdenklich hinterher, macht aber keine Anstalten, ihr zu folgen.

Wir sprechen noch ein paar Details durch, dann lösen wir unsere Versammlung für heute auf.

East

Eigentlich habe ich keine Lust, Raquel zu suchen.

Seit Jess wieder da ist, führt sie sich immer häufiger auf wie eine Irre. Aber ich möchte auch nicht, dass sie denkt, sie kann machen, was sie will.

Also laufe ich seit geschlagenen fünfzehn Minuten durchs Haus und verfluche die vielen Räume.

Irgendwo muss sie doch stecken.

Als Letztes steuere ich den Wellnessbereich an. Ich fürchte, dass sie hier ist, hoffe es aber nicht. Wenn sie in ihrem knappen Bikini vor mir herumspringt, wird es schwer, ihr böse zu sein.

Doch das Schwimmbad ist leer.

Bleibt nur noch ein Raum.

Ich seufze und bleibe einen Moment lang ratlos vor der Sauna stehen. Dann trete ich ein.

Raquel liegt auf einer der Holzbänke und hat sich Gott sei Dank ein Handtuch um den Körper gewickelt. Ihre Augen sind auf mich gerichtet und sie schaut mich vorwurfsvoll an. Offenbar hat sie bereits auf mich gewartet.

Ich lasse die Tür offen stehen, weil mich die trockene Hitze schon nach wenigen Augenblicken total verrückt macht. Ich lehne mich in den Türrahmen und bin froh über den vergleichsweise kühlen Luftstrom aus dem Korridor.

»Also?«, frage ich und erwidere ihren anklagenden Blick. »Was ist dein Problem? Warum führst du dich auf wie ein trotziges Kind?«

Raquel macht keine Anstalten, sich hinzusetzen oder mir sonst wie auf Augenhöhe begegnen zu wollen. Langsam geht mir ihre Unterwürfigkeit gehörig gegen den Strich.

»Das weißt du ganz genau«, sagt sie und ihre Stimme klingt, als würde sie jeden Moment anfangen zu heulen.

»Jess.« Ich kann gerade so ein genervtes Stöhnen unterdrücken. Sie weiß doch, dass die Sache zwischen Jess und mir gelaufen ist.

»Du ziehst die Sache jetzt mit ihr durch und ich bin vollkommen unwichtig geworden. Du hast mich durch sie ersetzt.«

Ich schüttle den Kopf und weiß einen Moment lang nicht, was ich sagen soll. Raquel ist eben keine Hackerin, sie wird für den Job nicht gebraucht. Das hat rein gar nichts mit Jess zu tun.

Was soll ich denn machen? Mir extra eine Aufgabe für sie ausdenken, damit sie sich nicht unnütz vorkommt?

»Du machst beim nächsten Mal wieder mit.« Ich zucke mit den Schultern. Sie muss doch nicht aus allem so ein Problem machen.

Endlich setzt sich Raquel auf. Schweiß rinnt über ihren Hals und Tränen laufen über ihre Wangen.

Nicht schon wieder so ein Drama.

»Jetzt wo Jess wieder da ist, bin ich überflüssig, ich verstehe.« Sie zieht die Nase hoch und sieht mich an. Ihre Augen sind knallrot. »Ich dachte, es sei vorbei. Du hast gesagt, dass es vorbei ist ...«

»Und das ist es«, bestätige ich, doch Raquel scheint mir gar nicht zuzuhören.

Immer noch starrt sie mich an, schluchzt erneut und redet einfach weiter: »Ich habe dir alles gegeben. Und jetzt soll das nicht genug sein? Du darfst keinen Rückzieher machen, East. Du darfst sie nicht zurücknehmen. Sonst war alles umsonst.«

Ich sehe immer noch auf sie herunter. »Du übertreibst. Wir haben heute dieses Programm zusammen geschrieben. Das passt dir nicht, schon klar. Und ...« Damit halte ich inne.

Was hat sie gerade gesagt?

»Was meinst du damit, dass sonst alles umsonst war?«

Raquel sieht zu mir auf, stumm und mit tränenverschmiertem Gesicht.

Für einen Moment sieht sie erschrocken aus, als würde ihr selbst gerade erst klar werden, was sie gesagt hat.

Dann erscheint wieder dieses irre Glitzern in ihrem Blick, das ich in letzter Zeit häufiger bei ihr beobachte.

Ich stoße mich von der Tür ab, komme auf sie zu. Auf einmal habe ich ein verdammt mieses Gefühl. »Was hast du getan, Raquel?«

Ich bleibe vor ihr stehen, doch sie gibt mir immer noch keine Antwort.

Sie hockt einfach nur da und blickt zu mir auf, flehend und ängstlich, wie ein geprügelter Hund zu seinem Herrchen.

»Bitte«, flüstert sie.

Sie will, dass ich nicht weiter nachhake. Aber es gibt jetzt kein Zurück mehr. Denn ich fürchte, ich weiß, was sie da gerade angedeutet hat.

Schlagartig fühle ich mich zurückkatapultiert in diese Nacht vor 14 Monaten.

Jess war sauer, weil ihr die letzte wichtige IOTN-Transaktion misslungen war.

Sie wollte allein sein, was selten vorkam.

Ich fuhr sie nach Hause und sah sie im Wohnwagen ihres Vaters verschwinden.

Zwei Stunden später bekam ich einen Anruf von Cyph.

East, wir müssen alles vernichten, was mit dem IOTN-Deal zu tun hat! Sie haben sie verhaftet! Sie haben Jess!

Ich weiß noch genau, wie ich mich fühlte.

Ich erinnere mich daran, dass mein bester Freund mich drei Tage lang einsperren musste, damit ich nicht mit der Glock, die ich in meiner Wohnung hatte, zum Polizeirevier fahren und sie rausholen konnte.

Die Zeit danach war die Hölle.

Mir vorzustellen, wie sie allein in einer U-Haft-Zelle saß. Und dann die Nachricht, dass sie in dieses Camp kommen würde.

Ich wollte nichts, als sie zu retten. Die ganze Gang wollte nichts anderes. Auch Raquel nicht, zumindest tat sie so.

»Was hast du getan?«, frage ich nochmal, so ruhig ich kann. Aber ich höre selbst, dass meine Stimme vor Zorn bebt.

»East ...«

Ich packe ihre Arme und ziehe sie in die Höhe. »Sag es mir!«

Raquel weint jetzt nicht mehr. Stattdessen sieht sie mich an, als hätte sie völlig den Verstand verloren. »Ich wollte doch nur eine Chance, East ...«

»Eine Chance auf was, verdammt nochmal?! Du warst in der Gang, du hattest dasselbe wie wir alle –«

»Die dämliche Gang geht mir am Arsch vorbei!«, spuckt sie mir entgegen, plötzlich wutentbrannt. »Ich wollte nur dich! Ich wollte, dass du siehst, dass Jess nicht die einzige Frau auf dem Planeten ist! Dass ich dich viel besser lieben kann als sie!«

Ich starre fassungslos in ihr tränennasses Gesicht. Mein Herz hämmert von innen gegen meine Rippen wie eine Faust.

Ich weiß es.

Ich weiß genau, worauf dieses Gespräch hinauslaufen wird und kann es doch nicht glauben.

»Ich frage dich ein letztes Mal, Raquel. Was hast du getan?«

»Ich bin ihr gefolgt. An dem Abend«, erwidert sie leise.

Ich packe ihre Arme fester. »Und dann?!«

»Du weißt es doch längst! Ich habe dafür gesorgt, dass sie uns nicht länger im Weg ist! Ich habe gewartet, bis sie sich an den Computer setzt. Ich wusste genau, dass sie es tun würde, dafür kannte ich sie gut genug. Dann habe ich die Bullen gerufen und ihnen gesagt, dass ich weiß, wer seit Tagen Geld bei IOTN abzweigt. Und anschließend habe ich mich im Gebüsch versteckt und gewartet, bis sie sie geholt haben.«

Ich lasse Raquel los. Ihre Worte fühlen sich an wie ein Schlag ins Gesicht.

Sie hat Jess verraten. Sie ist an allem schuld.

Und ich war so verflucht blind.

»East ...« Raquels Stimme hat jetzt wieder einen einschmeichelnden Ton angenommen.

Sie streicht mir über den Arm und ich weiche zurück, als hätte sie mir einen elektrischen Schlag verpasst.

»Fass mich nicht an«, zische ich.

»Ich habe doch die Blicke gesehen, die du mir zugeworfen hast. Du wolltest doch, dass ich sie aus dem Weg schaffe ...«

Was sie da redet, ist vollkommener Unsinn! Früher habe ich nie auch nur einen Gedanken an Raquel verschwendet. Sie war für mich ein Gangmitglied wie Kyan oder Milo, mehr nicht. Dass sie mir jetzt auch noch unterstellt, das hier gewollt zu haben, macht mich umso wütender.

»Sprich nicht weiter«, sage ich mühsam beherrscht.

»East.« Wieder will sie mich anfassen, doch dann zuckt sie erschrocken zurück, als ich mit der Faust aushole.

Aber ich schlage nicht zu. Ich schlage keine Frauen, noch nicht einmal sie. Stattdessen kracht meine Faust gegen die Wand neben sie.

Raquel sinkt in die Knie, als hätte ich sie erwischt.

Ich schließe die Augen. Der Schmerz lenkt mich ab. Ich atme ein paarmal tief durch und versuche, nicht durchzudrehen.

»Verschwinde«, bringe ich dann hervor, auch wenn sich meine Kehle dabei wie zugeschnürt anfühlt. »Hol deine Sachen. Du bist raus.«

Ich sehe zu ihr runter.

Sie hockt noch immer am Boden und stiert zu mir hinauf. Ihr Brustkorb hebt und senkt sich heftig. »Du denkst, du kannst mich einfach rauswerfen? Das kannst du alleine gar nicht entscheiden.«

»Glaub mir, ich kann. Und jetzt geh.« Als sie nicht reagiert, packe ich sie am Arm und zerre sie aus der Sauna.

»East! Lass mich los!«

Ich höre ihr gar nicht zu, sondern nehme sie mit mir die Treppe runter. Ein paarmal gerät sie ins Stolpern, doch sie kommt jedes Mal wieder auf die Füße, und während ich sie in Richtung Tür zerre, dreht sie immer mehr durch.

»Wer war für dich da, als du dieser Schlampe nachgeheult hast? Wer hat dafür gesorgt, dass du nicht dein ganzes Leben wegwirfst? Das war ich, du undankbarer Scheißkerl! Das war ich!«

Ich höre mir ihr Gekreische nicht länger an. Stattdessen reiße ich die Tür auf und stoße sie nach draußen. Sie stolpert ein paar Schritte, fällt auf die Knie und landet auf der Wiese.

»Das kannst du nicht tun, East …«, keucht sie und umklammert das Handtuch um ihren Körper fester. »Das kannst du nicht tun.«

»Du wirst dich hier nie wieder blicken lassen.« Ich deute mit dem Zeigefinger auf sie. »Sehe ich dich noch einmal in der Nähe meiner Gang, mache ich dich fertig!«

Damit knalle ich die Tür zu und auf einmal herrscht Stille.

Ich drehe mich um, starre in die große, leere Eingangshalle und kann kaum glauben, was ich da gerade gehört habe.

Jess hat keinen Fehler gemacht damals. Natürlich nicht, dafür ist sie viel zu gut.

Raquel steckte hinter allem. Sie hat Jess ein ganzes Jahr gestohlen. Sie hat unser Leben versaut. Und sie ist dafür verantwortlich, dass ich …

Dass nie wieder etwas so sein wird, wie es mal war.

Ich sinke an der Tür herunter, starre in die Leere der Villa.

Gott. Wenn sie wüsste, was sie angerichtet hat.

Jess

Ich stehe neben Dane auf der Dachterrasse der Payne-Villa. Gemeinsam sehen wir dem letzten Rest Sonnenlicht dabei zu, wie er hinter den Bäumen versinkt. Von hier oben hat man einen atemberaubenden Blick. Vor uns erstreckt sich ein riesiger Golfplatz, der im verblassenden Licht des Tages golden leuchtet. Dahinter liegt ein kleines Waldstück. Ich schaue dabei zu, wie die Schatten zwischen den Bäumen immer schwärzer werden und lehne mich an Dane.

Er zieht mich enger an sich, drückt seine Lippen gegen meine Schläfe und flüstert: »Sieh genau hin.«

Ich kneife die Augen zusammen und konzentriere mich ganz auf die aufziehende Dunkelheit. Es dauert nicht lange, bis ich das erste gelbe Glimmen sehe.

Unten im Gras, zwischen den Stämmen, leuchtet ein kleiner Punkt.

Dann noch einer. Und noch ein weiterer.

»Hast du das gesehen?«, frage ich und höre selbst, dass ich so aufgeregt klinge wie ein kleines Kind.

Dane zieht mich noch enger an sich und ich spüre sein Lächeln an meiner Haut. »Sieh weiter hin.«

Ich tue, was er verlangt und entdecke jetzt immer mehr Glühwürmchen am Waldrand. Je finsterer es wird, desto mehr leuchtende Punkte sind zu erkennen.

Es dauert nicht lange, dann hat sich der ganze Golfplatz in ein glimmendes Lichtermeer verwandelt.

Der Anblick ist so wunderschön, dass ich spüre, wie meine Augen feucht werden. Eigentlich bin ich nicht so emotional, aber dieser Moment ist perfekt.

Endlich scheint alles in die richtige Richtung zu laufen.

»Das ist wunderschön«, flüstere ich und wende mich Dane zu.

Er sieht zu mir herunter und legt seine Arme um meine Taille. In seinen Augen spiegeln sich tausende goldene Lichter.

Ich sehe ihm einen Moment in die Augen, deren Farbe ich noch immer nicht genau benennen kann. Dann lege ich eine Hand auf seine Wange, stelle mich auf die Zehenspitzen und küsse ihn.

Dane erwidert meinen Kuss so leidenschaftlich, als wäre es der erste.

Ich spüre wieder dieses Kribbeln und bin froh, dass ich mich nach der ganzen Sache mit East noch auf einen Mann einlassen kann.

Als würde er spüren, dass ich mit den Gedanken abdrifte, löst Dane seine Lippen von meinen und mustert mich prüfend.

»Geht es dir gut?«

»Könnte nicht besser sein«, wispere ich und umarme ihn.

»Und was ist mit East? Ich meine –«

»Ssh.« Ich lege Dane einen Finger auf die Lippen. »Vergiss East. Es ist perfekt so, wie es ist.«

Es ist die Wahrheit. Nach dem ganzen Schmerz der letzten Monate fühle ich mich zum ersten Mal wieder richtig gut. Ich blicke der Zukunft optimistisch entgegen und das ist mehr, als ich noch vor einer Woche erwartet hätte.

Ich stelle mich wieder auf die Zehenspitzen und schmiege mich an Danes Schulter.

Er legt seine starken Arme um mich und zieht mich dicht an sich heran.

Ich seufze und will gerade die Augen schließen, als ich aus dem Augenwinkel eine Bewegung wahrnehme. In der Terrassentür steht East.

Er sieht zu mir herüber und statt der so vertraut gewordenen Wut liegt jetzt Schmerz in seinem Blick. Er öffnet den Mund, als wolle er etwas sagen. Dann presst er jedoch die Lippen aufeinander, wendet sich ab und stürmt davon.

Ich sehe ihm nach. Mein Herz rast. In meinen Ohren rauscht das Blut.

Mit einem Mal weiß ich, dass ich mir hier gerade etwas vormache.

So gerne ich es hätte, meine Gefühle für East sind immer noch nicht vollkommen erloschen.

Kapitel 9

‚Speeding Cars'

Dane

»Okay, danke, Lielle.« Ich verabschiede mich und lege auf.

Jess, die neben mir im Wagen sitzt, sieht zu mir herüber. »Was ist los? Warum machst du so ein Gesicht?«

Ich zwinge mich, nicht mehr *so ein Gesicht* zu machen, denn schließlich soll Jess nicht auf die Idee kommen, dass mich irgendetwas mit Raquel verbindet. Ich versuche, gleichgültig zu klingen, als ich sage: »East hat Raquel rausgeworfen. Gestern Nacht hat er sie mit nichts als einem Handtuch am Körper auf die Straße gesetzt.«

Ungläubig sieht Jess mich an. »Er hat was?«

»Wundert dich das?«, hake ich nach. »Ich sage es ja nicht gerne, aber mir war schon vor Monaten klar, dass er langsam, aber sicher den Verstand verliert. Offensichtlich ist es jetzt so weit. Vielleicht sollten wir ihn uns schnappen und zu einem guten Nervenarzt bringen.«

»Red nicht so eine Scheiße«, zischt Jess. Sie klingt verärgert.

Was passt ihr nicht? Dass ihr Ex ausgetickt ist oder dass ich sie darauf hinweise?

»Was denn, Jess?«, frage ich so ruhig wie möglich, auch wenn mich ihre Worte mehr treffen, als sie es sollten. »Er will mich loswerden, er will dich loswerden, jetzt wirft er Raquel raus ... Entweder wird er gerade paranoid oder größenwahnsinnig. Und beides ist nicht gut für die *Black Bones*.«

»Wenn er sie rausgeworfen hat, hatte er sicher einen guten Grund. Hat schon jemand mit East gesprochen? Hat ihn mal jemand danach gefragt?«

Jess lässt nicht locker.

»Soweit ich weiß, nicht. Er ist eine tickende Zeitbombe. Keiner will den Zünder betätigen, bevor wir den Job über die Bühne gebracht haben.«

Und plötzlich kommt mir eine Idee. Mir passte es von Anfang an nicht, dass Jess bei der Testfahrt vom Flughafen aus alleine mit East in einem Auto sitzen wird. Vielleicht habe ich jetzt ein gutes Argument, das zu unterbinden.

»Hey.« Ich greife nach Jess' Hand. »Kannst du gleich mit Cyph fahren? East kann genauso gut vor euch herfahren. So wie er im Moment drauf ist, wäre mir das lieber.«

Jess scheint einen Moment ernsthaft darüber nachzudenken, dann schüttelt sie den Kopf. »Ich brauche East mit mir im Wagen, während ich versuche, die Dummy-App von einem Datenträger zu saugen, den Cyph dabei hat. Cyph fährt vor uns her, ich folge ihm mit East. Wie abgemacht. Glaub mir, es wird keine Probleme geben.«

Jess legt ihre Hand auf mein Bein und ich spüre eine seltsame Wärme in mir aufsteigen, wie immer, wenn sie mich berührt. Tz, das ist echt nicht zu glauben. Wer hätte gedacht, dass mir die kleine Hackerin so ans Herz wächst?

»Du musst dir echt keine Sorgen machen«, sagt sie. »Ich kann auf mich aufpassen.«

Ich nehme ihre Hand von meinem Bein und drücke einen Kuss darauf, um sie anschließend wieder dort abzulegen.

Jess kneift die Augen zusammen und mustert mich einen Moment lang. Sie scheint etwas fragen zu wollen. Dann jedoch kommt die Ausfahrt zum Terminal, sie richtet den Blick nach vorn und fragt doch nicht.

Ich drücke ihre Finger, dann nehme ich beide Hände ans Lenkrad und verringere das Tempo, während ich Ausschau nach Cyph und East halte.

Schön wäre, wenn East seine guten Vorsätze über den Haufen geworfen hätte und doch nicht hier wäre. Doch kaum haben wir das erste Terminalgebäude hinter uns gelassen, entdecke ich seinen schwarzen Ford Mustang gleich hinter Cyphs metallicblauem VW.

Tja, man kriegt nicht immer, was man will. Zumindest nicht sofort.

Aber ich war schon immer jemand, der bereit ist, für seine Ziele zu arbeiten.

East

Was hat dieser Penner schon wieder hier zu suchen?

Ich lehne an der Betonmauer, die den Bereich vor den Terminals vom Rollfeld abgrenzt, und sehe zu, wie Cooper seinen weißen BMW hinter meinem Wagen parkt. Alles an dem Kerl ist einfach schleimig – sein Auto, seine Art, seine Kleidung, sein komischer gestutzter Bart, der aussieht, als hätte er dafür einen eigenen Friseur.

Was will Jess von dem Kerl?

Ich muss fast kotzen, als ich daran denke, wie sie sich gestern Abend gemeinsam die Glühwürmchen angesehen haben. Ich weiß noch, wie mir vor ein paar Monaten aufgefallen ist, dass es in Palmers Wood so viele davon gibt. Ich sah ihnen zu und dachte nur an Jess.

Das war das Problem an der Sache. Egal wie dringend ich sie vergessen wollte, egal wie sehr ich sie hassen wollte. Sie war immer in meinem Kopf.

Und seit ich weiß, was Raquel getan hat, lässt mich ein Gedanke nicht los: Hätte sie diese Scheiße nicht gebaut, hätten Jess und Cooper sich nie kennengelernt. Ich hätte ihn nie in die Gang gelassen. Ich hätte das irgendwie verhindert. Doch zu dem Zeitpunkt war mir leider alles egal.

Ich sehe zu, wie Jess aus dem Wagen steigt und sich gleich wieder hineinbeugt, vermutlich um sich mit einem Kuss zu verabschieden. Heute trägt sie knallenge Jeans, die knapp unter dem Hintern geschlitzt sind.

Einen Moment lang bleibt sie so stehen, scheint noch irgendetwas mit Cooper zu besprechen. Dann richtet sie sich auf, wirft das Haar zurück und dreht sich zu uns um.

Ich versuche, ihren Blick einzufangen, aber sie weicht meinem gekonnt aus. Sie kommt zu uns herüber, begrüßt Cyph mit einer kurzen Umarmung und hält mir die Hand zum Handschlag hin.

Soll das ein Witz sein?

»Was hat so lange gedauert?«, will Cyph wissen.

»Wir hatten noch ein kurzes Gespräch mit den anderen.« Während wir abklatschen, sieht sie mich vielsagend an.

»Wir reden während der Fahrt darüber«, bestimme ich.

Jess blickt Cyph an.

Er hebt die Hände. »Ich weiß schon alles. Absolut richtig, dass sie weg ist. Hoffen wir nur, dass sie uns bei dem Job nicht dazwischenfunkt. Aber ich schätze, dafür ist sie viel zu fertig.«

Während er bereits einsteigt, wendet sich Jess mir zu und sieht mich mit zusammengekniffenen Brauen an. »Ich hoffe, du hast eine gute Erklärung, East. Es ist nicht sehr cool, seine Freundin mitten in der Nacht nur im Handtuch auf die Straße zu werfen. Ihr hätte sonst was passieren können.«

Spöttisch mustere ich sie, dann gehe ich zu meinem Wagen. »In Palmers Wood? Was denn? Dass ihr jemand die Steuern macht? Jetzt steig ein.«

Jess zögert. Ich spüre ihren Blick im Nacken, während ich die Tür öffne und auf der Fahrerseite einsteige.

Ich erinnere mich an diese Nacht in Hudson Mills. Als ich damals in meinen Wagen gestiegen bin, habe ich die ganze Zeit gehofft, dass sie doch noch kommt. Dass sie es sich anders überlegt und es irgendwie über den Zaun geschafft hat. Aber sie kam nicht.

Das Geräusch der Beifahrertür reißt mich aus meinen Erinnerungen.

Jess setzt sich neben mich und für den Bruchteil einer Sekunde fühlt es sich an wie früher.

»Okay, bringen wir es hinter uns. Ich habe heute noch etwas anderes vor«, sagt sie dann und zerstört damit die Illusion.

Wütend starte ich den Motor. Ich kann mir genau vorstellen, was sie meint.

Genau in diesem Moment rollt Coopers Zuhältertraum von einem Auto auf meiner Seite an uns vorbei. Blöd grinsend reckt er den Daumen hoch.

Aus dem Augenwinkel sehe ich, dass Jess die Geste erwidert und ihm dann eine Kusshand zuwirft. Oh Mann.

Ich drücke auf die Hupe. »Jetzt mach den Weg frei, Cooper!«

Er wirft mir ein letztes dämliches Grinsen zu, dann haut er endlich ab. Ich umklammere das Lenkrad und mir schwirren ein paar Worte im Kopf herum, die er vor vielen Jahren mal zu mir gesagt hat: *Es gibt Gewinnertypen und Verlierertypen, East. Ich weiß, auf welcher Seite ich stehe. Die Frage ist, auf welcher willst du stehen?*

Ich denke, ich werde ihm zeigen müssen, auf welcher Seite er wirklich steht. Egal, wie unbedingt er es will – er kann mein Leben nicht haben, er kann meine Gang nicht haben und schon gar nicht Jess.

Jess

Ich klappe den Laptop auf und starte unser Programm. Cyph steigt ein und fährt sofort los.

»Okay«, murmle ich und beginne mich reinzuhacken, während East die Verfolgung aufnimmt. Das hier ist der kritischste Part. Unseren Informationen nach hat Benson ein Pro-Notebook, das er auf all seine Reisen mitnimmt, weil er in jeder freien Minute programmiert.

»Scan läuft.« Unser Programm sucht jetzt nach Daten, die sich auf Cyphs Dummy-Laptop befinden. Wir haben diese Daten vorher eingespeist, sie sind wie ein Fingerabdruck in einer Polizeikartei. Genauso ein Speicherabbild haben wir auch von Benson, wir haben es mit persönlichen Daten und von ihm entwickelten Apps gefüttert, die bereits auf dem Markt sind.

Heute jedoch geht es erstmal um Cyph. Das Wichtige ist, dass wir sein Gerät finden, bevor wir aus dem WLAN-Signal sind. Das Flughafennetz ist unser einziger sicherer Verbindungspunkt. Danach, wenn wir erst durch die Stadt fahren, wechseln die Netze andauernd. Wir steigen dann um auf unser eigenes Funknetz. Aber um das benutzen zu können, muss unser Trojaner erst einmal auf Bensons beziehungsweise Cyphs PC sein.

»Hab ihn«, murmle ich und fange dann an zu tippen. Damit es realistisch ist, hat Cyph seinen PC mit mehreren Firewalls gesichert, die meisten davon ziemlich aggressiv. Zum Glück haben wir East und seine rücksichtslosen Hacks.

Wenn es schnell und nicht unauffällig gehen muss, ist er der Beste. Ich setze unser Programm auf sämtliche Sicherheitssysteme an, befehle Brute-Force-Attacken bei höchstmöglicher Geschwindigkeit.

»Komm schon ...« Einen Moment lang starre ich nur auf den Monitor, dann fange ich an zu lachen. Das ist der Wahnsinn. Ich kann praktisch zusehen, wie Cyphs Sicherheitssysteme eines nach dem anderen zusammenbrechen. »Du hättest das Tool *Walls of Jericho* nennen sollen«, sage ich und halte East die Faust hin. »Ich bin drin!«

Aber er schlägt nicht ein. »Wir müssen über Raquel reden«, sagt er stattdessen.

»Ja, Sekunde, lass mich erst noch sehen, wie es läuft.« Fasziniert sehe ich zu, wie unser Programm die Dummy-App zu saugen beginnt. Ich blicke auf. Der Flughafen ist noch in Sichtweite. Wenn es am Montag auch so verdammt schnell geht, sind wir fertig, bevor Benson auch nur in die Nähe seines Ziels kommt.

»Sie war es, Jess. Sie hat dich damals an die Bullen verpfiffen.«

Je eher wir die App an Dane und Lielle weitergeben, desto schneller werden die beiden das Geschäft abgeschlossen haben. Benson hat um Barzahlung gebeten, weil er seinem ehemaligen Programmiererfreund nicht traut. Einfacher geht –

Moment.

Langsam dringen Easts Worte zu mir durch und ich sehe zu ihm herüber. »Sie hat was?«, frage ich leise.

East sieht nach vorn. Auch wenn der Moment unpassender nicht sein könnte, fällt mir auf, wie verflucht attraktiv sein Profil ist. Sein scharf geschnittener Kiefer, seine gerade Nase, das dunkle Haar, das immer genau die richtige Länge hat, auch wenn ich ihn nie zum Friseur gehen sehe.

»Sie hat was?!«, wiederhole ich und höre selbst, dass ich ein wenig schrill klinge.

»Sie hat geahnt, dass du es nochmal versuchen würdest und die Bullen benachrichtigt.« Seine Hände umklammern das Lenkrad so fest, dass seine Knöchel weiß hervortreten. Ich sehe, dass sie an der rechten Hand rot und teils aufgeplatzt sind. Mit wem hat er sich jetzt wieder geschlagen? Er wird doch nicht Raquel ... Nein. Das würde er nicht tun.

»Ist das die Wahrheit, East?«

»Ja, sie hat es gestern Abend zugegeben.«

»Du ... du sagst das nicht nur ... Das ist kein Trick, oder so?«

East blickt zu mir herüber. Seine dunkelblauen Augen brennen vor Zorn. »Natürlich nicht! Sie ist an allem schuld, Jess! Wegen ihr wurdest du eingesperrt und ...«

Er spricht nicht weiter, sondern richtet seinen Blick wieder auf die Straße. Ich weiß genau, was er sagen will. Wegen ihr wurden wir getrennt, wegen ihr hat er überhaupt erst diesen Fluchtplan aufgestellt.

Wegen ihr kam ich in die Situation, mich zwischen einer Zukunft mit East und der Sicherheit meines Bruders entscheiden zu müssen.

Nein. Falsch.

Ich presse für einen Moment die Lippen aufeinander, versuche, den Schock über seine Enthüllung zu überwinden und klar zu denken.

Gehen wir davon aus, dass es stimmt, was er sagt. Wenn Raquel uns beide entzweit hat – dann bedeutet das noch lange nicht, dass uns die Wahrheit wieder zusammenschweißen wird.

»Okay«, sage ich, wenn auch mit leicht zittriger Stimme, und wende mich wieder dem Laptop zu. »Danke, dass du sie rausgeworfen hast. Aber an der Vergangenheit ändert das auch nichts mehr.«

East blickt zu mir herüber. »Ist das dein Ernst? Das ändert eine Menge!«

»Nein, tut es nicht!«, fahre ich ihn an. Ich wollte dieses Gespräch nicht führen, aber bitte, wenn er es unbedingt haben will: »Es ist doch völlig egal, weswegen oder wegen wem ich eingesperrt wurde! Du hast mich im Stich gelassen, East. Du hast mich in diesem beschissenen Bootcamp hängenlassen! Weißt du eigentlich, wie verflucht hart die Zeit dort war? Aber die ersten vier Wochen über habe ich es irgendwie gepackt, weil ich wusste, dass du da draußen auf mich wartest! Und das hast du mir weggenommen, kapierst du das? Ich hatte nichts mehr. Ich hatte elf Monate Liebeskummer wegen dir, Arschloch; nur wegen deinem verdammten Ego! Das kannst du nicht rückgängig machen. Das kannst du nicht wiedergutmachen, indem du die Schuld jemand anderem zuschiebst! Du wolltest mich nicht mehr, also leb jetzt damit, dass ich dich auch nicht mehr will.«

Ich sehe ihm an, dass meine Worte ihn treffen wie Ohrfeigen.

Klar, sie treffen mich ja selber. Weil sie nicht wahr sind. Er fehlt mir. Aber ich habe einen Lichtblick. Er mag seine Beziehung mit Raquel an die Wand gefahren haben, aber mir wird das mit Dane nicht passieren. Ich werde dafür sorgen, dass unsere Gefühle füreinander wachsen und dass ich mich mit ihm irgendwann genauso vollständig fühle wie mit East. Dass er zu meiner zweiten Hälfte wird.

»Willst du die Wahrheit über deinen tollen Dane Cooper hören?«, fragt East, während er sich mit einem Ruck auf die I-94 einfädelt.

»Ach, über den hast du auch ein paar Enthüllungen auf Lager? Wie praktisch!«, schleudere ich ihm entgegen.

»Als ich fünfzehn war, wollte ich mich den *F.O.G.S.* drüben in Windsor anschließen«, erzählt er unbeirrt. »Ich bestand ihre Tests ohne Schwierigkeiten. Ich war gut. Sie wollten einen Hacker und allen war klar, dass ich die Gang auf ein ganz neues Level heben kann. Aber einem Mitglied passte das nicht. Dane Cooper, der zu dem Zeitpunkt selbst dabei war, sich bei den *F.O.G.S.* hochzuarbeiten. Also hat er mich gelinkt.«

»Oh, ja sicher, er hat ...«

»Hör mir verdammt nochmal zu!«, fährt East mich mit heiserer Stimme an und donnert seine Faust gegen das Lenkrad.

Wie sehr ich ihm gerade gönnen würde, dass der Airbag losgeht.

Trotzig halte ich seinem Blick stand, dann wende ich mich wieder dem PC zu. Doch East lässt mich nicht. Er packt mein Kinn, dreht mein Gesicht zu sich und konzentriert sich nicht halb so sehr auf den dichten Verkehr, wie er sollte.

»Er hat mich zu einem Treffen gerufen. Es sollte ein letztes Gespräch werden, bevor ich aufgenommen werde. Er wollte alles wissen. Wieso ich Teil der Gang werden will. Was ich zu tun bereit bin. Ich erzählte es ihm. Ich war nicht misstrauisch. Ich war 15, verdammte Scheiße! Doch Cooper schnitt das ganze Gespräch mit, gab sich als verdeckter Ermittler aus und legte es meinem Dad vor. Der war außer sich, wie du dir vorstellen kannst. Das war der Auslöser, mich auf dieses Internat zu schicken. Zuerst wurde mein Vater mich dorthin los, dann ließ er die *F.O.G.S.* hochgehen. Als ich nach einer Woche wiederkam, hatte ich gar nichts mehr. Kein Zuhause, keine Gang. Und das alles nur, weil Cooper es nicht verkraftet hat, dass ich dabei war, ihm seine Stellung abzujagen. Wer hat jetzt ein Problem mit seinem Ego, Jess?«

Noch einen Moment lang sehe ich ihn an, halte seinem stechenden Blick stand. Dann reiße ich mich von ihm los. »Lass mich damit in Ruhe, East. Mir ist egal, was früher zwischen dir und Dane war.«

Das meine ich ernst. Wenn es stimmt, was East sagt – wenn! –, dann war das damals natürlich nicht korrekt von Dane. Aber was will er jetzt von mir hören? Wir machen alle Fehler. Und wir alle tun Dinge, die moralisch nicht richtig sind. Vermutlich waren die *F.O.G.S.* für Dane damals genauso ein Lichtblick, wie es die *Bones* später für uns alle waren – denn wer schon auf der Sonnenseite des Lebens steht, geht in keine Gang. Ich werde Dane jetzt nicht verurteilen, nur weil East das gerne hätte.

»Hörst du mir überhaupt zu?« Ich spüre seinen fassungslosen Blick auf mir. »Cooper hat die *F.O.G.S.* verraten, nur um mir eins auszuwischen! Und so jemandem vertraust du?«

Okay. Wenn er es ums Verrecken nicht gut sein lassen kann, muss ich wohl deutlicher werden. Noch einmal sehe ich vom Laptop auf, wenn auch mit wild klopfendem Herzen.

»Ich habe nicht gesagt, dass ich ihm vertraue. Aber mit Sicherheit traue ich ihm mehr als dir. Denn während du nach meiner Rückkehr nichts Besseres zu tun hattest, als beleidigt zu spielen, mich zu beschimpfen und meine beste Freundin zu vögeln, war er für mich da. Und weißt du was? Du hast richtig vermutet: Ich habe mit ihm geschlafen. Ich habe eine ganze Nacht mit ihm verbracht und es werden noch viele solcher Nächte folgen. Daran kannst du nicht das Geringste ändern. Also gib verdammt nochmal endlich Ruhe!«

Meine Worte machen ihn wütend – noch wütender, als er ohnehin schon ist. Ich kann sehen, wie seine Kiefer mahlen und wie die Muskeln an seinen Armen hervortreten, als er das Lenkrad noch fester umklammert. Aber von mir aus kann er das ganze Auto in Stücke schlagen. Das ändert jetzt auch nichts mehr.

Ich schüttle den Kopf, dann fokussiere ich mich endgültig auf den Bildschirm. So aufgewühlt, wie ich mich fühle, fällt mir das alles andere als leicht. Aber dieser Job darf nicht scheitern, nur weil East mich gerade unbedingt in ein riesiges Gefühlschaos stürzen muss.

Also gut, Jess. Konzentrier dich. Ich sehe mir den Downloadfortschritt an. 35 Prozent. Das heißt, die Verbindung ist ganz gut.

»Fahr noch etwas näher ran.« Ich kontrolliere, ob die Abwehrsysteme von Cyphs PC immer noch lahmgelegt sind. Dann sehe ich nochmal auf den Fortschritt. 36.

Das geht zu langsam.

»Wir müssen näher ran«, sage ich.

Und dann bricht die Verbindung ab.

»Näher ran, East!«

Die Verbindung ist für einen Moment wieder da, der Download geht weiter, wie ich an einem grünen Balken auf dem Monitor erkenne. Doch nach gerade mal ein paar Kilobyte fliegen wir wieder raus.

»So wird das nichts. Fahr näher ran.«

Erst jetzt fällt mir auf, dass er mir nicht antwortet. Schon seit einer ganzen Weile nicht. Ich spüre, wie er das Lenkrad herumreißt, sehe auf und erkenne, dass er sich nicht wie vereinbart auf der E-39 Richtung Stadtzentrum einreiht, sondern in entgegengesetzter Richtung. Runter zum Braverman Park.

»Was soll das werden?«, frage ich. »Das ist nicht unsere Route.«

Noch immer sagt East nichts. Stattdessen tritt er aufs Gas und der Mustang gewinnt auf der überfüllten Hauptstraße plötzlich an Geschwindigkeit.

»East!« Entsetzt sehe ich nach vorne. Der Berufsverkehr ist um diese Zeit nicht in vollem Gange, aber trotzdem ist es viel zu voll für dieses Tempo!

Ich blicke rüber auf den Tacho. 90 Meilen.

Dann 110.

120.

»East!« Halt an!«

Ruckartig zieht er rüber auf die rechte Spur, um einem Van auszuweichen, dann geht es genauso ruckartig wieder auf die linke.

Ich halte mich am Türgriff fest, um nicht auf meinem Sitz herumgeschleudert zu werden. »Du musst bremsen! Sofort!«

Doch stattdessen wird er noch schneller, und dann verlangt er: »Sag mir, dass du ihn liebst und nicht mich. Sag es so, dass ich es glaube. Dann halte ich an.«

Ich soll was?

Augenblicklich spüre ich, wie meine Kehle sich zuschnürt, als mir klar wird, was er hier tut. Mein Puls rast, Adrenalin schießt in meine Venen. Links und rechts zischen Autos, Geschäfte, Wohnhäuser an uns vorbei. Fußgänger, die stehenbleiben und den pechschwarzen Mustang anglotzen, der zwischen den anderen Wagen hindurchfegt, als wäre er auf der Flucht.

»Sag es«, fordert East.

Meine Lippen sind trocken, meine Hand klammert sich an den Haltegriff. Ich starre nach vorn, auf die Autos, die alle viel langsamer sind als wir. Es scheint, als müsse East in jeder Sekunde einem neuen Wagen ausweichen und jedes Mal, wenn er das Lenkrad herumreißt, erwarte ich, dass es diesmal nicht passt, dass es eine Kollision gibt. Dass wir entweder an einem anderen Auto oder an der Leitplanke zerschellen. Dass wir hier in Easts Auto gemeinsam sterben.

Doch er ist ein guter Fahrer. War er schon immer.

Wieder sehe ich herüber zum Tacho.

150. Das ist Wahnsinn.

»East«, keuche ich. »Halt den Wagen an.«

»Sag es und ich halte an«, wiederholt er.

Ich schlucke, versuche, einen Satz zu formulieren, irgendetwas, das er glauben wird. Aber das Problem ist, dass ich ihm nicht glaubhaft erklären kann, dass ich Dane und nicht ihn liebe – weil es nicht wahr ist.

Gott, Jess, dann sag ihm das, verflucht nochmal! Das ist es doch, was er eigentlich hören will! Sag ihm die Wahrheit!

Aber das kann ich ebenfalls nicht. Alles, was zwischen uns war, alles, was wir füreinander waren – ich werde das nicht auf diese Art beschmutzen.

»Schön, dann zieh das halt durch! Ras von mir aus runter bis nach Cleveland, wenn du meinst, dass uns das weiterhilft, du irrer Scheißtyp! Dein Tank wird nicht ewig halten!«

»Das muss er auch nicht«, zischt East. Und dann, kurz vor Ecorse, reißt er das Lenkrad abermals herum, um einem LKW auszuweichen, und verlässt die Hauptstraße Richtung Southfield Road.

Automatisch halte ich den Laptop fest, als der Mustang auf die unebene Nebenstraße ruckelt. East denkt gar nicht daran, vom Gas zu gehen.

Wir sind jetzt bei 170.

Gepflegte Wohnhäuser ziehen vorüber wie Bilder in einem Daumenkino. In den Vorgärten spielen Kinder, ihre Köpfe drehen sich synchron in unsere Richtung.

»Was hast du vor?«, frage ich gepresst.

»Letzte Chance, Jess. Sag mir, was du tatsächlich fühlst und ich halte an.«

Wir schießen über eine Kreuzung. Wieder Wohnhäuser. Noch eine Kreuzung. Und dann wird mir klar, worauf wir zurasen.

Direkt vor uns, vielleicht noch drei Blocks entfernt, befindet sich der Detroit River, die natürliche Grenze zwischen Detroit und Windsor.

Nein. Das wird er nicht tun.

»East ...«

Noch mehr Gas. Na klar, 800 PS geben einiges her.

Die Tachonadel schießt auf über 180.

»Sag mir die Wahrheit, Jess.«

Jetzt sehe ich das Ufer. Es gibt dort unten keine Mauer und auch kein Gebäude, nur eine Grünfläche, einen Zaun und dahinter das Wasser. Wir werden in diesem Wagen ertrinken!

»Sag mir die verdammte Wahrheit!«

Ich starre runter aufs Wasser. Die Sonne bricht sich an der Oberfläche und macht den Fluss zu einer glitzernden Fläche. Ich muss an gestern Abend denken. Die Glühwürmchen. Aber nicht daran, wie Dane und ich uns dort auf dem Balkon küssten. Sondern daran, wie East uns angesehen hat.

»Halt an.«

Er reagiert nicht. Das Wasser kommt näher.

»Halt an!«

Wir rasen über die letzte Kreuzung vor dem Grünstreifen. Hinter uns quietschen Bremsen, das wütende Hupen eines anderen Wagens ertönt.

Easts Hände halten das Lenkrad so fest, dass seine aufgeplatzten Fingerknöchel wieder anfangen zu bluten. Mein Blick fällt auf eine Totenkopftätowierung auf seinem Handrücken.

Ich will nicht sterben und ich will nicht, dass er stirbt. Nicht hier. Nicht heute.

Der Wagen rumpelt auf die Rasenfläche und ich weiß, dass ich handeln muss.

Ich zwinge mich, sowohl Haltegriff als auch Laptop loszulassen. Stemme mich gegen die Geschwindigkeit, beuge mich zu East herüber und greife nach seinem Arm, um das Lenkrad herumzureißen.

Doch kaum berühren meine Finger seine Haut, steigt er mit voller Kraft in die Eisen.

Wir werden beide nach vorn gedrückt. Der Wagen protestiert, die Bremsen kreischen. Grasfetzen sprenkeln die Windschutzscheibe.

Dann, vielleicht zwei Meter vor dem Zaun, den wir mühelos durchbrochen hätten, kommen wir zum Stehen.

Ich starre nach draußen. Da ist kein Blut mehr in meinen Venen, nur noch Adrenalin. Mein Herz rast noch schneller als das Auto eben. Ich zwinge mich zu atmen. Spüre, wie mein Entsetzen zu Wut wird.

Und frage: »Was. Zur. Hölle. Ist. Mit. Deinem. Verstand. Passiert. Easton. Payne?!«

East sagt einen Moment lang gar nichts. Dann flüstert er, so heiser, als würde ihn jemand würgen: »Ich wollte einfach nur etwas Wahres hören.«

»Warum von mir?«, fahre ich ihn an.

»Weil mein ganzes Leben zu einer beschissenen Lüge geworden ist und du das Letzte bist, was echt ist!«

Er sieht mich an. Seine Augen sind gerötet und Tränen stehen darin. Meine Wut fängt an zu bröckeln. So habe ich ihn noch nie erlebt.

»Vielleicht solltest du mir erstmal die Wahrheit sagen«, fordere ich.

»Du willst die Wahrheit?« Noch immer bekommt er keinen Ton heraus und beim nächsten Satz ist seine Stimme kaum noch mehr als ein Flüstern. »Ich bin nicht mehr der, den du mal kanntest. Ich habe ein Leben auf dem Gewissen. Jemand ist gestorben wegen mir. Jetzt du, Jess. Liebst du Dane Cooper – oder einen Mörder? He?«

Eine weitere Sekunde lang bohrt sich sein Blick in meinen, so tief, dass ich es bis in mein Herz spüren kann. Dann löst er den Gurt, steigt aus und wirft die Tür hinter sich zu.

Kapitel 10
‚Church'

Jess

Sobald meine Finger aufgehört haben zu zittern, rutsche ich rüber auf den Fahrersitz. Ich setze zurück und parke den Mustang am Straßenrand. Anschließend verstaue ich den Laptop unter dem Sitz, steige aus und schließe den Wagen ab.

Dann nehme ich mir einen Moment, um mich zu beruhigen. Zumindest versuche ich das. Aber ich kann nicht.

East soll ein Mörder sein?

Das kann ich nicht glauben.

Sicher, er ist nie einer Konfrontation aus dem Weg gegangen. Oft genug musste ich ihn zurückhalten, wenn es Ärger mit einer anderen Gang gab oder mich irgendein Typ angebaggert hat.

Aber jemanden umbringen? Nein. Das kann ich mir nicht vorstellen. Doch warum sollte er so etwas behaupten, wenn es nicht wahr wäre?

Ich werde es nicht herausfinden, indem ich weiter hier herumstehe.

Also atme ich tief durch, sehe auf meinem Handy nach, ob mein Fußfessel-Tool diesen Trip unbeschadet überstanden hat, und mache mich auf die Suche.

Er ist runter zum Fluss gegangen.

Seufzend klettere ich durch eine Lücke im Zaun, ratsche mir den Oberarm an einem Stück herausstehendem Draht auf und fluche lautlos. Ich wende mich dem Ufer zu, das hier unten mit Gestrüpp zugewuchert ist, und kämpfe mich durch das Grün. Dann sehe ich mich um.

Lange suchen muss ich nicht. Vielleicht zwanzig Meter rechts von mir gibt es einen alten Bootssteg. Manche der Planken sind bereits gebrochen, was East aber anscheinend nicht aufgehalten hat. Ganz vorne sitzt er und starrt aufs Wasser.

Der Kontrast zwischen seinen dunklen Sachen und dem vom Sonnenlicht funkelnden Fluss könnte nicht größer sein. Wie ein schwarzes Loch in einem Sternenmeer.

Einen Moment beobachte ich ihn, wie er reglos dasitzt.

Will ich die Wahrheit wirklich wissen? Ich muss.

Also setze ich mich in Bewegung.

East reagiert nicht, als das Geäst unter meinen Sohlen knackt. Auch nicht, als ich über die verbliebenen Holzbohlen auf ihn zu balanciere.

Erst als ich mich neben ihn setze und die Beine vom Steg baumeln lasse, sagt er: »Du weißt, dass ich dir niemals wehtun würde.«

Ich antworte nicht, stattdessen blicke ich runter auf unsere Reflexion im Wasser.

Ich sehe mir seine breiten Schultern und mein offenes Haar an. Seine und meine Boots. Unsere Hände, die irgendwie falsch aussehen, wenn sie nicht ineinander verschränkt sind.

»Ich wusste von Anfang an, dass ich rechtzeitig bremsen würde«, sagt East.

»Du hättest vorher einen Unfall bauen können.«

»Nein. Nicht mit dir im Wagen.«

Das Verrückte ist, dass ich ihm glaube. Und gleichzeitig will ich eigentlich gar nicht darüber nachdenken, was ich ihm noch bedeute und was er mir noch bedeutet. Ich wollte doch nach vorn sehen.

Aber als seine tätowierten Finger nach meiner Hand greifen, wehre ich mich nicht.

»Sag mir, was passiert ist, East. Erzähl es mir.«

East sieht mich nicht an. Er blickt runter ins Wasser. Seine Finger sind eisig, obwohl die Sonne auf uns herab strahlt.

Zum ersten Mal, seit ich wieder da bin, ist seine Feindseligkeit voll und ganz verschwunden. Er wirkt nicht wütend. Ihn quält etwas, das spüre ich genau. Er will sich etwas von der Seele reden und ich bin die Einzige, bei der er das kann. Theoretisch. Wäre da nicht dieser ganze Mist zwischen uns gewesen.

Doch für den Moment ist mir das alles egal. Ich kann es einfach nicht ertragen, ihn so zu sehen.

»Wessen Leben hast du auf dem Gewissen, Babe?«, frage ich leise.

Noch eine Sekunde herrscht Stille zwischen uns. Schweigend sitzen wir da, umgeben vom Plätschern des Wassers und dem fernen Rauschen des Verkehrs.

Dann sagt East: »Das meines Vaters.«

Detroit, Michigan
Zehn Monate und drei Wochen zuvor

East

Es gefällt mir nicht, bei meinem Alten angekrochen zu kommen. Aber ich habe keine Wahl. Eine Woche ist es jetzt her, dass ich bei Jess in Hudson Mills war.

Ich habe ihr Zeit gegeben, es sich anders zu überlegen und ich weiß, dass sie in dem Fall einen Weg gefunden hätte, sich bei mir zu melden. Doch das hat sie nicht.

Eine Flucht kommt für sie offenbar nicht infrage. Und für mich ist es keine Option, sie ein Jahr im Camp sitzen zu lassen. Also muss ich einen anderen Weg finden, sie wieder zu mir zu holen. Ich werde mit Sicherheit nicht zulassen, dass sie Jess einfach auslöschen.

Ich weiß, was an solchen Orten wie diesem Bootcamp abgeht.

Eine einzige Woche war ich damals im Internat und habe genug gebrochene Persönlichkeiten gesehen, um zu wissen, wozu Menschen gemacht werden, wenn man ihnen die Kontrolle über sich selbst nimmt.

Ich will nicht, dass Jess so endet.

Und darum bin ich mir auch nicht zu schade, das hier zu tun.

Ich trete unter das Vordach, drücke auf den Klingelknopf und warte.

Zuerst bleibt alles still im Haus. Dann höre ich Schritte und etwas, das nach einem Gehstock klingt. Anschließend öffnet mein Vater die Tür.

Er ist alt geworden, seine Haltung ist gebeugt. Klar, er war schon Ende vierzig, als ich geboren wurde.

Einen Moment lang mustert er mich, als wäre ich ein Fremder. Dann fragt er mit brüchiger Stimme: »Easton? Bist du das?«

Ich gebe ihm keine Antwort, denn ich weiß, dass er mich erkennt. »Kann ich reinkommen?«

Mein Vater richtet sich auf, presst die schmalen Lippen aufeinander und forscht in meinem Blick nach etwas, das er darin ganz sicher nicht finden wird: Reue.

Dann jedoch gibt er ein resigniertes Geräusch von sich. »Warum nicht?« Damit geht er zur Seite und lässt mich rein.

Ich betrete das Haus und es riecht genau wie früher. Nach Bohnerwachs, Holz und Zigarrenrauch.

»Komm mit. Setzen wir uns in den Salon.«

Mein Vater tritt an mir vorbei und kämpft sich, auf seinen Stock gestützt, ins Wohnzimmer.

Ich folge ihm und sehe zu, wie er auf dem Sofa Platz nimmt, das riesig ist, sich in dem großen Raum aber verliert. Draußen ist es dunkel, hier drinnen brennt der Kronleuchter an der Decke. Klassische Musik läuft. Auf dem

Tisch vor meinem Vater liegt ein Tablet mit Bauzeichnungen.

»Setz dich.«

Ich setze mich auf den Sessel ihm gegenüber.

Er greift nach seinem Stift und für einen Moment glaube ich, dass er einfach weiterzeichnen wird, als wäre ich gar nicht aufgetaucht. Dann jedoch lehnt er sich zurück, dreht den Stift in den Fingern und fragt: »Wie ist es dir ergangen?«

»Gut«, sage ich.

»Was machst du so?«

»Was mit Computern.«

Er lächelt dünn. »Hast du doch noch einen Abschluss gemacht? Studiert?«

Ich schüttle den Kopf und das Lächeln verschwindet sofort wieder. Fast muss ich lachen.

Was hat er denn geglaubt?

»Nach deinem Rauswurf habe ich an Orten gepennt, an die andere nicht mal pissen würden. Du kannst froh sein, dass ich noch lebe. Also wundere dich gefälligst nicht, dass ich nicht nach Harvard gegangen bin.«

Mein Vater deutet mit dem Stift auf mich wie mit einem Dartpfeil. »Ich werde mich dafür nicht entschuldigen. Ich wollte dir nur helfen. Manchmal muss man die Menschen, die man liebt, dafür fallenlassen.«

»Spar dir das«, erwidere ich. »Ich will deine Entschuldigungen auch gar nicht. Du kannst mir jetzt helfen.«

Stumm blickt er mich an. Blinzelt. Dann sinkt er ein Stück weit in sich zusammen und legt den Stift zurück auf den Tisch. »Ich will dir was sagen, Easton. Ich habe sehr lange auf dieses Gespräch gewartet. Habe mir vorgestellt, was es schließlich sein würde, das dich wieder zu mir treibt.

Und eines ist mir dabei von Anfang an klar gewesen. Du würdest nur kommen, wenn du irgendetwas willst oder brauchst. So warst du schon immer. Ein egoistischer –«

»Es geht nicht um mich«, unterbreche ich ihn. »Es geht um meine Freundin. Um die Frau, die ich liebe. Sie ist verhaftet worden. Und du wirst mir helfen, sie zu befreien.«

Meinen ursprünglichen Plan, zumindest höflich zu sein, habe ich in dem Moment verworfen, als er mich einen Egoisten nannte. Keine Ahnung, was ich mir gedacht habe. Dass er vielleicht altersmilde geworden ist? Ich bin jedenfalls froh, dass ich nicht ohne einen Plan B hier aufgetaucht bin. Und der wird jetzt zum Einsatz kommen.

Ich sehe ihn an. Er hat die Arme auf den Sofalehnen abgelegt und lächelt süffisant. Für einen Moment scheint seine Gebrechlichkeit vergessen und er ist wieder ganz der Alte.

»Lass mich das zusammenfassen. Mein krimineller Sohn taucht nach Jahren bei mir auf und verlangt, dass ich seine ebenfalls kriminelle Freundin aus dem Knast hole.«

»Nicht aus dem Knast. Aus dem Camp in Hudson Mills.«

»Und wie soll ich das bitte anstellen? Ich bin Architekt, kein Anwalt.«

Sein letztes Wort geht in heillosem Krach unter, als ich alles vom Tisch fege, was sich darauf befindet. »Stell dich nicht blöder, als du bist!« Ich springe auf und deute auf ihn. »Du hast jahrzehntelang mit diesen ganzen Arschlöchern Golf gespielt! Mit dem Oberstaatsanwalt und dem obersten Richter! Der Polizeipräsident war auch in deinem elitären Scheiß-Club! Du hast sogar sein Haus entworfen, also tu jetzt nicht so, als könntest du nichts für meine Freundin tun!«

Mein Vater sieht zu mir auf und sein Lächeln wird noch spöttischer. »Ganz der Alte, wie ich schon sagte.«

Schwer atmend erwidere ich seinen Blick. Sieht er nicht, dass diese Scheiße mich umbringt? Nicht zu wissen, wie es Jess geht? Nicht zu wissen, was die gerade mit ihr anstellen?

»Was kommt als Nächstes, Easton? Willst du die ganze Einrichtung kurz und klein schlagen? Denkst du, das hilft dir? Glaubst du, wenn du das tust, empfinde ich auf einmal Mitleid für dich oder deine Freundin, die ich nicht kenne, die ihre Strafe aber ganz sicher verdient hat?«

»Du weißt nicht das Geringste über sie«, presse ich mühsam beherrscht hervor.

»Doch, glaub mir. Wenn ich dich so ansehe, weiß ich genug über sie. Und jetzt verlass bitte mein Haus. Vielleicht braucht es weitere zehn Jahre, bis ein ehrenwerter Mann aus dir geworden ist – dann kannst du wiederkommen.«

Noch einen Moment lang starre ich ihn an. Dann höre ich mich selbst lachen und mache ein paar Schritte durch den Raum. »Ich weiß echt nicht, was ich mir gedacht habe.«

»Nein, ich auch nicht«, gibt mein Vater trocken zurück.

»Weißt du, für einen Moment habe ich geglaubt ...« Ich schüttle den Kopf und rede nicht weiter. Es bringt ja doch nichts. Stattdessen hole ich mein Handy aus der Tasche und entriegle das Display.

»Falls du mir deine Nummer dalassen willst, ich verzichte.«

»Du arroganter Dreckskerl wirst gleich sehen, was ich dir dalasse.«

»Wie ich sehe, bist du immer noch nicht imstande, Respekt zu zeigen. Ich hätte dich mit härterer Hand erziehen sollen.«

Ich drehe mich zu ihm um und er verstummt, scheint zu erwarten, dass ich ihm eine ernsthafte Antwort darauf gebe.

Stattdessen sage ich: »Du hörst mir jetzt gut zu. Mir ist es vollkommen egal, was du über meine Freundin denkst – du wirst ihr helfen. Du wirst deine alten Freunde anrufen und dafür sorgen, dass ihre Strafe in Bewährung geändert wird. Sie hat einen kleinen Bruder, den sie praktisch alleine großzieht, damit lässt sich das ganz einfach begründen. Ich weiß, dass nur ein paar Unterschriften nötig sind und von deiner Seite sogar nur zwei, drei Anrufe. Die wirst du machen. Binnen der nächsten 24 Stunden. Oder ich vernichte dich.«

Das Lächeln meines Vaters gefriert. »Du vernichtest mich, so. Und was willst du tun? Mich umbringen?«

Ich schüttle den Kopf. »Drei Dinge. Erstens: Ich weiß, dass du gerade an einem großen Auftrag arbeitest. Der Restaurierung des alten Bahnhofs. Ich werde die Entwürfe in deinem Firmennetzwerk zerstören, genau wie alles andere, was auf diesen Servern liegt. Zweitens: Ich räume deine Firmenkonten. Und drittens: Ich gebe die hübsche Privatpornosammlung auf deinem Rechner an deine Kunden weiter. Was die wohl sagen werden, wenn sie sehen, dass du es mit einer ...«

»Das reicht!« Das Lächeln ist jetzt verschwunden. Das Gesicht meines Vaters ist zu einer hasserfüllten Maske geworden und er starrt mich an, als würde er mich am liebsten in Stücke reißen. »Du bluffst doch nur«, schleudert er mir entgegen. »Du denkst, du kannst mir irgendwas? Das werden wir ja noch sehen!«

»Ja, werden wir«, gebe ich zurück, tippe auf mein Smartphone – und dann wird es um uns herum dunkel.

Dunkel und vollkommen still.

Das Licht ist aus. Die Musik ist aus. Genau wie das Tablet.

»Was, verflucht, ist das?«, fragt die gepresste Stimme meines Vaters.

»Ein Blackout. Alle elektronischen Geräte im Umkreis von 500 Metern sind für die nächste Stunde abgeschaltet. Sowas mache ich nebenbei mit einem Knopfdruck. Jetzt kannst du dir denken, was ich zu tun imstande bin, wenn du dich weiter weigerst, mir zu helfen.«

Er schweigt. Aber ich weiß genau, dass er mir verdammt gut zuhört.

»Ich gebe dir Zeit bis morgen Abend. Rufst du die Bullen oder sprichst mit sonst irgendwem, passiert dasselbe, wie wenn du bei deinem Nein bleibst. Wenn ich mich das nächste Mal bei dir melde, sagst du also besser Ja.«

Damit wende ich mich ab und verlasse das Haus.

Ich bin mir sicher, dass es nicht lange dauern wird, bis er seine Meinung ändert.

Tess

»Am nächsten Tag bekam ich einen Anruf«, erzählt East weiter. »Aber nicht von meinem Vater, sondern von seinem Notar, der mir sagte, dass er gestorben sei. Ein Herzinfarkt. Die Haushälterin hatte ihn gefunden. Auf dem Boden, mit dem Telefonhörer in der Hand. Aber er konnte keine Hilfe rufen, weil ...«

Er bricht ab, ich höre ihn schlucken.

»Weil du den Strom abgestellt hattest«, sage ich leise.

»Den Strom. Das Handy. Alles, worauf ich zugreifen konnte. Ich habe im Prinzip dasselbe getan wie vorher in Hudson Mills. Nur diesmal ...«

Wieder spricht er einen Moment lang nicht weiter. Ich blicke zu ihm herüber. Während ich nach den richtigen Worten suche, streiche ich mit den Fingern über das tiefschwarze Kreuz auf seinem Unterarm.

»Er war kein guter Mensch«, beginne ich schließlich.

East schüttelt den Kopf. »So einen Tod hat niemand verdient.«

Ich drücke seine Hand, denke über seine Worte nach, muss diese Geschichte erst einmal verkraften. Dann wende ich mich ihm zu, nehme sein Gesicht in die Hände und drehe es zu mir.

Seine Augen sind gerötet, er sieht zugleich unfassbar müde und vollkommen angespannt aus. Ich streiche ihm eine dunkle Strähne aus der Stirn und schüttle den Kopf. Es macht mich fertig, ihn so zu sehen.

»Hör mir gut zu«, sage ich. »Was an diesem Abend passiert ist, ist schlimm. Und ja, dein Vater hatte einen schrecklichen Tod. Aber eins musst du kapieren: Es war nicht deine Schuld.«

East lacht schnaubend und hebt die Hand, um sich von mir loszumachen, aber ich packe sein Gesicht fester und zwinge ihn, mich anzusehen.

»Es war nicht deine Schuld«, wiederhole ich eindringlich.

Easts Augen scheinen förmlich zu brennen. Ich erkenne genau, was in ihm vorgeht. Er spielt eines dieser dämlichen Was-wäre-wenn-Spielchen, die niemals Sinn machen und noch nie jemandem geholfen oder irgendetwas besser gemacht haben.

Ich blicke ihn fest an. »Ja, du hast Recht. Wärst du an diesem Abend nicht zu ihm gegangen, wäre er möglicherweise nicht gestorben. Aber vielleicht hätte er trotzdem einen Infarkt gehabt. Und vielleicht hätte er es trotzdem nicht geschafft, Hilfe zu rufen. Andersherum: Du wärst gar nicht erst zu ihm gegangen, wenn ich nicht verhaftet worden wäre. Bin ich dann also schuld?«

East will etwas sagen, aber ich rede unbeirrt weiter.

»Oder ist Raquel schuld, weil sie mich verpfiffen hat? Oder du und ich, wir beide gemeinsam, weil wir zusammen waren, obwohl sie dich auch wollte? Oder sollen wir noch weiter zurückgehen? Hätte ich nicht an dem Hack-Wettbewerb teilnehmen sollen? Dich niemals kennenlernen sollen? Wäre das dann alles niemals passiert, East?«

East sieht mich an. Einen Moment lang scheint er nach Worten zu suchen. Aber ich weiß, dass ihm nichts einfallen wird, womit er das entkräften kann, was ich gerade gesagt habe. Weil er weiß, dass ich Recht habe.

Trotzdem setze ich noch einen drauf. Ich weiß genau, welche Worte mich endgültig zu ihm durchdringen lassen werden.

Ich streiche mit den Fingern über seine Wange. Über seine Lippen, von denen ich ganz genau weiß, wie sie sich anfühlen. Überall auf meinem Körper.

Immer noch sehe ich ihm tief in die Augen und frage: »Hätte ich dich vielleicht niemals lieben sollen?«

Diese Frage zerbricht das Eis, das Glas, den Beton oder was auch immer es ist, das East zwischen sich und mir errichtet hat. Noch einen kurzen Moment lang sieht er mich nur an und sein brennender Blick nimmt einen kämpferischen Ausdruck an. Dann packt er mich, zieht mich an sich und küsst mich.

Ein elektrischer Schlag fährt durch meinen Körper. Für ein paar Sekunden bin ich wie erstarrt, weil das Gefühl, das mich plötzlich durchflutet, zu viel für mich ist. So muss es sich anfühlen, wenn man wiederbelebt wird.

Doch kaum spüre ich, wie seine Zunge in meinen Mund gleitet, fällt die Erstarrung von mir ab. Ich schlinge die Arme um seinen Hals, mache die Augen zu und erwidere seinen Kuss, als könnte ich dadurch das vergangene Jahr ausradieren, es ungeschehen machen.

Easts Kuss sorgt dafür, dass ich schon ein paar Sekunden später gar nicht mehr an diese Zeit denke. Er sorgt dafür, dass sich etwas in mir wieder zusammensetzt – etwas, das schon so lange kaputt war, dass es sich normal angefühlt hat.

Er packt meine Hüften und einen Wimpernschlag später hat er mich auf seinen Schoß gezogen. Seine Hände fahren unter mein Shirt, seine Finger scheinen auf meiner Haut kleine Feuer zu entfachen. Ich genieße es, wie er mich überall berührt, genieße, wie sehr er mich will. Wie sehr wir einander brauchen.

Easts Kuss wird fordernder. Ich vergrabe die Finger in seinem Haar, lasse meine Hände über seinen Nacken, über seine breiten Schultern wandern. Dann spüre ich, wie seine Muskeln sich anspannen und im nächsten Moment hebt er mich von sich. Er legt mich auf dem Steg ab und ich spüre das raue Holz in meinem Rücken.

East beugt sich über mich, unsere Blicke finden einander und allein der Ausdruck in seinen Augen bringt mein Herz zum Stolpern.

Natürlich liebt er mich noch.

Wie konnte ich denken, dass er es nicht mehr tut? Ich glaube, er liebt mich sogar mehr denn je.

Wie, um diesen Gedanken zu bestätigen, beugt sich East zu mir herunter und küsst mich wieder. Seine Hände streichen an meinen Rippen hinauf, fahren über meine Brüste, was mir ein Stöhnen entlockt. Dann hört er auf mich zu küssen, greift nach meinem Top und zieht es mir aus. Einen Moment lang sieht er auf mich herunter, schwer atmend, wie hypnotisiert von meinem Körper.

Seine Hände befreien meine Brüste aus den Körbchen, seine Lippen senken sich auf meine Haut und plötzlich ist er überall. Ich spüre, wie meine Nippel hart werden, als er daran saugt, wie meine Haut sich erwärmt, als er mich streichelt, wie sich mein Becken ihm entgegenreckt, als seine Finger sich dem Saum meiner Jeans nähern.

Ich packe sein Shirt und helfe ihm, es auszuziehen. Für einen Moment genieße ich nur den Anblick. Seine trainierte Brust, den muskulösen Bauch. Die unzähligen Tätowierungen. Ich streiche mit den Fingern über die Motive, die ich kenne und über die, die neu sind. Da ist ein Schriftzug direkt unter seinem Herzen. *SINNER* steht dort. Und dann ist da eine Uhr ohne Zeiger.

East lässt mich seinen Körper nicht länger bewundern. Er packt meine Handgelenke, nagelt sie mühelos mit einer Hand über meinem Kopf fest. Er weiß genau wie wahnsinnig er mich damit macht.

Wieder küsst er mich voller Leidenschaft, während seine zweite Hand sich um meine Brust schließt und sie mit sanftem Druck knetet. Meine Atmung beschleunigt sich.

Gott, wie mir das gefehlt hat. Dieses Zusammenspiel zwischen uns.

Ich löse meine Lippen von seinen, beiße ihm sacht in den Hals und kämpfe eine meiner Hände frei. Dann packe ich den Saum seiner Jeans, ziehe ihn noch enger an mich.

East lässt es geschehen, seine Finger streichen über meine Hüften, meinen Bauch, runter zu meiner Leiste, über das Tattoo, das ich mir für ihn habe stechen lassen.

Für immer.

Vielleicht erweist sich dieses Versprechen doch nicht als leer.

Aber als ich gerade seinen Gürtel öffnen will, lässt East auf einmal von mir ab.

Schwer atmend setzt er sich auf.

»Was ist?«, frage ich, genauso nach Luft ringend wie er.

»Du weißt, dass ich es nicht so gemeint habe, oder?«

Ich runzle die Stirn und blicke zu ihm auf. Sein Haar ist schweißfeucht, eine Ader pocht auf seiner Stirn.

»Das Ultimatum, das ich dir gestellt habe. Vor dem Camp.«

Jetzt weiß ich, was er meint.

»Du wolltest mich gar nicht verlassen«, murmle ich.

Natürlich nicht. Sonst wäre er nicht zu seinem Vater gegangen.

»Ich hätte dich nie verlassen, Jess.«

Ich nicke, komme langsam wieder zu Atem.

East sieht mich immer noch an. »Ich dachte eigentlich, dass wir das beide so sehen.«

»Tun wir doch auch.« Einem Reflex folgend ziehe ich meinen BH wieder hoch.

»Ach ja?« Er klingt nicht sauer. Mehr so, als wäre er gerade aus etwas aufgewacht. Nicht aus einem Albtraum, sondern aus einem Traum.

Perplex sehe ich zu, wie er in die Gesäßtasche seiner Hose greift. Er holt sein Portemonnaie raus und zieht einen gefalteten Zettel hervor. Als er ihn mir hinhält, nehme ich ihn entgegen, wobei ich East misstrauisch ansehe.

Dann falte ich das Blatt Papier auf. Es ist an den Kanten schon ganz dünn, offenbar wurde es schon unzählige Male auf- und wieder zugefaltet.

Kurz sehe ich East noch an. Dann senke ich meinen Blick auf das Papier und kapiere nicht, was ich da vor mir habe.

Es ist ein Brief, verfasst in meiner Handschrift. Wenige Zeilen, die doch so viel sagen:

East,
ich habe viel nachgedacht, seit du vor acht Tagen hier warst. Ich denke, du hattest Recht. Würde ich dasselbe für dich empfinden wie du für mich, wäre ich mit dir gegangen. Aber so ist es nicht. Das, was wir hatten, war gut, solange es anhielt. Wir hatten Spaß. Du warst genau das, was ich brauchte, um dem langweiligen Leben im Trailer Park zu entkommen. Aber jetzt ist es irgendwie vorbei. Würde ich dich lieben, dann wäre ich mit dir gegangen. Doch die Wahrheit ist: Ich liebe dich nicht mehr.

Such dir jemanden, der dich glücklich macht.
Danke für die schöne Zeit.
– Jess

Ungläubig lese ich die Zeilen wieder und wieder. Meine Schrift, keine Frage. Das abgerundete E, das windschiefe T. Der i-Punkt, der mehr wie ein verrutschtes Komma aussieht. Auf den ersten Blick würde ich sagen, der Brief stammt eindeutig von mir. Da gibt es nur ein Problem.

»Ich habe das nie geschrieben.« Ich setze mich auf und sehe ihn an.

East erwidert meinen Blick nicht, starrt stattdessen auf den Brief in meiner Hand. »Es ist deine Schrift.«

Ja, ist es, das kann ich nicht leugnen. Aber ich wüsste doch, wenn ich ihm so etwas geschickt hätte! Und wieso hätte ich das tun sollen? Ich war am Boden zerstört, nachdem er mich in Hudson Mills allein gelassen hatte!

Ich lese den Brief nochmal. Denke fieberhaft nach und stolpere dabei immer wieder über den letzten Satz.

Und dann weiß ich es plötzlich.

»Raquel!«, stoße ich hervor und setze mich auf.

East sieht mich misstrauisch an.

»Raquel hat das geschrieben!«, wiederhole ich. »Sie hat sich in der Schule meine Handschrift abgeguckt. Sie kann ganz genau so schreiben wie ich, East!«

Immer noch sieht er mich an, dann lacht er humorlos und schüttelt den Kopf. »Verarsch mich nicht, Jess. Dieser Brief kam aus Hudson Mills. Es war ein ausgefülltes Formular dabei, dass der Inhalt von der Direktion geprüft worden ist und er war im Camp abgestempelt.«

East schüttelt den Kopf. »Spar dir die Erklärungen. Willst du die Wahrheit hören? Es war nicht der Tod meines Vaters, der mich dazu gebracht hat, dich so zu behandeln, wie ich es getan habe. Es war dieser Brief.« Er greift nach seinem Shirt, dann steht er auf. »Das Blöde ist, dass ich dich immer noch liebe. Zu sehr, um dich zu meinem Gelegenheitsfick zu machen.« Er zieht sein Shirt über und sieht mich nochmal an. »Tut mir leid. Das hier hätte nicht passieren dürfen.«

Damit geht er und lässt mich auf dem Steg zurück.

Ich blicke ihm nach, dann sehe ich wieder auf den Brief. Gott, Raquel, dieses Miststück! Sie hat mir so viel kaputtgemacht, und das mit voller Absicht. Ich habe keinen Fehler beim Hacken gemacht, ich habe East nicht verlassen. Sie war das. Das alles!

Aus einem kindischen Impuls heraus bin ich versucht, ihn einfach zusammenzuknüllen und ins Wasser zu werfen. Dann denke ich daran, wie es gerade zwischen uns gewesen ist, wenn auch nur kurz. Und ich fasse einen anderen Entschluss.

East denkt, ich liebe ihn nicht mehr? Tja, das dachte ich bis vor kurzem auch. Doch ich weiß jetzt, dass das Gegenteil der Fall ist. Und das werde ich auch ihm beweisen.

Tess

Ich steige aus dem Bus und laufe zu unserem Trailer. Alles, was zwischen East und mir in den vergangenen

Monaten geschehen ist, ergibt endlich ein schlüssiges Bild.

Er wollte mich aus dem Camp holen, koste es, was es wolle. Natürlich wollte er das. Wir brauchten einander viel zu sehr, um zwölf Monaten voneinander getrennt zu sein. Doch dann eskalierte die Sache mit seinem Vater total. Und kurz darauf bekam er diesen Brief.

Ein Brief in meiner Handschrift, in dem ich mit wenigen Worten alles verriet, was wir einander geschworen hatten.

Wütend knülle ich das Papier zwischen meinen Fingern zusammen. Eins muss man Raquel lassen: Sie hat genau die richtigen Worte gefunden, um einen Keil zwischen uns zu treiben. Dieses Miststück.

Aber wie zur Hölle hat sie es geschafft, den Brief ganz offiziell aus Hudson Mills abzuschicken?

Wenn es stimmt, was East sagt, wurde der Umschlag nicht nur in der Poststelle des Camps abgestempelt, sondern es lag auch noch ein Formular bei, das es nur dort gibt. Hätte ich Raquel jemals von dort aus geschrieben, würde ich das Ganze verstehen. Aber die Wahrheit ist, dass ich die meiste Zeit über Schreibverbot hatte, denn damit haben sie einen besonders gern bestraft. Und als ich es mir schließlich verdient hatte, einen Brief pro Monat zu verschicken, schrieb ich Cas.

Cas.

Das könnte die Lösung sein!

Sie könnte in unseren Trailer eingebrochen und meine Briefe abfotografiert haben! Und dann hat sie es vielleicht irgendwie geschafft –

Nein. Denkfehler.

Meinen ersten Brief an Cas schrieb ich im Dezember, zu Weihnachten. Da hatte East meine angebliche Nachricht längst bekommen.

Ich schüttle den Kopf und beschleunige meine Schritte. Dieses blöde Miststück! Wie hat sie das nur angestellt?

Okay, ruhig bleiben, Jess. Raquel ist kein Genie. Du bist viel klüger als sie. Was auch immer sie sich ausgedacht hat, du kannst dahinterkommen. Und du beginnst am besten dort, wo alles angefangen hat:In der Special Alternative Incarceration Facility, Hudson Mills, Michigan.

Kapitel 11
›Welcome to the Black Parade‹

Jess

Weißt du, was das Gute am Hacken ist, Jess? Man muss niemals zu Fuß gehen.

Ich lächle in mich hinein, während ich mit meinem Laptop auf dem Bett sitze und mir einen Weg zurück ins Camp bahne. Als East diese Worte zu mir sagte, vor Jahren, während er mich von einer ziemlich guten zur perfekten Hackerin ausbildete, verstand ich erst, wie wertvoll unsere Fähigkeiten sind. Denn er hatte Recht: In der heutigen Zeit, wo es überall Kameras gibt, kommen wir an jeden beliebigen Ort, ohne wirklich da zu sein.

Wie Geister.

»Komm schon, lass mich rein«, murmle ich und starre auf den Bildschirm, ohne zu blinzeln. Ich habe das Rollo heruntergelassen und den Spalt unter meiner Schiebetür mit einem Pullover zugestopft. Es ist dunkel und still in meinem Zimmer. Genau die Umgebung, die ich brauche. Im Moment existiert die Außenwelt für mich gar nicht. Da sind nur ich, meine Finger auf den Tasten, die Datenströme, über die ich jage und Easts Worte, ein Flüstern in meinem Kopf, so als wäre er bei mir und würde mit mir gemeinsam nach der Wahrheit suchen.

Das ist der Unterschied zwischen uns. Ich verschaffe mir Zutritt, indem ich ihre Systeme zerstöre. Du kriegst es hin, ein Teil davon zu werden. Mit dieser Fähigkeit kannst du eine der größten Hackerinnen aller Zeiten werden.

Ja, das kann ich.

Ich nutze mein Wissen, mein Können und Easts sowie mein neues Tool.

Zuerst brauche ich einen Fingerabdruck des PC-Systems in Hudson Mills. Ich speise alles an Infos ein, was ich über das Camp habe.

Dann verbinde ich unser Programm mit einer Webseite, die jeder kennt: Google. Der Grund ist simpel. Die meisten Überwachungskameras sind nicht sonderlich gut geschützt. Sie werden installiert, mit dem PC verbunden und ihr Betreiber denkt, dass ihre Bilder auf diesen Computer gesendet werden und sonst nirgendwo hin. Aber das stimmt nicht. Moderne Überwachungssysteme senden Daten ins Netz, schlecht geschützt hinter voreingestellten Standardpasswörtern. Und wenn man weiß, wonach man suchen muss, findet man sie relativ einfach über Google.

Es dauert keine fünf Minuten, bis unser Programm die Kameras in Hudson Mills aufgespürt hat.

Ich klicke mich durch eine nach der anderen. Es ist komisch, den Hof, die Schlafsäle und den Essensraum nochmal zu sehen. Als würde man einen Blick in einen Albtraum werfen, lange nachdem man aufgewacht ist. Ich sehe die Küche, wo ich meine unerfreuliche Begegnung mit Wärter Morton hatte. Und das Tor, das sich in derselben Nacht wie von Geisterhand öffnete.

Was hast du gedacht? Dass ich dich mir wegnehmen lasse?

Ich schüttle die Erinnerung ab, suche weiter und finde schließlich, was ich brauche. Das Büro. Dort befindet sich auch die Poststelle. Sämtliche Briefe, die das Camp verlassen, werden hier geprüft und gestempelt. Ich sehe die Direktorin des Camps, eine Frau, mit der ich während meines gesamten Aufenthalts kein einziges Wort gewechselt habe, an ihrem Schreibtisch sitzen. Ich beachte sie nicht weiter, um sie geht es mir nicht. Stattdessen konzentriere ich mich jetzt auf die Kamera selbst.

Moderne Überwachungssysteme funktionieren nicht mehr mit Videokassetten, sondern mit internen oder externen Speichern. Die Daten, die sie aufzeichnen, werden automatisch gesichert, sodass man bei Bedarf darauf zurückgreifen kann. Tausende von Aufnahmen, aus denen man einen Film über jeden von uns Häftlingen zusammenschneiden könnte, wenn man wollte.

Doch mich interessieren nicht die Bilder, die mich zeigen. Mich interessiert das Geschehen im Büro irgendwann zwischen dem Tag, an dem East bei mir war und dem Tag, an dem er den Brief erhielt.

Ich grabe mich durch die Dateien, stelle fest, dass sie nach Datum benannt sind und werde schneller fündig, als ich es mir erhofft hatte.

Ich lehne mich zurück, starte den ersten Clip und stelle ihn auf Zeitraffer. Dann wollen wir doch mal sehen, wie Raquel es angestellt hat, an das Prüfformular und einen Stempel aus dem Camp zu gelangen.

Die nächsten Stunden vergehen wie im Flug, während ich ein Video nach dem anderen durchforste.

Irgendwann höre ich Cas nach Hause kommen. Er steht vor meiner Tür und fragt nach mir, aber ich sage nichts. Jetzt nicht.

Irgendwann poltert Dad durch den Trailer, betrunken wie immer.

Ich beachte ihn kaum.

Die Bilder verschwimmen vor meinen Augen, der Tag gleitet im Zeitraffer in die Nacht und die Nacht wieder zurück in den Tag. Meine Lider werden schwer. Ich könnte Augentropfen gebrauchen. Und Koffein. Was zu essen. Aber ich rühre mich nicht, sitze nur da und suche.

Und dann sehe ich ihn.

Ich hämmere auf die Tastatur, um das Bild anzuhalten, springe auf und bin drauf und dran, den Laptop von mir zu schleudern wie eine Giftspinne, die sich plötzlich auf meinen Schoß abgeseilt hat.

Stattdessen atme ich keuchend durch, lasse mich zurück aufs Bett sinken und vergrößere das Bild, zoome näher heran, noch stärker, bis ich das entscheidende Detail entdecke.

Dieser Bastard.

Von allen Menschen, die ich kenne, war er einer der letzten, denen ich einen solchen Verrat zugetraut hätte.

Auf einmal wird mir alles klar und doch kapiere ich gar nichts mehr.

Wieso hat er das getan?

Und dann sind es passenderweise wieder Easts Worte, die in meinem Kopf zu mir zu flüstern scheinen.

Schon beeindruckend, wozu Menschen fähig sind, wenn sie Rache wollen, oder?

Natürlich. Rache. Das war alles, worum es ging. Von Anfang an.

Ich springe auf, schließe den Laptop an meinen alten Drucker an, mache einen Screenshot des vergrößerten Bildes und drucke es aus, wobei ich eilig meine Boots überziehe. Ich muss zu East und mit ihm reden. Auf der Stelle. Nicht nur wegen uns, sondern auch, weil ich fürchte, dass die Sache noch längst nicht vorbei ist. Ich schnappe mir den Ausdruck, klappe den Laptop zu und haste zur Tür, als auf einmal mein Handy klingelt.

Schnell ziehe ich es aus der Tasche und werfe einen Blick darauf.

East.

Mit klopfendem Herzen gehe ich ran.

Doch ehe ich mich auch nur melden kann, ertönt schon seine gehetzte Stimme: »Jess? Hör zu, wir haben ein Problem! Benson hat einen früheren Flug genommen und wird in ein paar Minuten landen! Cyph und ich sind unterwegs zu dir – die Sache steigt *jetzt*. Okay?«

»Jetzt?!« Mein ohnehin schon rasender Puls beschleunigt sich auf das Doppelte. Obwohl ich von den vielen Stunden vor dem Computer total benommen war, fühle ich mich schlagartig hellwach.

»Ich sagte doch, Benson ist paranoid! Wir sind gleich bei dir, Jess.«

»Okay, ich komme raus«, antworte ich und lege auf.

Dann stelle ich mein Fußfessel-Tool scharf, schlüpfe in meinen schwarzen Sweater und verlasse den Trailer durchs Fenster.

Den Ausdruck stecke ich mir in die Gesäßtasche, während ich durch die dunstige Detroiter Nacht zwischen den Wohnwagen her in Richtung Parkplatz hetze. Ich habe alles dabei, was ich brauche. Mein Handy, eine Menge Adrenalin und die Wahrheit.

Okay, Jess.

Zeit, in ein neues Kapitel zu starten.

Jess

Mit quietschenden Reifen kommt der blaue VW auf dem Parkplatz zum Stehen. Ich eile durch den Staub, den der Wagen aufgewirbelt hat und springe auf den Beifahrersitz.

»Bereit?«, fragt Cyph und klatscht mit mir ab.

»Bereit«, erwidere ich atemlos.

Von der Rückbank wird mir eine weitere Hand zum Einschlagen gereicht.

Ich klatsche auch mit East ab und sehe mit einem breiten Grinsen zu ihm. »Schön, dass du diesmal nicht am Steuer sitzt.«

East sitzt hinter Cyph und ist wie wir beide komplett in Schwarz gekleidet. »Keine Ahnung, worauf du anspielst«, grummelt er und das Funkeln in seinen Augen verrät mir, dass die Schwierigkeiten zwischen uns für den Moment keine Rolle spielen. Natürlich nicht. Weil wir im Grunde genommen beide wissen, dass wir uns im Ernstfall zu 100 Prozent aufeinander verlassen können.

Dennoch überrascht es mich, was East tut, während Cyph schon wieder Gas gibt.

Er hält meine Hand fest, beugt sich vor und drückt einen Kuss auf meine Finger. »Gut, dass du wieder da bist, Jessy.«

Mein Herz macht einen viel zu heftigen Sprung. So hat er mich ewig nicht genannt.

»Ja«, sage ich. »Gleichfalls.«

Ich zwinkere ihm zu, er drückt meine Hand, und obwohl er mich gleich darauf loslässt, spüre ich, dass noch etwas wieder da ist – diese besondere Verbindung, die zwischen uns schon immer bestand. Als wüsste ein Teil von East bereits, dass ich den Brief nicht geschrieben habe, obwohl ich ihm meinen Beweis noch gar nicht präsentiert habe.

Ich kann es kaum erwarten, es zu tun. Aber zuerst: Showtime.

»Seine Maschine landet in sieben Minuten«, sagt East von der Rückbank, während ich den Laptop unter dem Sitz hervorhole und ihn starte. »Da er kein Gepäck aufgegeben hat, wird es nicht lange dauern, bis er draußen ist. Meinen Informationen nach ...« Er drückt ein paar Tasten auf seinem eigenen Laptop. »... wartet sein Wagen bereits vor dem Terminal. Eines der Firmenautos von Lyonex, ein grüner Tesla. Du kannst ihn gar nicht verfehlen.«

»Ein Tesla«, sagt Cyph, während er den VW auf der nächtlichen Hauptstraße auf Hochtouren bringt. »Die Dinger sind halbe Computer. Passt auf, dass ihr euch in Bensons PC und nicht in seinen Wagen hackt.«

»Ich denke, wir tun einfach beides«, scherze ich, während ich das Programm in Stellung bringe. »Wir könnten die Spotify-Playlist der Situation anpassen. Sagen wir, mit …«

»‚Loser of the Year'«, schlägt East von der Rückbank vor, während er selbst auf seinem Notebook herumtippt.

»Leute, haltet die Klappe und konzentriert euch.«

Ich sehe hinüber zu Cyph und schmunzle über sein angespanntes Gesicht.

»Wann fängst du endlich an, diese Momente zu genießen?«, fragt East.

»Wenn sie mich nicht mehr im Schlaf überraschen«, knurrt Cyph und beschleunigt den Wagen abermals, als wir uns dem Flughafen nähern.

»Schnall dich an, Baby.«

Ich brauche einen Moment, ehe ich realisiere, dass ich gemeint bin. Lange genug, dass East seinen eigenen Gurt löst und mich kurzerhand selbst anschnallt.

»Danke.«

»Dafür bin ich hier.«

Noch einen Moment lang starre ich auf den Laptop, ändere ein paar Konfigurationen. Dann blicke ich auf und sehe zu East nach hinten. »Okay. *E-A-straight* ist scharf.«

Er macht ein paar Klicks, loggt sich in mein Netzwerk ein und erwidert: »Ja, das sehe ich.« Als er aufblickt, liegt ein Hauch von Provokation in seinem Blick. »Was ist aus *E-A-raser* geworden?«

Ich verziehe das Gesicht. »Damit stimmte was nicht. Zu viele nackte Männerhintern.«

East lacht, schüttelt den Kopf und wendet sich seinem Monitor zu. Ich bin für einen Moment wie gefesselt von seinem Lachen. Dann drehe ich mich wieder nach vorn und stelle fest, dass wir den Flughafen erreicht haben.

Hier ist im Gegensatz zum Rest der Stadt eine Menge los, vor den beleuchteten Terminals herrscht ein Kommen und Gehen.

Cyph drosselt das Tempo, lenkt den VW geschickt an der Warteschlange aus Taxis vorbei und fädelt sich dann hinter einem davon ein, als ein paar Meter vor uns drei Männer und eine Frau in einen grünen Tesla steigen.

Zwei der Männer tragen Anzüge und wirken ziemlich geschäftsmäßig. Entweder sind sie Mitarbeiter von Lyonex oder zu Bensons Schutz da.

Der Dritte sieht anders aus, als ich erwartet hätte. Was Programmierer angeht, haben sogar wir Hacker den Kopf voller Klischees: Für mich zumindest tragen sie verschmierte Brillen, Frisuren, die aussehen, als wäre Mamas Suppentopf die Schablone dafür gewesen und ihre Haut hat die Farbe frisch gekalkter Wände.

Benson jedoch sieht aus wie ein Surferboy. Er hat blondes, welliges Haar, trägt geblümte Shorts mit Flip-Flops und macht ein Gesicht, als wäre er der König der Welt.

Klar. Er glaubt ja auch, dass er gleich Millionär wird. Das Einzige, was ihn als Nerd ausweist, ist sein Shirt, auf dem in Großbuchstaben *BAZINGA!* steht.

»Hallo, Goldlöckchen«, murmelt Cyph.

Die Frau, die Bensons Assistentin sein muss, kann er nicht meinen, denn ihr Haar ist pechschwarz.

Ich schicke eine Nachricht an Lielle und gebe diese Info an sie weiter. Dann kann es auch schon losgehen.

»Zeit, eine kleine Lektion über Loyalität zu lernen«, fügt East hinzu, der genauso gespannt nach vorne sieht wie Cyph.

»Seht ihr das?«, frage ich. »Wie er seinen Laptop umklammert? Der denkt echt, sein Ex-Kollege würde ihm einen Straßenräuber auf den Hals hetzen.«

»Dumm«, erwidert Cyph, während wir beobachten, wie Benson einsteigt.

»Nur weil er eine halbwegs passable Bums-App zusammengebaut hat, muss er noch kein Genie sein.« East lehnt sich zurück und sieht auf seinen Laptop.

»Wenn ich nicht wüsste, dass sie noch nicht auf dem Markt ist, Cowboy, würde ich dich jetzt fragen, woher du weißt, dass sie so passabel ist«, höre ich mich selber sagen.

»Ist mir klar, dass du das tun würdest«, erwidert East.

Aus dem Augenwinkel sehe ich Cyph wissend lächeln. Vermutlich denkt er gerade an unser Gespräch in der Küche, als ich ihm sagte, dass es zwischen East und mir vorbei sei.

Tja, am PC kann ich mich vielleicht nicht irren. Aber im echten Leben schon.

Ich erwidere Cyphs Lächeln, dann schließen sich zwei Wagen vor uns die Türen und die Scheinwerfer des Tesla leuchten auf.

Ich wende mich meinem Laptop zu. »Okay. Das Programm hat ihn schon gefunden. Dann wollen wir mal Hallo sagen.«

Der Tesla fährt los. Wir geben ihm etwa fünfzig Meter Vorsprung und setzen uns dann hinter ihn. Wie immer, wenn wir eines unserer Autos für einen Job benutzen, haben die Jungs vorher die Kennzeichen gewechselt. Durch die getönten Scheiben sind wir hier drin absolut anonym unterwegs und ich muss fast darüber lachen, dass ich gerade genau das tue, wofür ich eingelocht worden bin, während ich immer noch meine Fußfessel trage.

»Wow, der Typ hat eine beeindruckende Anzahl aus Firewalls«, sage ich, als *E-A-straight* sein Ziel gefunden hat.

»Zeit für die Abrissbirne«, sagt East.

»Bazinga«, erwidere ich und lasse die Brute-Force-Einheit auf Bensons Laptop los.

»Und?«

»Die fallen wie die Dominosteine.«

»Festhalten. Die haben es eilig«, mischt sich Cyph ein und gibt Gas.

Ich blicke auf.

Tatsächlich. Kaum haben wir die Hauptstraße erreicht, gibt der Tesla ordentlich Gas.

»Die halten sich aber nicht an das Tempolimit.«

»Müssen sie auch nicht. So viel Geld, wie Lyonex in die Stadt schießt, könnten sie vermutlich mit einem

Panzer durch die Straßen fahren und die Stadtverwaltung würde ihnen noch den Arsch dafür küssen«, knurrt Cyph.

»Bleib dran«, sagt East. »Jetzt dürfen wir erst recht keine Zeit verlieren.«

»Ich hoffe, Terra kommt bei dem Tempo mit«, sage ich und blicke wieder auf den Bildschirm. »Okay. Ich bin drin. Ich fange an.«

Ein paar Momente lang herrscht angespanntes Schweigen.

Dann höre ich Cyph aufatmen.

»Terra ist da«, sagt er und deutet vor uns.

Ich blicke auf. Ungefähr zweihundert Meter vor uns leuchten auf den elektronischen Verkehrsschildern drei rote X sowie ein Umleitungspfeil auf die E-39.

»Alles nach Plan«, sagt East. »Konzentrier dich, Jess.«

Ich nicke und senke den Blick wieder. Der Download hat begonnen.

12 Prozent.

»Das läuft super«, sage ich.

14 Prozent.

»Wenn das so weitergeht, haben wir es in einer Minute geschafft.«

Cyph tippt auf sein Handy, das am Armaturenbrett befestigt ist und macht einen Anruf.

»Sexy Girls am laufenden Band, was kann ich für dich tun, Süßer?«, meldet sich Lielle.

Cyph lacht kurz. »Seid ihr in Position?«

»Mister Benson und seine schwarzhaarige Assistentin parken vor dem Lyonex-Komplex und warten nur auf euer Signal.«

»Perfekt. Wir melden uns wieder.« Cyph legt auf, folgt der Umleitung, die Terra für uns kreiert hat und gibt dann abermals Gas. »Die werden noch schneller. Entweder hat der Typ es eilig, aus Detroit wieder wegzukommen oder …«

»Verdammter Mist!«, unterbreche ich ihn, als auf meinem Bildschirm plötzlich Warnsignale erscheinen. »Der hat mich bemerkt. Er versucht seine Firewalls wieder hochzufahren!«

Hastig hacke ich auf die Tasten ein. Dabei spüre ich, wie East meine Schulter drückt.

»Okay, ruhig bleiben, Jess. Wie viel Prozent haben wir?«

»89«, gebe ich gepresst zurück. »Hilf mir, ihn draußen zu halten, East.«

»Bin dabei.«

»Das hätte nicht passieren dürfen«, sagt Cyph. »Jetzt werden sie in der Lyonex-Zentrale Bescheid geben und der Deal wird platzen. Wir müssen Dane und Lielle warnen, bevor sie in die Falle tappen.«

»Ruhig bleiben. Alle beide«, sagt East. »Jess, wie viel Prozent?«

»94«, sage ich, während ich einen Gegenangriff auf Benson starte. Anhand der Codes auf meinem Bildschirm sehe ich, dass East dasselbe tut. »96. 97.«

»Leute, die rufen sicher gleich an und melden den Vorfall. Wir sollten …«

»Schnauze, Cyph. Wir haben alles im Griff«, unterbricht ihn East konzentriert. »Baby?«

»99«, sage ich angespannt und starre aus brennenden Augen auf den Monitor. Das letzte Prozent dauert immer am längsten. Doch nach quälend langen Sekunden erscheint endlich die 100. »Wir haben sie!«

»Dann seht jetzt zu, wie ich euch zeige, weshalb sich Elektroautos niemals durchsetzen werden«, erwidert East.

Mit klopfendem Herzen blicke ich auf. Der grüne Tesla rauscht vor uns über die Interstate. Außer ihm und uns ist immer noch kaum jemand unterwegs. Ich kann Bensons Monitor im Inneren des Wagens leuchten sehen, dazu die Umrisse der vier Gestalten auf den Sitzen. Plötzlich gibt es einen kleinen Aufruhr. Der Wagen schlingert. Dann erlöschen seine Scheinwerfer, genau wie der Bildschirm und im nächsten Moment beginnt das Auto rapide an Tempo zu verlieren. Der Fahrer reißt das Lenkrad nach rechts, der Tesla schrammt an der Leitplanke entlang – und bleibt stehen.

»Blackout«, sagt East. »Kein Auto, kein Laptop, keine Handys, um die Zentrale zu alarmieren.«

Wir schießen an dem Wagen vorbei und schweigen einen Moment lang alle.

Cyph durchbricht als erster die Stille. »Gut gemacht, Leute.«

Ich drücke seine Schulter, wie es East eben bei mir getan hat und drehe mich herum. East sieht mich an, nickt mir zu und in seinem Blick liegt genau das, was ich nach der Aktion erwartet hatte. Er hat kapiert, was ich ihm gestern gesagt habe. Dass ihn keine Schuld trifft. Alles, was er damals in Gerard Paynes Villa getan hat, war dasselbe wie jetzt – er hat einen Blackout ausgelöst.

Wer sagt uns, dass in dem Lyonex-Wagen jetzt niemand einen Herzinfarkt erleidet? Keiner. Aber das Leben wird nicht berechenbarer dadurch, dass man immer das Schlimmste erwartet.

»Guter Job«, sage ich.

»Gleichfalls«, erwidert East. »Ich konnte die App zwar nicht mehr löschen, aber bis Benson wieder voll einsatzfähig ist, haben wir eDatify längst verkauft.«

»Ich gebe den anderen Bescheid.« Cyph tippt wieder auf seinem Handy herum. »Lielle? Die App liegt in der Cloud und gehört ganz euch. Ihr könnt reingehen.«

»Dann drückt uns die Daumen.«

Cyph legt auf und wir drei klatschen ab. Unser Job ist damit erledigt. Jetzt heißt es, den anderen die Daumen zu drücken.

»Eine Runde durch die Stadt und dann zur Villa, Cyph«, sagt East.

Ich klappe den Laptop zu und fühle mich einfach nur großartig. Ich werde es vermutlich nie wirklich beschreiben oder auch nur verstehen können – dieses unfassbare Gefühl von Freiheit, das mich in solchen Momenten erfasst. Aber da ist noch mehr. Der Zusammenhalt unter uns *Bones*. Und im Moment auch der Triumph dem Richter und den Bullen gegenüber, weil sie es trotz Fußfessel nicht schaffen, mich kleinzukriegen.

Ich hoffe, East hat mittlerweile kapiert, dass ich noch exakt dieselbe Frau bin, die er an das Camp zu verlieren glaubte.

Wir verlassen die Interstate. Cyph geht vom Gas und ist jetzt in normalem Tempo unterwegs. Wir alle atmen erstmal auf. Ich setze meine Kapuze ab und wische mir über die Stirn. Das ist immer der seltsamste Teil eines

Jobs. Wenn man selber nichts mehr machen, sondern nur noch hoffen kann.

Vor allem Cyph ist jetzt angespannt, schließlich ist jetzt Lielle am Zug. Dass zwischen ihr und ihm etwas läuft, war in den letzten Tagen nicht zu übersehen.

»Sie packen das. Sie ist gut«, sage ich, während er den Wagen ins nächtliche Zentrum lenkt. Die Straßen sind verlassen, die Häuserblocks graue, schlafende Riesen.

»Ich weiß.« Cyph lächelt vielsagend zu mir herüber. »Kommt mir vor, als wären wir alle wieder in Form.«

Ja, wir sind alle wieder ganz wir selbst. Alle bis auf einen. Ich denke an den Ausdruck in meiner Hosentasche und finde, das hier ist ein guter Moment für die Wahrheit. Der richtige Augenblick für einen Neuanfang.

Also drehe ich mich zu East um. Seine Aufmerksamkeit habe ich bereits. Er sieht mit nachdenklichem Blick zu mir nach vorn. Wahrscheinlich fragt er sich, wie es mit uns weitergeht, wenn der Job, wenn dieser ganze Wahnsinn vorbei ist. Gut, dass ich es ihm sagen kann.

Ich ziehe das Blatt aus meiner Tasche, öffne den Mund – und dann sehe ich etwas, das nicht sein dürfte. Das nicht passieren dürfte.

Aus einer Seitenstraße ein paar Meter hinter uns schießt in diesem Moment ein schwarzer SUV und ich erkenne am Kennzeichen, wem er gehört. Raquels großem Bruder.

Die Person hinter dem Steuer kann ich nicht erkennen, dafür ist es viel zu dunkel. Doch ich weiß, wer es ist. Ich weiß es instinktiv.

»Raquel«, flüstere ich.

East runzelt die Stirn. »Was –«

Sie ist viel zu schnell. Sie rast auf unser Auto zu. Ihre Scheinwerfer sind aus, weder East noch Cyph bemerken sie.

»Cyph, pass auf!!«, höre ich mich kreischen, aber es ist zu spät.

Der Geländewagen kollidiert mit dem VW und rammt sich von rechts in seine Seite. Unser Auto macht einen Satz, hebt vom Boden ab.

Ich werde von meinem Sitz geschleudert. Irgendetwas erwischt mich am Kopf, ich glaube, es ist einer der Laptops.

Ich versuche, mich irgendwo festzuhalten, alles dreht sich, Metall schiebt sich ineinander, Glas birst.

Das Letzte, was ich sehe, ist Easts blutüberströmtes Gesicht.

Dann überschlagen wir uns, ich kneife die Augen fest zu und versuche einfach nur, am Leben zu bleiben.

Jess

Sirenen. Stimmen. Mein Name. Jemand sagt meinen Namen.

Ich schlage die Augen auf. Das Zucken von Blaulicht irgendwo in der Nähe. Die Sirenen werden lauter. Ein Krankenwagen? Wo kommt der so schnell her?

»Jess! Hilf mir, komm schon, wir müssen dich da rausholen!«

Easts Stimme leitet mich wie ein Leuchtfeuer zurück in die Realität.

Ich sehe ihn über mir, sein Gesicht voll roter Farbe, wie Kriegsbemalung.

Nein, das ist Blut. Viel Blut.

Was, wenn er tot ist?

Unsinn, Jess, er redet doch mit dir.

»Jess, du musst mithelfen, komm schon, sie sind gleich hier!!«

Mithelfen. Ich muss mithelfen. Was soll das bedeuten?

Ich versuche, mich umzusehen, aber mein Kopf gehorcht mir nicht, er dreht sich nicht, und meine Augen starren weiter in Easts Gesicht.

Ich liebe ihn. Das Feuer in seinen Augen. Seine heisere Stimme. Wie er mich festhält.

Aber warum zerrt er so an mir? Und warum hängt er kopfüber?

Nein, das tut er gar nicht. Ich hänge auf dem Kopf. Der Wagen steht kopf.

Eine andere Stimme mischt sich ein, schnell, abgehackt. »East, sie ist eingeklemmt, du kriegst sie da jetzt nicht raus.«

»Dann hilf mir!«

»Die werden sie da rausschneiden müssen, da können wir gar nichts tun. Komm schon. Du hilfst ihr so nicht. Wir ...«

Die Sirenen werden lauter, übertönen die hektischen Worte.

Easts Gesicht verschwindet für einen Moment aus meinem Blickfeld. Irgendwo ist Cyph. Ich spüre mehr seine Anspannung, als dass ich ihn sehe. Ich suche nach

East, sehe das verbeulte Blech um mich herum. Wir sind mit einem Baum kollidiert. Ja, aber nicht von allein. Wir wurden gerammt. Raquel. Warum hat sie ...?

Rache.

Schon erstaunlich, wozu Rache einen treibt.

»East«, höre ich mich flüstern.

Wo ist er hin? Er darf nicht weg sein. Ich wollte doch noch ...

Seine Hand packt meine. »Baby«, sagt er, »du musst mir jetzt gut zuhören.«

»Nein ... du mir ...« Mein Kopf pocht. Meine Finger tasten planlos umher. Alles ist von Glassplittern übersät. Aber dann raschelt Papier unter meinen Fingern. »Der ... Brief ...«

»Vergiss den dämlichen Brief!«

»Nein.« Fahrig hebe ich den Arm, halte ihm das Papier hin. »Ich hab ... nie aufgehört, dich zu ...«

Meine Augen fallen zu, als hätte irgendjemand beschlossen, dass für mich jetzt Feierabend ist. Das Blaulicht ist so nah, dass ich es durch meine Lider zucken sehe.

Stimmen. Schritte. Hektik. Männer, die einander anschreien oder vielleicht auch mich.

Und dann wird alles schwarz.

Dane

Dieser verfluchte Egoist. Aus dem Schutz der Gasse, in der mein Auto vor wenigen Sekunden zum Stehen gekommen ist, beobachte ich, wie East in den verbeulten schwarzen SUV steigt, der schräg hinter dem blauen VW steht. Das Auto ist verlassen, Raquel ist längst geflohen. Er schlägt die Beifahrertür zu, der Geländewagen rast los und im selben Augenblick kommen gleich zwei Polizeiautos bei dem VW zum Stehen, der auf dem Dach liegt.

Beamte steigen aus, einige mit gezogenen Waffen, andere mit Funkgeräten in der Hand. Sie pirschen sich an den Unfallwagen heran. Jess sollte abhauen, aber sie kann nicht. Sie ist zwischen ihrem Sitz und dem Armaturenbrett eingeklemmt. Sie rührt sich nicht, auch nicht als die Beamten sie anschreien.

»Miss! Nehmen Sie die Hände über den Kopf, sodass ich sie sehen kann!«

Offensichtlich ist sie bewusstlos.

»Gib Gas«, murmelt eine schockierte Stimme neben mir.

Entsetzt sehe ich zu Lielle herüber.

Ist das alles, was ihr einfällt? Jess wird gerade bei mehreren Verbrechen zugleich erwischt. Nicht nur beim Raub einer App im Millionenwert, sondern auch dabei, wie sie ihre Fußfessel ignoriert. Und wir sollen sie einfach liegen lassen?

»Wir müssen ihr helfen«, widerspreche ich.

Es ist reines Glück, dass ich hier bin. Lielle und ich hatten gerade das Büro im Lyonex-Komplex betreten, in dem der Deal stattfinden sollte und dem CEO die Hand geschüttelt, als mein Handy schellte.

Es war Raquel. Sie klang gehetzt, als sei jemand hinter ihr her. Doch in Wahrheit war sie hinter jemandem her, wie ich jetzt weiß.

»Dane, du musst mir jetzt vertrauen und von da verschwinden«, sagte sie. »Der Deal wird nicht wie geplant stattfinden. Wenn du nicht abhaust, landest du im Knast.«

Damit hat sie aufgelegt. Ich habe mich mit der Ausrede, dass meine Assistentin und ich uns nach dem langen Flug noch kurz frischmachen wollen, entschuldigt. Dann sind wir abgehauen und ich hatte ein so mieses Gefühl wie noch nie.

Zum Glück konnte Terra uns sagen, auf welcher Straße Cyphs Wagen unterwegs ist. Doch wir kamen zu spät. Raquel hatte bereits zugeschlagen.

»Was willst du tun?«, reißt mich Lielle aus meinen Gedanken. »Wir können ihr nicht helfen, wenn wir auch verhaftet werden, also gib Gas!«

Sauer sehe ich zu ihr herüber. Genau wie ich steckt sie noch in ihrem Kostüm. Verdammt. Wir waren so nah dran. Hatten es fast geschafft. Niemand von uns hat erwartet, dass Raquel uns im letzten Moment dazwischenfunken würde. Niemand hätte ihr eine dermaßen irre Aktion zugetraut.

Noch einmal sehe ich nach vorn.

Die Polizisten haben Jess umstellt, ich kann nichts mehr von ihr sehen. Am liebsten würde ich aus dem

Wagen springen und sie von ihr wegreißen, jeden Einzelnen von ihnen.

Das wäre total bescheuert, trotzdem kann ich es kaum ertragen, sie zurückzulassen. So habe ich noch nie empfunden.

Dennoch lasse ich die Vernunft siegen. Ich starte den Motor, schalte den Rückwärtsgang ein und hoffe, dass ich hier gerade keinen Riesenfehler mache.

East

»Was ist mit Raquel? Wo ist sie jetzt?«

»Sie ist weggelaufen, während wir versucht haben, Jess zu befreien«, erklärt Cyph.

»Wie konnte das passieren?«, fragt Jess' kleiner Bruder Cas. »Ich dachte, ihr seid so gut! Sie hat immer gesagt, dass ihr euch nicht erwischen lasst, und jetzt ist es schon das zweite Mal!«

»Cas.« Terra legt ihm eine Hand auf den Arm. Sie hat ihn abgeholt. Das war klug. Dennoch wünschte ich in diesem Moment, er würde die Klappe halten.

Mein Kopf fühlt sich an, als hätte man mir eine Bowlingkugel gegen die Stirn geschlagen und es fällt mir verdammt schwer, mich zu konzentrieren. Doch es ist so wichtig wie noch nie.

»Hört mir zu.« Ich sehe Terra, Milo und Kyan an, die sich um den Wohnzimmertisch versammelt haben und alle gleichermaßen entsetzt wirken. »Wir haben nicht viel Zeit. Wenn sie erst auf dem Polizeirevier oder im

Gefängnis ist, haben wir so gut wie keine Chance mehr, ihr zu helfen. Wir müssen also das Chaos nutzen, das in den ersten Stunden herrschen wird. Wenn wir ...«

Schon wieder unterbricht mich etwas. Die Tür der Villa wird geöffnet und wieder zugeschlagen, und zwar so heftig, dass ich für einen Moment glaube, dass das ganze Haus gleich entzweibricht. Dann nähern sich schnelle Schritte.

Ich drehe mich um, spähe in Richtung Tür und sehe gerade noch, dass Dane Cooper auf mich zugestürmt kommt wie ein wildgewordener Stier.

Ehe ich auch nur ansatzweise kapiere, was hier läuft, packt er mich am Kragen und schreit: »Wie konntest du das tun, Payne?! Diesmal bist du zu weit gegangen!!«

Sofort sind die anderen da und gehen dazwischen, aber Cooper lässt sich nicht so leicht von mir abbringen.

»Du hast sie da liegen lassen und bist abgehauen, du verdammter Feigling! Dafür wirst du bezahlen!«

»Dane«, geht Milo dazwischen, doch ich hebe die Hand, um ihn zum Schweigen zu bringen.

Dann löse ich Coopers Hand von meinem Kragen und sage mit aller Ruhe, die ich aufbringen kann: »Der Einzige, der hier gerade zu weit geht, bist du. Jess war eingeklemmt, du dämlicher Arsch. Wir konnten sie nicht mitnehmen. Was hätten wir tun sollen? Uns ebenfalls verhaften lassen? Wir sind nur aus einem Grund abgehauen – damit wir sie jetzt befreien können. Also spiel dich nicht so auf, du machst dich lächerlich und das Theater, das du veranstaltest, kostet uns wertvolle Zeit.«

Cooper starrt mich an. Sonst tut er immer so geheimnisvoll, aber in diesem Moment kann ich alles, was hinter seiner Stirn abgeht, in seinen Augen sehen. Dieser Idiot hat sich in Jess verliebt. Es macht ihn rasend, dass sie verhaftet worden ist. Doch ich erkenne noch etwas. Er hat gehofft, dass es wahr ist, was er gerade behauptet hat. Dass ich tatsächlich einfach abgehauen bin und sie hängengelassen habe. Damit er meinen Platz einnehmen kann.

Und das nach allem, was er getan hat.

Ich schnelle vor. Jetzt bin ich derjenige, der ihn am Kragen packt. Ein Teil von mir – der Teil, der das letzte Jahr über gefährlich oft Überhand genommen hat – will ihn am liebsten mit einem gezielten Schlag in den Tiefschlaf befördern. Doch diesmal lasse ich diesen Teil nicht gewinnen. Denn es geht jetzt nicht mehr um Wut oder Reue oder um all die Dinge, die ich verloren zu haben glaubte.

Darum sage ich: »Hör mir gut zu, Cooper. Ich weiß, was du von mir hältst und ich weiß, dass du keine Gelegenheit ungenutzt lässt, um mir ans Bein zu pissen. Aber hier geht es nicht um dich und mich. Es geht um Jess. Und ich weiß, was sie dir bedeutet. Also reiß dich verflucht nochmal zusammen und hilf uns, sie zu befreien!«

Damit stoße ich ihn von mir.

Cooper prallt zurück. Noch einen Moment lang starrt er mich stumm an. Dann fängt er sich, richtet sich auf.

»Also schön«, knurrt er. »Für Jess. Aber wir zwei sind noch nicht fertig miteinander!«

Da hat er verdammt Recht. Wie sehr, wird er spätestens kapieren, wenn ich sie wieder in den Armen halte.

Ich nicke ihm zu, dann sehe ich in die Runde. Obwohl mein Hirn sich immer noch anfühlt, als wäre es zu groß für meinen Schädel, ist jetzt auch die letzte Benommenheit von mir abgefallen.

»Also schön, Leute. Ich weiß, wir haben uns das heute anders vorgestellt. Die Sache ist schiefgelaufen, aber es darf jetzt keiner die Nerven verlieren. Kann ich mich auf euch verlassen?«

»Todsicher«, erwidert Lielle und spricht damit für alle.

»Gut. Dann holen wir Jess da raus.«

Kapitel 12

'Joker and the Thief'

Jess

Piep. Piep.

Ich wache von einem nervigen Piepsen auf. Die Erinnerungen an den missglückten Job treffen mich mit einem Mal. Schonungslos, erbarmungslos.

Raquel, der Autounfall, das sich nähernde Blaulicht, East, der einfach nicht gehen wollte.

Wo er wohl steckt?

Ich reiße die Augen auf und stelle fest, dass ich in einem Krankenhaus liege. Nicht in einer Zelle. Daher also dieses gleichmäßige Piepsen. Für einen Moment regt sich so etwas wie Hoffnung in mir, entkommen zu sein, dann spüre ich die breiten Lederriemen an meinen Fuß- und Handgelenken.

Sie haben mich.

Die Erkenntnis sollte mich wie ein Schlag treffen, trotzdem gilt meine Sorge gerade East. Ob es ihm gut geht? Ob er erwischt wurde? Oder ob Raquel doch noch zu Ende gebracht hat, was sie sich in ihrem kranken Kopf zurecht gesponnen hat?

Es ist offensichtlich, dass der Unfall, den sie verursacht hat, ein Mordanschlag war. Sie wusste, dass Cyph und ich vorn sitzen würden. Dass sie East erwischt, wenn sie den Wagen von hinten rammt. Diese verrückte Schlampe.

Das Piepsen wird lauter und ich atme tief durch. Ich sollte mich nicht aufregen, denn wenn die Monitore Alarm schlagen, steht gleich eine Schwester in meinem Zimmer. Und das kann ich ganz und gar nicht gebrauchen. Ich muss mir schnell einen Plan überlegen, doch ich fürchte, dass ich mit irgendwelchen Medikamenten vollgepumpt bin. Mein Schädel fühlt sich an wie mit Watte gefüllt. Und darunter vernehme ich ein dumpfes Pochen. Wahrscheinlich eine Gehirnerschütterung.

Ich drehe vorsichtig den Kopf und lasse meinen Blick durchs Zimmer wandern. Es ist ein normales Krankenzimmer. Die Vorhänge sind zugezogen, aber anhand des wenigen Lichts, das hindurchdringt, nehme ich an, dass es früher Abend oder Morgen ist. Zu gerne wüsste ich, in welchem Stock ich mich befinde. Doch wenn das Fenster als Fluchtmöglichkeit infrage käme, hätte man mich bestimmt noch besser gesichert.

Probehalber bewege ich die Hände und die Füße. Jeder einzelne Knochen und Muskel in meinem Körper scheint zu protestieren. Raquel hat mit ihrer Aktion dafür gesorgt, dass ich mich fühle wie durch den Fleischwolf gedreht.

Mein Blick irrt herüber zum Nachttisch, auf dem eine Flasche Wasser steht. Erst jetzt spüre ich, wie durstig ich bin. Aber ich muss mich noch etwas gedulden. Wenn ich die Fixierungen lösen kann, könnte ich nach einer Schwester klingeln und mich hinter der Tür verstecken. Mit einem gezielten Schlag könnte ich sie bewusstlos hauen und dann ... Dann wäre da immer noch der Polizist, der zweifellos vor meinem Zimmer sitzt und mich bewacht. Für den Moment scheint meine Situation absolut ausweglos.

Ziel Nummer eins sollte es jetzt sein, herauszufinden, wie schwer ich verletzt bin. Dann muss ich unauffällig in Erfahrung bringen, was mit East ist. Ich muss ihn oder die anderen kontaktieren, damit sie mich –

Stimmen vor der Tür.

Mein Kopf fährt herum und quittiert die heftige Bewegung mit einem stechenden Schmerz.

Ich vernehme nur Fetzen, aber ein Wort habe ich deutlich verstanden. Und es macht mir eine Scheißangst. FBI.

Mit aller Kraft zerre ich an den Lederriemen, versuche sie zu weiten, meine Hände und Füße herauszuwinden, doch sie sitzen unglaublich fest.

Trotzdem gebe ich nicht auf.

Auch nicht, als sich die Tür öffnet und eine mir vertraute Stimme leise lacht. »Eins muss man dir lassen: Du gibst nicht auf, auch wenn du verloren hast.«

Dane

Jess ist eine Kämpferin. Auch jetzt, wo sie offenbar total wehrlos ist, versucht sie noch, das Ruder herumzureißen. Dann, als sie meine Stimme hört, gibt sie ihren Widerstand allerdings auf.

Sie sieht zu mir herüber und ich glaube, für einen Moment, dass sie mich in meiner Verkleidung nicht erkennt, denn in ihrem Blick blitzt es kurz wütend auf.

Dann sagt sie: »Dane.«

Ich kann ihr die Verwunderung, die in ihrer Stimme mitschwingt, nicht verübeln. Was wir *Bones* in kürzester Zeit auf die Beine gestellt haben, um sie zu befreien, ist nicht nur genial, sondern auch ein absoluter Rekord.

»Ssh«, zische ich, bevor ich laut, damit es auch der dämliche Polizist vor der Tür hört, sage: »Federal Bureau of Investigation. Mein Name ist Samuel Horan und ich komme, um Sie abzuholen. Sie werden mit mir in die Zentrale fahren und uns dort Rede und Antwort zu Ihren Hacker-Aktivitäten stehen. Danach werden Sie in das Huron-Valley-Frauengefängnis verlegt, wo Sie bis zu Ihrem Prozess bleiben werden.« Während ich meinen Text aufsage, löse ich die Fesseln von Jessicas Armen und Beinen.

Jess setzt sich auf und blickt ratlos zu den Elektroden herunter, die auf ihrer Brust kleben.

Ich weiß, was sie denkt. Wenn sie die Dinger abmacht, wird der Herzmonitor Alarm schlagen. Aber da irrt sie sich. Terra, die sich irgendwo auf der Etage befindet, hat nicht nur mit einem Störsender dafür gesorgt, dass der Polizeibeamte vor der Tür sich nicht telefonisch bei seinem Vorgesetzten rückversichern kann, ob es okay ist, dass ich Jess abhole. Sie sorgt auch dafür, dass der Überwachungsmonitor weiter ihren regelmäßigen Herzschlag anzeigt, auch wenn Jess längst über alle Berge ist.

»Mach sie ab«, fordere ich Jess leise auf.

Sie nickt und tut, was ich ihr gesagt habe.

Derweil gebe ich ihr einen orangefarbenen Overall, den sie anziehen muss, damit wir aus diesem Zimmer kommen. Danach wird es erstmal richtig kompliziert. Der Beamte vor der Tür war das kleinste Problem. Die Kavallerie lässt sich leicht von einer gefälschten Marke und ein paar Fake-Dokumenten überzeugen. Und wenn du dann noch arrogant genug auftrittst, hegen sie noch nicht einmal den kleinsten Zweifel.

Schwieriger ist es mit den Ärzten und Schwestern auf der Station. Wir konnten nicht das komplette Funknetz lahmlegen, ohne zu riskieren, dass wir auffallen und womöglich lebenswichtige Maschinen von anderen Patienten abschalten. Also dürfen wir uns von niemandem sehen lassen, der Rückfragen stellen könnte.

Ich sehe Jess dabei zu, wie sie sich leicht schwerfällig aus dem Bett erhebt. Sicher hat sie Schmerzen. Aus der Krankenakte wissen wir, dass sie einige Prellungen und Zerrungen sowie eine Gehirnerschütterung und zwei Rippenbrüche hat. Außerdem wurde ihr eine *Commotio Cordis*, also eine Herzerschütterung diagnostiziert. Das ist nicht weiter schlimm, geht allerdings mit kurzzeitigen Herzrhythmusstörungen einher, weshalb sie zur Überwachung hierher gebracht worden ist.

»Geht es?«

Jess nickt schweigend. Sie wirkt ziemlich distanziert, was wahrscheinlich an den Medikamenten oder am Schock liegt. Sie meidet jeglichen Augenkontakt und ich frage mich, ob sie glaubt, dass ich irgendwas mit dem Unfall zu tun habe. Vielleicht hat sie mich bei ihrer Verhaftung gesehen und die falschen Schlüsse gezogen.

Dabei war es Raquel, die sie von der Straße gerammt hat. Dass die Kleine einen Knall hat, habe ich schon früh gemerkt, aber dass sie derart verrückt ist, hätte selbst ich nicht gedacht.

Jess dreht mir den Rücken zu, lässt das Nachthemd fallen und steigt unbeholfen in den Overall. Am liebsten würde ich ihr helfen, doch stattdessen, trete ich ans Fenster und werfe einen Blick raus.

Auf der anderen Straßenseite parkt Kyans Wagen. Er wird Terra, Lielle und Cas einsammeln, sobald ich mit Jess sicher das Gebäude verlassen habe.

»Wo ist East?«, fragt Jess plötzlich und ich spüre, dass ihr die Frage schon seit meinem Eintreten auf der Seele brennt.

Ich schlucke. Kann sie sich diesen Typen nicht einfach aus dem Kopf schlagen?

»Es geht ihm gut, er erwartet uns.«

Jess nickt wieder nur, aber anders als zuvor wirkt sie jetzt weniger angespannt.

»Fertig.«

Ich ziehe ein paar Handschellen aus der Tasche. »Umdrehen.« Ich lege ihr die Fesseln an und dann dirigiere ich sie zur Tür.

»Tu, was ich dir sage. Halte den Blick die ganze Zeit gesenkt.«

»Geht klar.«

Ich mustere sie noch einen Moment, doch von der Wärme, die in der letzten Zeit immer in ihrem Blick lag, ist nichts mehr zu sehen.

Wie kommt das?

Hat Raquel ausgepackt?

Ich ermahne mich, dass das der falsche Zeitpunkt ist, um darüber nachzudenken und öffne die Tür.

»Wenn Sie sich keinen Anwalt leisten können, wird Ihnen selbstverständlich einer gestellt.« Ich führe Jess auf den Flur und nicke dem Beamten, der immer noch auf seinem Posten sitzt, kurz zu. »Durchsuchen Sie ihr Zimmer nach möglichen Beweismitteln«, fordere ich, auch wenn das natürlich totaler Blödsinn ist. Aber ich möchte den Kerl ein paar Minuten beschäftigen, bevor er merkt, dass hier etwas faul ist. »Und dann können Sie aufs Revier fahren.«

»In Ordnung, Mister Horan.«

Ich nicke dem Polizisten ein weiteres Mal zu, dann gehe ich mit Jess den Gang runter und um die nächste Ecke. Ich sehe mich schnell um, doch außer uns ist niemand zu sehen, also öffne ich die Tür, die zu den Toiletten führt. Noch bevor sie ins Schloss gefallen ist, befreie ich Jess aus den Handschellen und drücke ihr eine Münze in die Hand.

»Hiermit kannst du die Kabinentür von außen öffnen. Die letzte Kabine auf der linken Seite, dort sind Sachen für dich hinterlegt.«

»Okay, danke.« Jess verschwindet in der Frauentoilette und ich beschließe, mich erstmal nicht weiter über ihr Verhalten zu wundern.

Ich begebe mich ebenfalls auf die Toilette und wechsle meinen Anzug gegen die Straßenkleidung, die ich schon beim Betreten des Krankenhauses anhatte.

Jetzt kommt der schwierige Teil der ganzen Mission: Jess unbemerkt nach draußen zu schaffen. Denn anders als vorhin kann ich mit ihr gemeinsam nicht den Haupteingang benutzen.

Jess

Ich bin noch immer benebelt und wie in Trance. Keine Ahnung, was für ein Teufelszeug die mir verabreicht haben, aber es sorgt dafür, dass ich mich total dumpf fühle.

Wie es scheint, hat Dane jedoch alles im Griff. Auch wenn es mir schwerfällt, werde ich mich wohl oder übel darauf verlassen müssen, dass er mich heil hier rausbringt.

Seite an Seite stehen wir im Aufzug, der uns in den Eingangsbereich des Krankenhauses bringen wird.

Dane hat mir ungefähr fünfundzwanzig Mal eingebläut, dass wir uns beim Aussteigen direkt nach rechts wenden und nicht nach links, der Eingangshalle zu.

Mein Herz rast und mein Körper schmerzt, aber das alles merke ich nur am Rande.

Meine Gedanken driften immer wieder zu East ab, auch wenn das der vollkommen falsche Zeitpunkt dafür ist.

»Rechtsrum«, flüstert Dane zum sechsundzwanzigsten Mal und nimmt meine Hand.

Anders als noch vor wenigen Tagen – oder waren es Stunden? – fühlt sich diese Berührung mit einem Mal falsch und fremd an.

Trotzdem lasse ich sie geschehen und folge Dane aus dem Aufzug. Er hält mir die Tür zu einem gläsernen Treppenhaus auf. Von dort haben wir einen guten Blick auf den Empfangstresen.

»Warten wir hier«, sagt Dane, lässt meine Hand los und tippt auf seinem Handy herum.

Keine Minute später können wir beobachten, wie sich die Eingangspforte öffnet und Lielle eintritt. Auch wenn ihr Haar jetzt brünett ist und sie ein verboten enges Kostüm trägt, erkenne ich sie sofort. Selbstsicher beugt sie sich über den Tresen, doch was bei Männern immer ziemlich gut ankommt, scheint bei der Dame am Empfang nicht zu wirken. Ich kann zwar nicht hören, was sie sagt, doch sie kommt mir ziemlich distanziert vor.

»Es funktioniert nicht«, murmle ich, mehr zu mir selbst.

»Wart es ab.« Dane klingt ein bisschen amüsiert, wie ein kleiner Junge, der den Streich des Jahrhunderts plant.

Ich kneife die Augen zusammen und sehe genau hin. Lielle redet noch immer auf die Empfangsdame ein und ich kann nicht erkennen, welcher Plan dahinter steckt.

Dann plötzlich flackert das Licht.

Einmal. Dann noch einmal.

Und von einer Sekunde auf die nächste scheint die ganze Elektronik im Eingangsbereich verrückt zu spielen. Die Überwachungskameras drehen sich viel zu schnell von links nach rechts, die Schiebetüren gehen wie wild auf und zu und über den Computer am Empfangsschalter flimmern bunte Zahlenreihen.

»Cyph«, schmunzle ich.

»Nein. *Cas.*«

Erstaunt sehe ich ihn an. »Bitte?«

»Er wollte es sich nicht nehmen lassen, uns zu helfen. Er ist ein ziemliches Genie, findest du nicht?«

In der Tat. Terra scheint eine gute Lehrerin zu sein. Begeistert sehe ich zu, wie dort vorne immer noch alles total verrückt spielt. Die Empfangsdame springt auf, um die wildgewordenen Türen unter Kontrolle zu bringen. Und das ist der Moment, auf den Lielle gewartet hat.

Sie beugt sich über den Tresen und mit einer blitzschnellen Bewegung nimmt sie einen dünnen Schlüsselbund an sich.

»Komm.« Dane zieht mich an der Hand wieder aus dem gläsernen Treppenhaus.

Vor den Aufzügen kommt uns Lielle entgegen. Sie würdigt uns keines Blickes, doch als sie auf unserer Höhe ist, berühren sich ihre und Danes Hand kurz. Ich gehe davon aus, dass jetzt er die Schlüssel besitzt, die sie gerade gestohlen hat.

Anders als erwartet, steigt Lielle nicht in den Aufzug, sondern betritt das Treppenhaus.

Dafür sind es Dane und ich, die wieder in den Fahrstuhl steigen. Als sich die Türen schließen, steckt Dane den Schlüssel unter dem Tastenfeld in ein Schloss. Dann schickt er den Aufzug in den Keller.

»Das hätten wir auch leichter haben können«, sage ich. »Wir hätten die gespeicherten Befehle einfach löschen können. Das geht ganz einfach per –«

Dane legt mir einen Finger auf die Lippen und grinst. »Einer der Schlüssel ist für die Küche. Wir bringen dich dadurch nach draußen. Dass das Küchenpersonal auch Sonderfahrten mit dem Aufzug macht, ist praktisch für uns, war aber nicht unser Hauptgrund.«

Okay, überzeugt.

Ich wende mich ab, damit Dane seine Finger von meinem Mund nimmt und spüre, wie ich immer nervöser werde.

Gleich ist es geschafft.

Die Lifttüren gleiten auf und Dane streift mir etwas über den Kopf.

Ich sehe, dass es ein Schlüsselband mit einem gefälschten Presseausweis daran ist.

Sich selber steckt er ein Namensschild an, auf dem *Management* steht.

Vor uns erstreckt sich ein mäßig beleuchteter Gang. Ich höre Stimmengewirr und das Klappern von Geschirr.

»Wir befinden uns hier in der untersten Etage des Krankenhauses«, beginnt Dane mit professioneller Stimme und mir wird klar, dass er wieder mal eine neue Rolle angenommen hat.

Ich folge ihm auf die Küchengeräusche zu.

»Hier werden pro Tag ungefähr 860 Mahlzeiten zubereitet.«

Die ersten Mitarbeiter kommen uns entgegen. Dane beachtet sie mit nichts weiter als einem knappen Nicken. Als würde er hierher gehören.

»Normale Kost, Schonkost, aber auch Allergikermahlzeiten, vegetarische und sogar vegane Gerichte werden hier unten hergestellt.«

Während wir uns durch das geschäftige Küchentreiben schlängeln, werden uns einige fragende Blicke zugeworfen, doch niemand hält uns auf oder sagt etwas.

»Wichtig ist dabei, dass keine Mahlzeiten vertauscht werden.«

Von den Essensgerüchen beginnt mein Magen zu knurren.

Wie lange hatte ich schon nichts mehr zu essen?

Dane steuert auf eine Tür an der anderen Seite der Küche zu. »Das ist unser Lieferanteneingang.« Er holt den Schlüsselbund hervor und öffnet ein breites Tor.

Frische Luft weht mir entgegen und ich merke erst jetzt, wie stickig es hier unten ist.

»Ich zeige Ihnen die Zufahrt.« Damit schiebt Dane mich nach draußen und zieht das Tor wieder hinter uns zu.

Das wäre geschafft.

Wir sind draußen.

Ich kann es kaum glauben, dass der Albtraum so schnell ein Ende hat.

Doch bevor mir wirklich klar wird, dass ich gerade zum zweiten Mal dem Gefängnis entkommen bin, höre ich ein Hupen.

Ich sehe mich nach dem Geräusch um und da kommt er.

Easts Mustang.

Er hält direkt vor uns und ich reiße die Beifahrertür auf, um einzusteigen.

East packt mein Gesicht und küsst mich, als hätte er alles Recht der Welt dazu. s fühlt sich so dermaßen gut und richtig an, dass die Schmerzen, die Anspannung, dass einfach alles von mir abfällt. Ich sinke in seine Arme, erwidere seinen Kuss und spüre, dass endlich nichts mehr zwischen uns steht.

Er hat sich den Ausdruck angesehen. Er kennt die Wahrheit. Er weiß, dass ich den Brief nicht geschrieben habe. Ich weiß im Gegenzug, was ihn das vergangene Jahr über gequält hat. Endlich sind wir wieder beieinander angekommen und unsere Liebe ist nicht kleiner, sondern größer denn je.

Dane, der auf der Rückbank einsteigt, gibt ein Geräusch von sich, das fassungsloser nicht hätte klingen können.

»Spar dir das, Cooper«, sagte East kalt.

Einen Moment lang sehen wir einander an. East sieht so demoliert aus, wie ich mich fühle. Zwar klebt kein Blut mehr in seinem Gesicht, dafür prangt eine notdürftig verpflasterte Platzwunde an seiner Stirn und alles von seiner Schläfe bis hoch zu seinem Haaransatz ist dunkelblau verfärbt. Aber wir hatten beide verdammtes Glück. Der Unfall hätte uns wesentlich schlimmer treffen können. Gut, dass wir Cyph haben. Er war schon immer der Umsichtigste unter den *Bones* – darum verfügt sein Wagen im Gegensatz zu Kyans oder Easts auch über einen Sicherheitskäfig.

»Wie geht es jetzt weiter?«, frage ich.

»Vertrau mir«, sagt East.

Dann gibt er Gas und wir rasen davon.

Tess

Zum zweiten Mal innerhalb kürzester Zeit steuern wir einen Flughafen an. Diesmal jedoch nicht den Detroit Metropolitan Airport, sondern einen viel kleineren Flugplatz auf halber Strecke zwischen meiner Heimatstadt und Hudson Mills.

Es fühlt sich komisch an, diesen Weg noch einmal zu fahren. Doch noch viel komischer fühlt es sich an, mit East und Dane allein im Wagen zu sein. Während die Wirkung der Medikamente langsam nachlässt und der Schmerz dafür stärker wird, schießen mir hunderte Bilder durch den Kopf.

Ich sehe Dane vor mir, wie er mich an meinem ersten Morgen zu Hause im Trailer Park überrascht hat. Ich denke daran, wie überlegen er mich angelächelt hat, nachdem ich ihn das erste Mal geküsst hatte. Ich sehe die Party. Easts unbändigen Zorn, den ich jetzt endlich verstehe. Im Grunde genommen war er nur verletzt, dass ich ihn erst mit einem halbherzigen Brief verlassen habe und dann mit seinem schärfsten Konkurrenten aufgetaucht bin.

Ich erinnere mich daran, wie Dane mir mit Cas geholfen hat. Dann an East und mich, gemeinsam im Badezimmer der Villa, wie wir einander nah sein wollten und es doch nicht konnten. Und dann Dane und mich unter der Dusche in seiner Wohnung. So nah wir uns in dieser Nacht auch gekommen sind – ich habe dieses bestimmte Gefühl nie empfunden, wenn er nicht in der Nähe war.

Sehnsucht.

East drückt meine Finger. »Wir sind da.«

Ich blicke auf. Der Mustang hat das menschenleere Rollfeld erreicht. Willow Run ist ein privater Flugplatz, den reiche Leute für Charterflüge nutzen. Vereinzelte Jets stehen träge in der Morgensonne, das Terminal scheint geschlossen. Doch die Türen eines kleinen Learjets stehen offen und die fünf Personen, die auf den Stufen der Gangway sitzen, erkenne ich sofort.

Zuerst Cas. Er hat eine rotweiße Collegejacke an und raucht schon wieder. Das werde ich ihm abgewöhnen müssen.

Neben ihm Milo, der uns entgegen grinst, als wären wir sein persönlicher Lottogewinn.

Hinter den beiden Lielle und Terra. Keine Ahnung, ob Lielles Haar oder Terras Haut im grellen Sonnenlicht weißer aussieht. Ob Lielles knappes Lederkleid oder Terras weites Bandshirt mir besser gefällt.

Und ganz oben Kyan, der uns den erhobenen Daumen zeigt.

Einzig Cyph sehe ich nicht, aber ich kann mir denken, wo er ist – wahrscheinlich macht er sich im Cockpit mit der Technik vertraut.

Gut, denn wir müssen schnellstens weg. Nach dem missglückten Deal und meiner Befreiung ist Detroit für uns verbrannte Erde. Keine Ahnung, ob wir jemals zurückkommen können. Oder ob es mich stört, wenn nicht.

Ich lache leise.

»Was ist?«, fragt East.

»Ich wusste ja, dass dein Vater reich ist. Aber dass er einen Privatjet hatte?«

»Den Jet und das Haus, viel mehr besaß er nicht mehr. Aber ich würde sagen, für uns ist das genug.«

Das Haus. Für einen Moment finde ich es schade drum. Es war wunderschön, vor allem die Bibliothek und die oberste Etage. Aber für uns *Black Bones* geht es jetzt um alles – vor allem darum, keine Spuren zu hinterlassen. Aus diesem Grund sind sämtliche Daten auf den beiden Laptops, die wir in den Unfallwagen hatten, vernichtet worden. Und dasselbe ist auch mit dem Haus geschehen. Bevor wir hierher gefahren sind, um uns mit der Gang zu treffen, haben wir an der Villa Halt gemacht. East und Dane haben überall Benzin verteilt und sie in Brand gesetzt.

Egal. Das Haus ist Vergangenheit. Detroit ist Vergangenheit. Was jetzt zählt, ist die Zukunft.

»Bereit?«, fragt East.

Ich nicke. »Aber sowas von.« Damit steige ich aus, auch wenn jede Faser meines Körpers gegen die Bewegung protestiert.

Kaum bin ich auf den Füßen, ist auch Dane ausgestiegen und steht bereit, um mich zu stützen. »Jess, können wir uns kurz unterhalten?«, fragt er.

Mir ist klar, was er will. Ich sehe ihn an, blicke ein letztes Mal in seine dunklen Augen. Jetzt weiß ich, wieso ich den Blick darin nie ganz ergründen konnte.

»Nein«, sage ich.

Im nächsten Moment ist East ums Auto gekommen und legt den Arm um meine Hüfte.

Dane ignoriert ihn. »Jess, bitte.«

»Du hast sie gehört«, sagt East.

Ehe er etwas erwidern kann, sind auch schon die anderen bei uns. Sie wechseln ein paar Worte mit East, es fallen Begriffe wie ‚Polizeifunk' und ‚falsche Fährten', aber ich höre gar nicht richtig hin. Kurz sehe ich nach unten, wo Kyan mir kurzerhand die Fußfessel abflext.

Dann blicke ich Cas entgegen, der zu mir gelaufen kommt, und drücke ihn so fest, als wäre er immer noch der kleine Junge, der meinen Trost braucht.

»Ich bin wieder da«, sage ich.

Er lacht kurz. »Ja. Wieder mal. Du kannst mir später danken.«

»Blödmann«, murmle ich und drücke ihm einen Kuss auf die Wange. Mir egal, ob ihm das peinlich ist.

»Komm schon«, sagt er und löst sich von mir, aber sein Gesichtsausdruck verrät mir, dass er sich in erster Linie auf das Abenteuer freut, das nun vor uns liegt.

Nein, kein Abenteuer. Ein neues Leben.

»Nie wieder Trailer Park«, sage ich zu ihm.

Er nickt und streicht mir etwas unbeholfen über den Arm.

»Okay.« East sieht uns alle der Reihe nach an. »Sind alle so weit? Milo, hast du die Pässe?«

»Für jeden einen«, nickt unser Fälscher.

»Cyph, ist die Maschine vollgetankt?«

Cyph, der mittlerweile auch zu uns rausgekommen ist, nickt. »Getankt und bereit.«

»Dann würde ich sagen, alle einsteigen.«

Wir setzen uns in Bewegung, doch kaum sind wir einen Meter gegangen, blickt East an mir vorbei und sagt: »Bevor ich es vergesse. Du nicht.«

Alle bleiben stehen und wirken einigermaßen verwirrt. Dann sehen sie Dane an.

Auch ich wende mich ihm zu. Ich wusste, dass East einen Plan für ihn hat. Ich habe es an seiner Stimme gehört, als er mich bat, ihm zu vertrauen. Also lehne ich mich an seine Schulter und lasse ihn machen.

»Was soll das heißen?«, fragt Dane.

»Das heißt, dass du hier bleibst.«

Dane sieht East einen Moment lang nur an, dann verziehen sich seine Lippen zu einem leicht entnervten Lächeln. »Du kannst mich nicht einfach rauswerfen, das weißt du doch.«

»East«, sagt jetzt auch Kyan. »Wir müssen los, könnt ihr eure Streitigkeiten nicht auf später verschieben?«

»Es wird keine Streitigkeiten geben«, erwidert East und zum ersten Mal seit Langem ist er die Ruhe selbst.

Ich bin so froh, dass er seine inneren Dämonen besiegt hat. Ich drücke ihm einen Kuss auf die Schulter. Danach blicke ich wieder zu Dane, in dessen Augen sich jetzt ein leicht gehetzter Ausdruck stiehlt.

»Was soll das hier werden, Payne?«

East lässt ihn ein paar Sekunden lang zappeln. Dann greift er in seine Tasche und holt ein Blatt Papier heraus. Ich erkenne es sofort. Es ist blutbefleckt. »Das hier habe ich von Jess«, sagt er. »Es ist der Ausdruck einer Überwachungsaufnahme aus Hudson Mills. Darauf zu erkennen ...«

Er hält das Blatt den anderen hin und Kyan nimmt es ihm sofort ab.

»Dane Cooper, wie er im Büro des Bootcamps einen Brief protokolliert und abstempelt. Ich wusste gar nicht, dass du dort als Wärter angestellt warst, Cooper. Oder Moment, du hattest ja eine Postbotenuniform an. Du hattest also zwei Jobs in dem Camp, wo Jess eingesperrt war? Und das, bevor du sie kanntest? Zufälle gibt's.«

Zum ersten Mal, seit ich ihn kenne, schleicht sich sowas wie Entsetzen auf Danes Züge. Schnell sieht er von East zu mir. »Jess, du musst mir glauben ...«

»Ich muss gar nichts«, erwidere ich kühl.

»Was hat das zu bedeuten?«, fragt Milo.

»Das bedeutet nichts!«, braust Dane auf, aber East lässt ihn nicht zu Wort kommen.

»Das bedeutet, dass Cooper mit Raquel gemeinsame Sache gemacht hat, als es darum ging, es so aussehen zu lassen, als würde Jess mich verlassen.«

»Wie bitte?« Terra, die sonst nie irgendwas aus der Fassung bringt, klingt gleichermaßen ungläubig und verständnislos.

»Das habe ich auch gedacht«, erwidert East, »und die Wartezeit vor dem Krankenhaus genutzt, um mich ein bisschen tiefer in Dane Coopers Leben zu hacken. Und was habe ich herausgefunden? Er kannte Raquel, Wochen bevor er bei uns aufgetaucht ist. Wochen, bevor Jess verhaftet worden ist. Ihre Festnahme, sie von mir zu trennen, war Dane Coopers und Raquels gemeinsamer Plan!«

Jetzt klingt East nicht mehr so ruhig. Automatisch lege ich ihm eine Hand auf die Brust, um ihn zurückzuhalten, während mein Magen gleichzeitig in meine Beine zu rauschen scheint. Ungläubig starre ich Dane an. Dass er Raquel mit dem Brief geholfen hat, ist schlimm genug. Aber dass er daran beteiligt war, mir ein ganzes Jahr meines Lebens zu stehlen?

»Du bist das Allerletzte«, zische ich.

Dane sieht mich an und in seinem Blick liegt echte Verzweiflung. Er hebt die Hände, als könnte er damit jetzt noch irgendwen beschwichtigen. »Jess, hör mir zu.

Ich kannte dich damals nicht. Alles, was ich wollte, war Rache. Rache dafür, dass East meine alte Gang hatte hochgehen lassen. Dafür, dass ich mich wegen ihm jahrelang allein durchschlagen musste. Ich wollte Teil der *Bones* werden. Ich wollte ihm seine Gang wegnehmen, wollte ihn am Boden sehen, so wie ich wegen ihm am Boden gewesen war, nachdem er die *F.O.G.S.* hatte hochgehen lassen. Ich wusste, dass Raquel Mitglied der *Black Bones* ist und habe sie angesprochen. Sie hat eingewilligt, mir einen Platz in der Gang zu verschaffen, wenn ich ihr dafür helfen würde, dich loszuwerden. Für mich war das eine Win-win-Situation. Ich wusste, wie sehr es East treffen würde, wenn du verschwindest. Dass ich dadurch die Chance bekommen würde ...«

»Win-win-Situation?«, lache ich ungläubig. »Hörst du dir überhaupt zu, du Arschloch?«

»Wirklich, Cooper, du bist zu weit gegangen«, sagt Cyph.

Feindselig mustert er die *Bones*. »Und ihr seid Heilige?«

»Wir spielen mit Daten«, sagt East kalt, »nicht mit Leben. Im Übrigen hast du etwas gehörig falsch verstanden. Ich habe die *F.O.G.S.* nicht hochgehen lassen. Das war mein Vater. Im Gegensatz zu dir wusste ich schon immer, was Loyalität bedeutet.«

Ich spüre, wie Tränen der Wut meine Sicht vernebeln. »Du und Raquel, ihr habt mir ein ganzes Jahr meines Lebens gestohlen«, flüstere ich. »Ihr seid doch beide wahnsinnig!«

»Jess, bitte glaub mir. Hätte ich damals schon für dich gefühlt, was ich jetzt für dich fühle, hätte ich das nie getan.«

»Und was hast du für sie gefühlt«, erwidert East an meiner Stelle, »als du ihren Bruder mit Schlafmittel vergiftet und dann das toxikologische Gutachten gefälscht hast?«

Cas und ich sehen ihn gleichermaßen ungläubig an.

»Du warst das?!«, ruft mein Bruder mit sich überschlagender Stimme.

Dane schließt für einen Moment die Augen. Offensichtlich sieht er selbst, wie ihm die Felle davonschwimmen. »Ich wollte damit nur sicherstellen, dass Jess zu den *Bones* zurückkommt.« Er macht die Augen wieder auf, sieht mich eindringlich an. »Das alles ging nie gegen dich, Jess. Niemals.«

Ich verstehe. Ich verstehe genau, was das alles sollte. Und er hat Recht, es ging tatsächlich nicht gegen mich. Ich war eine Schachfigur, mehr nicht. Meine Rückkehr zu den *Bones*, an Danes Seite, versteht sich, sollte East endgültig den Rest geben und die Bahn für einen neuen Anführer freimachen.

Darum hat er sich an mich herangemacht.

»Jess, ich weiß, was du denkst, aber es stimmt nicht. Nicht mehr.«

Danes Worte widern mich an. Der ganze Mann widert mich nur noch an. Das Schlimme ist: Ich glaube ihm sogar, dass er bereut, was er getan hat. Ich glaube ihm, dass er sich in mich verliebt hat. Aber das macht es nur noch schlimmer. Denn der einzige Grund für seine Reue ist, dass ich ihm jetzt nicht mehr egal bin. Er muss sich in diesem Moment klarmachen, dass er mich niemals haben kann. Und in Wahrheit tut ihm nur das leid. Er tut sich selber leid.

Und ich möchte ihm dafür am liebsten die Augen auskratzen.

Weil er ein Egoist ist. Ein Verräter. Abschaum.

East schlingt den Arm um meine Hüfte und zieht mich an sich.

Keine Ahnung, wer von uns beiden gerade wen zurückhält.

»Mir ist egal, was du fühlst«, spucke ich Dane entgegen.

»Jess«, startet er einen letzten Versuch.

Doch ich schüttle nur heftig den Kopf. »Spar es dir! Halt einfach nur die Schnauze.«

Für einen Moment ist es auf dem Flugplatz absolut still, niemand scheint fassen zu können, was Dane getan hat.

Dann ist aus der Ferne der Motor eines Autos zu hören.

»Lasst uns verschwinden«, sagt East.

»Nichts lieber als das«, erwidert Milo.

Ich greife nach Easts Hand, überlege, ob ich noch irgendetwas sagen soll. Doch sofort wird mir klar, dass das keinen Sinn machen würde.

»Komm«, sagt East mit einer gewissen Dringlichkeit in der Stimme.

Ich blicke auf und verstehe seine Eile, als ich das Auto, das auf das Flughafentor zurollt, sehen kann. Ich spüre, wie trotz allen Zorns ein Grinsen meine Lippen überzieht.

»Warst du das?«, frage ich East leise, als wir die Gangway hinaufeilen.

»Worauf du dich verlassen kannst.«

Ich drücke seine Hand und lächle ihn an. »Gut, dass du wieder da bist.«

Damit steigen wir ein und ich spüre deutlich, wie wir das letzte Jahr hinter uns zurücklassen, als hätte es nie stattgefunden.

Wir haben uns wieder.

Wir haben Zeit.

Und eine ganze Welt steht uns offen.

Dane

Gedankenverloren blicke ich dem Jet hinterher. Er rollt auf die Startbahn und gewinnt dort rasend schnell an Geschwindigkeit. Und es gibt nichts, was ich tun könnte, um ihn aufzuhalten.

Ich habe verloren.

Zum zweiten Mal in meinem Leben habe ich gegen East Payne verloren.

Aber jetzt ist es noch deutlich bitterer als beim ersten Mal, denn diesmal geht es nicht nur um mich, um meinen Stolz und um Geld. Diesmal tut es wirklich weh.

Spätestens, als ich gesehen habe, wie sie verhaftet worden ist, musste ich kapieren, dass ich mich bis über beide Ohren in Jess verliebt habe.

Den Verlust der Gang werde ich verkraften. Ihren Verlust nicht. Und ich habe sie verloren, so viel steht fest. Ich habe keine Ahnung, wo die *Bones* hinwollen und unter welchen Namen sie dort leben werden. Jessica Aldridge wird von nun an nur noch ein Phantom in meiner Erinnerung sein. Und das ist bitterer als alles, was mir in meinem ganzen Leben bisher widerfahren ist.

Wenn Raquel doch nur nicht so ausgetickt wäre. Hätte sie dichtgehalten, hätten wir es schaffen können. Ich hätte der neue König der *Bones* werden können und Jess die Königin an meiner Seite. Doch jetzt ...

Das Flugzeug hebt ab und sein Lärm verklingt. Ich höre etwas anderes: ein Auto. Verwirrt drehe ich mich um und sehe den Polizeiwagen, der ein paar Meter hinter mir zum Stehen kommt. Verfluchte Scheiße.

Vollkommen schockiert und unfähig, mich zu rühren, sehe ich zu, wie sich alle vier Türen öffnen. Zwei Streifencops steigen aus, ein weiterer Cop in Zivil, der nur durch das Holster an seinem Gürtel zu identifizieren ist und ein Mann, den ich kenne.

Der CEO von Lyonex.

»Ist er das?«, fragt der Zivilbulle.

Der CEO mustert mich einen Moment lang abfällig, dann nickt er. »Er war verkleidet, aber ich bin mir ziemlich sicher. Das ist der Kerl, der uns gestern um 8 Millionen betrügen wollte.«

Dann geht alles ganz schnell. Die Streifenbullen reißen ihre Pistolen hoch.

»Sir«, sagt der Cop in Zivil. »Nehmen Sie die Hände hoch, sodass ich sie sehen kann.«

Ich sehe in die zwei Pistolenläufe, die auf mich gerichtet sind. Und muss einsehen, dass Widerstand zwecklos ist.

»Ich weiß, dass ich das Recht auf einen Anwalt habe«, sage ich und nehme die Hände hoch. »Erwarten Sie nicht, dass ich ohne den auch nur ein Wort sagen werde.«

Der Zivilcop kommt mit zufriedenem Gesicht auf mich zu. »Erwarten Sie nicht, dass Sie sich aus der Nummer rauswinden können. Wir wissen genau, wer Sie sind, Dane Cooper.«

Ich spüre Zorn in mir aufsteigen, während der Bulle meine Arme zurückreißt und mir Handschellen anlegt.

Das wirst du mir büßen, East Payne.

Epilog
›Dusk Till Dawn‹

Calgary, Kanada
Zwei Monate später

Jess

Ich lehne mich an eine Säule gleich neben dem Regal mit dem Ahornsirup, weil ich davon eh noch eine Flasche mitnehmen will. Seit wir in Kanada leben, bin ich total süchtig nach dem Zeug.

Sowieso habe ich dieses Land binnen kürzester Zeit lieben gelernt. Seine wilde Schönheit, den rauen Wind, die klare Luft. Auch wenn wir hier in der Stadt sind, wirkt alles anders als in Detroit. Es gibt keine Enge, keinen Smog. Und wenn es hier Trailer Parks gibt, habe ich noch keinen gesehen.

»Okay«, flüstere ich, schaue mich kurz um und ziehe mein Handy aus der Tasche. Von außen betrachtet sehe ich jetzt aus wie eine gewöhnliche Frau. Eine Studentin vielleicht, die rumsteht und textet. Nichts Besonderes.

Gut. Denn genauso will ich wirken.

In Wahrheit jedoch mache ich was viel Komplizierteres als Texten. Und ich habe einen ebenbürtigen Gegner. Wo er wohl ist? Vermutlich steht er beim Grillfleisch.

Das Haus in der Nähe vom Lake Bonavista, das wir gekauft haben, bietet sich perfekt an für ausgedehnte Barbecues. Fast jeden Abend sitzen wir um den Grill, essen und reden, reden, reden. Es ist unglaublich, was ich in dem einen verlorenen Jahr alles verpasst habe.

Ich weiß jetzt, dass Cyph und Lielle noch nicht so genau wissen, wo das mit ihnen hinführen soll.

Dass Cas längst nicht so ein verlorener Teenager ist, wie ich befürchtet habe – er geht auf eine neue Schule, ist ein Ass in Informatik und hat das Rauchen aufgegeben, kaum dass er aus der giftigen Atmosphäre zu Hause weg war.

Ich weiß alles, was zwischen East und Raquel war. Natürlich hat er nie ein Kind mit ihr geplant. Dieses Biest wollte mir nur wehtun. Es ist ihr gelungen.

Aber das ist jetzt vorbei.

Ich schiebe den Gedanken an sie fort und konzentriere mich auf die Zahlenkolonnen vor meinen Augen. Schon wieder rausgeflogen. Verdammt! Ich bin heute echt nicht in Form.

Kopfschüttelnd starte ich einen weiteren Versuch, mich in das Supermarktnetz zu hacken. Verlieren kommt gar nicht infrage.

Auch was den verpatzten Lyonex-Deal angeht, haben wir mittlerweile gewonnen. Wir haben ein gutes Geschäft mit Benson abgeschlossen. Er hat sich die Tatsache, dass wir so nett waren, sein Programm, das sich immer noch in unserer Cloud befindet, nicht kostenlos im Netz zu verbreiten, einiges kosten lassen. Sagen wir es so: Unser Haus hat er im Grunde genommen bezahlt.

Jetzt konzentrieren wir uns auf neue Geschäfte. Zwar fehlen uns ein Verwandlungskünstler und eine Einbrecherin, aber bisher kommen wir bestens ohne die beiden aus.

Von Raquel haben wir nichts mehr gehört. Ich wüsste auch nicht, wie sie uns finden sollte.

Dane wird drüben in Michigan der Prozess gemacht. Er hat versucht, sich aus der Sache herauszuwinden, indem er über uns ausgepackt hat, wie wir in seinen Vernehmungsprotokollen lesen konnten. Dass die Hackerin Jessica Aldridge mit ihm gemeinsame Sache macht, konnten sich die Behörden ja noch vorstellen. Aber der Sohn des geachteten Gerard Payne? Absurd.

»Verdammt!«, fluche ich und will gerade einen dritten Versuch starten, als plötzlich ein Song aus den Lautsprechern des Supermarkts ertönt.

Es ist ein Liebeslied. Ich glaube, es heißt *From Dusk till Dawn*.

Ich weiß nicht, ob ich mich ärgern oder freuen soll, aber ich fürchte, das Kribbeln in meinem Bauch überwiegt.

Trotzdem versuche ich das Ruder noch rumzureißen, als auf einmal jemand vor mich tritt.

»Erster«, sagt eine tiefe, leicht heisere Stimme, die ich unter hunderten erkennen würde.

Ich blicke auf.

East steht vor mir, in den Händen eine Flasche Tequila und eine Zitrone. »Das sollten wir feiern.«

Ein warmes Gefühl breitet sich in meinem Körper aus. Er sieht gut aus. Die Verletzung in seinem Gesicht ist längst verheilt. Die Finsternis ist aus seinem Blick verschwunden. Er ist wieder der Mann, in den ich mich damals verliebt habe. Der, an dessen Seite ich alles schaffen kann.

»Ich wusste ja gar nicht, dass du so romantisch bist«, sage ich und deute Richtung Lautsprecher.

»Was wäre deine Wahl gewesen?«, fragt er und nimmt mir das Handy ab. Er wirft einen Blick darauf, dann fängt er an zu grinsen. »I don't care? Das kaufe ich dir nicht mehr ab.«

»Solltest du auch nicht«, sage ich und schlinge die Arme um seine Hüften, während um uns herum die Verwunderung über die plötzliche laute Musik immer größer wird. Die Kunden irren umher, suchen nach Angestellten, die den Lärm abstellen können.

East und ich stehen inmitten des Chaos, still wie das Auge eines Sturms.

East sieht mich an. »Ich will, dass du etwas weißt, Jess.«

Ich erwidere seinen Blick stumm. Seine tiefblauen Augen ziehen mich in ihren Bann, so wie sie es schon von unserer ersten Begegnung an taten.

East legt die Arme um meinen Körper, ich spüre seine Wärme, fühle mich zu Hause, auch wenn ich hunderte von Meilen davon entfernt bin.

»Ich habe dich niemals gehasst. Ich habe dich nur zu sehr geliebt, um dich einfach gehen zu lassen.«

Ich spüre, wie sich meine Lippen zu einem Lächeln verziehen. »Du musst mich nicht gehen lassen«, erwidere ich leise. »Niemals.«

East nickt, dann beugt er sich zu mir herunter und küsst mich.

Um uns herum spielt immer noch die viel zu laute Musik.

Menschen laufen um uns herum, aber niemand beachtet uns.

Wir sind Phantome. Geister, die hingehen können, wo immer sie wollen. Aber das Wichtigste ist: Wir gehen zusammen.

Wir werden einander nie wieder loslassen.

ENDE